悪役公爵より愛をこめて

クリスティン・メリル 作

富永佐知子 訳

ハーレクイン・ヒストリカル・スペシャル

東京・ロンドン・トロント・パリ・ニューヨーク・アムステルダム
ハンブルク・ストックホルム・ミラノ・シドニー・マドリッド・ワルシャワ
ブダペスト・リオデジャネイロ・ルクセンブルク・フリブール・ムンバイ

A DUKE FOR THE PENNILESS WIDOW

by Christine Merrill

Copyright © 2024 by Christine Merrill

All rights reserved including the right of reproduction in whole or in part in any form. This edition is published by arrangement with Harlequin Enterprises ULC.

® and TM are trademarks owned and used by the trademark owner and/or its licensee. Trademarks marked with ® are registered in Japan and in other countries.

All characters in this book are fictitious. Any resemblance to actual persons, living or dead, is purely coincidental.

Published by Harlequin Japan, a Division of K.K. HarperCollins Japan, 2024

クリスティン・メリル

夫と２人の息子、多くのペットとともにウィスコンシン州で暮らす。物心ついたころから作家になるのが夢で、度重なる原稿の不採用にもめげずに努力を続け、初めての著作を刊行した。ポップコーンを頬張りながら映画を見るのが好き。

主要登場人物

セリーナ・オギルヴィー……若き未亡人。

ジョン・オギルヴィー……セリーナの亡き夫。

エドワード……セリーナの息子。

バーナード・バクスター……ジョンの借金の債権者。

アレクサンダー・コンロイ……ジョンの賭けの対戦相手。グレンムーア公爵。愛称アレックス。

ファロン老公爵……アレックスの母の再婚相手。故人。

エヴァン・ベルウェザー……アレックスの義弟。ファロン老公爵の息子。ファロン公爵。

マディ……エヴァンの妻。ファロン公爵夫人。

メアリー・ウィルソン……セリーナの友人。

モリー……セリーナのメイド。

1

グレンムーア公爵アレックス・コンロイは呆然(ぼうぜん)と朝刊を見すえ、自分に関する思わせぶりなゴシップ記事を指でなぞりながら読んだ。「わたしは強欲ではないし、違法行為とも無縁だ。あの場にいたというだけで責任を押しつけられる筋合いはない」

「オックスフォードの学生なら、そういう抗弁にも感銘を受けるだろう。しかし、社交界に感銘をあたえるには不十分だ」あきれたようすで義弟エヴァンが頭を振った。

むろん、エヴァンがこんな事態に巻きこまれたことは一度もない。物心がついて以来、ファロン公爵になることを自覚していた。それどころか、生まれたときからロンドン社交界を渡り歩く訓練を受けており、新聞沙汰を苦もなく避けてきた。突然の結婚によって生じた一時的な騒ぎは別だが。

一方のアレックスは、自分でも爵位を継ぐことになろうとは思いもしなかった。従兄が跡継ぎをもう

〝社交界の話題

不運なミスター・ジョン・オギルヴィーは一夜の高額な賭けに大負を喫したのちに帰宅し、絶望に打ちひしがれて生涯を閉じた。

仮に、強欲なギャンブラーとしてロンドンでも悪名を馳(は)せた無慈悲なG公爵との最後の勝負さえなければ、悲劇が避けられた可能性はなきにしもあらず。ミスター・オギルヴィーは夫人と七歳の息子を残して世を去った。

未亡人と遺児は今後どうするのか？

そしてG公爵は何を語るのか？〟

けず世を去ったことで、いきなり公爵に昇格したのだ。だがその結果、新たな期待に応えるはめになった。しかも、見ず知らずの他人から下世話な関心を向けられ、私生活をほじくり返されるのは、拷問に等しい。

アレックスは新聞を指ではじいた。「まるでわたしが人を死に至らしめたような記事だ。そんな事実はないのに」

エヴァンがため息をついた。「ぼくとマディの結婚から学んでいると思うが、重要なのは事実ではない。人からどう見えるかが問題だ。兄上は爵位を継いで日が浅いうえ、そもそもグレンムーア公爵の跡継ぎとさえ認識されていなかった。どのような新公爵が誕生したのかと気にかけるあまり、誰もが兄上に注目し、ゴシップ記事を読むんだ」

「これでは怪物呼ばわりされたも同然だ」アレックスは弱々しく笑った。「わたしは人が苦しむ姿を見るためだけに、危険な賭けを強要するような悪党ではない。おまえもよく知っているはずだ」

「ぼくはともかく、無関係な他人が知るものか」エヴァンがまた頭を振った。「その場に居合わせた者以外は、ジョン・オギルヴィーがG公爵とのカードゲームに負けたあと、家に帰って頭を吹っ飛ばしたことしか知らない」

アレックスは顔をゆがめた。たしかに、それはまぎれもない真実だった。だがエヴァンも、もう少し遠まわしな言い方で真実を隠蔽してくれればいいのに。「あの男がギャンブルで問題をかかえていたなんて初耳だ。暇つぶしの気楽なゲームだとばかり思っていた」

そうとも。あの夜は、これまで幾度となくゲームをしたときと何ひとつ変わらなかった。とりたてて賭け金が高いわけでもなく、テーブルを囲んでいた男たちの機嫌もよかった。当のオギルヴィーさえ上機嫌そのもので、自暴自棄になっているようには見えなかった。

「オギルヴィーは宵のうちに、不適切な行為のせいで別の賭博場を追いだされていたそうだ」エヴァンがゴシップ記事から仕入れた情報を伝えてきた。

アレックスは首をひねった。「彼が財産を使い果たし、家まで抵当に入れていたとは知らなかった。それでもギャンブルを続けたのはなぜだろう。なぜわたしとの勝負にこだわったんだ？」

エヴァンが肩をすくめた。「今度こそ運が向いてくると期待したのだろう」

「大金を賭けていたわけでもない。せいぜい五十ポンド――」

「ファロン公爵領の小作人の年収より多い」エヴァンが穏やかな口調でたしなめた。

「わたしとて、そこまで大きく賭けるつもりではなかった。あの男が自分から賭け金を上げ続けたのだ」

「のっぴきならない事態から必死に逃れようとしたんだろう。兄上のところに来たときには、もはやあとがない状況で、彼にとって五十ポンドは、その千倍もの価値があったんだ」

「言ってくれれば借用書など破り捨てて、すべて水に流したのに。ただの遊びなんだから」

「プライドが許さなかったんじゃないかな。そのプライドのせいで妻と息子に不始末を打ち明けられず、みずから命を絶つこととなった」

なお悪い。自分の行動が家族を苦しめるなど、とうてい耐えがたい。

「最後のカードゲームに加わった客のうち、貴族は兄上しかいない。したがって、兄上が責任をとるべきだ」

アレックスは未亡人と子供の気持ちを想像した。身勝手で愚かな公爵と思われているに違いない。

「ぼくも去年の社交シーズンに結婚を余儀なくされたときには、自分の責任を否定しようとした」エヴァンが頬をゆるめた。「だが兄上は、何が正しいかではなく、何が適切かということをぼくに思いださせてくれた」

「それとこれとは大違いだ」アレックスは即座に言い返した。「おまえのスキャンダルはロマンティックだと評判になった。だが、わたしのほうはどうだ？」

アレックスは新聞をつかみ、暖炉に放りこんだ。

「人殺しと非難されるのがおちだ」

「その可能性はあるね」エヴァンは否定しなかった。「しかし、時がたてば噂も消えるはずだ。兄上に他人を破滅させる趣味などないと証明するため、しばらくのあいだギャンブルは控えたほうがいい」

アレックスはうなずいた。「それと、オギルヴィーの未亡人のため、わたしにも何かできることがないか調べたい。夫の愚行のせいで妻子が路頭に迷うのは理不尽だ」

「未亡人が許すと言えば、兄上の名誉を挽回するうえで大きな助けとなるだろうね。長い道のりだと思うけれども」

良心の呵責も薄れるだろうか。この件で罪に問われることはなくとも、責任をまぬがれるわけではない。こちらが勝負を降りていれば、オギルヴィーを死なせずにすんだかもしれないのだ。しかし現実には、降りる理由などなかった。未亡人を納得させられるかどうかも怪しい。「ミセス・オギルヴィーと会ってくる。わたしの借用書だけでも破棄すれば、少しは借金が減るだろう」

そうして屋敷に戻り、この悲劇を忘れることにしよう。

セリーナ・オギルヴィーは今日、未亡人になったことを心の底から痛感した。

　夫が死んだのは三日前だけれど、万事あっという間だった。なきがらが見つかったとき、家じゅうが静寂に包まれた。次の瞬間、突如として襲ってきた嵐は、いまだに静まる気配すらない。

　まず初めに、家政婦が医師を呼んだ。妥当な判断とはいえ、なんの意味もなかった。もはや手の施しようもないことは明白だったからだ。駆けつけたクローフォード医師はセリーナに阿片チンキ（ローダナム）をのむよう勧めることしかできず、しかも説得は失敗に終わった。セリーナは衝撃こそ受けていたものの、取り乱してなどいなかった。

　むしろ憤っていた。ジョンは生涯を終える前に謝罪の手紙くらい書けたはずなのに。妻と息子には書き置きひとつ残さず、借用書と銀行預金の詳細なリストだけを作り、抵当に入れた家の権利書を揃（そろ）えた。そして借金問題をついに解決したかのごとく、ピストルを自分の頭に突きつけ、人生の舞台から退場した。妻にすべての問題を丸投げして。

　わたしが医師に従ってローダナムで眠りこんだら誰が家を守るの？　助けてくれる人はオギルヴィー家にも実家にもいないのに。結婚したとき、すでに実家の両親は世を去っていた。しかも夫がギャンブルをやめず、親類縁者にお金の無心を繰り返して絶縁されたため、もはや誰にも頼れない。夫が残した帳簿を見るかぎり、誰彼かまわず手当たりしだいにお金を借りていたらしい。

　いまとなっては手持ちの宝石をメイドに質入れさせて葬儀代と食費の足しにすることしか思いつかない。セリーナは二階に上がって幼いエドワードを抱きしめると、もうお父さんには会えないのよと告げた。

　あらゆる手配や教会での葬儀で忙しく、天涯孤独の身として生きていくことを考える余裕もなかった。

それでも書斎の整理と夫の埋葬がすむと、ふたたび静寂が訪れた。三日にわたり抑えこんでいた感情があふれてきて、いまにものみこまれそうだ。

やりきれないのは訪問客の変化だった。当初は知人がぽつぽつと弔問に訪れて、何かあれば力添えをしたい、などと曖昧に申しでてきた。それに対して援助は無用と答えると、誰もがほっとしたような表情を浮かべた。ところが、今日の訪問客は借用書の束をかかえた男ばかりで、返済の方法や期日や金額を問いただしてきた。そのあげく、住む権利を失った家からいつ出ていくつもりかと迫られるのは、何よりもつらい。

この家の新たな所有者ミスター・バクスターがポケットの上から権利証をなでながら、妙に愛想よく笑いかけてきた。「不幸なことだ、ミセス・オギルヴィー。いやはや、気の毒としか言いようがない。だが、これは信用にかかわる問題だし、ご主人も返済を望んでおられるだろう」

ジョンが本当に返済を望んでいたなら、いまもこの世にいるはずだわ……。セリーナは、そう叫びたかった。とはいえ、怒りをあらわにしたところで、この男を動かせないのは目に見えている。それより同情に訴えるほうがいいかもしれない。

「承知しています。夫の負債はすべて返済するつもりです。けれど、すぐには厳しいでしょう。夫が亡くなったばかりですし、いろいろな手配や葬儀の準備もございましたから。次に住むところを探す暇もなく……」なんとか時間の猶予をもらえないかという含みを持たせ、セリーナは期待をこめてほほえんでみせた。

バクスターが爬虫類(はちゅうるい)じみた顔で笑い返してきた。二股に分かれた舌さえ見えた気がする。

「もちろんだとも、大変だったろう。奥さんが話のわかる人なら、好きなだけここに住んでもかまわん」バクスターは一度まばたきをしたあと、表情を変えずに凝視してきた。「お互いに満足できるあいだは、悪いようにはしない」

そう言いつつ、こちらの反応をうかがっている。

セリーナは呆然と見返した。まさか変な意味じゃないでしょうね？

それでも、耳ざわりなしわがれ声には、まぎれもない下心が混じっていた。

「子供のことは気にせんでもいい。慈善事業として貧しい生徒を受け入れる学校なら腐るほどある。ほぼ一年じゅう寄宿舎で暮らすから、子供に気づかれる心配もない」

「そんな心配などしていません。いかがわしい誘いに応じるつもりはないのですから。信じがたい話だわ。夫が亡くなったばかりなのに、そんな……そのような申し出を……」セリーナは絶句して身を震わせた。

「返す金がないとくれば、誰でも同じ申し出をする」バクスターが理詰めで言いつのった。「俺に腹が立つのは、最初に交渉しに来たからだ。どれだけ深刻な問題なのか、よく考えてみるんだな。わずかな打開策と天秤にかければ気が変わるかもしれんぞ」

「ありえません」

バクスターが肩をすくめた。「それなら、ここをいつ出ていくのか、はっきりしてもらおうか。週末まで待ってもいいぞ。すぐ荷造りができればの話だがな」

「家具を競売にかけるには、早くても月末までかかります」セリーナは凍りついたような笑顔を作った。「あなたが家具を買いとってくださるなら別ですけれど」

バクスターが思案顔になった。

「家具は借金の担保に入っていません。いくらで売れるか見積もりをさせましょう。その金額を小切手で払っていただければ結構です」

「それには及ばない」バクスターが目をすがめた。

　未亡人を自分のものにできるならともかく、それ以外の出費は惜しいのだろう。

「月末までなら待ってもいい。その前に気が変わったら連絡してくれ」バクスターはポケットから名刺を取りだすと、サイドテーブルに置いた。「じゃあまたな、奥さん」

「さようなら、ミスター・バクスター」セリーナは毅然と言った。それでも居間でひとり残されたとたん、そばの椅子に崩れ落ちた。認めるのも厭わしいけれど、あの男の言葉どおりかもしれない。夫の借金を体で返せと迫られるのは、これが最後ではないだろう。若く美しい未亡人というだけで、よけいな注目を集めてしまう。不倫の誘いにも簡単に応じると信じて疑わない男さえいる。

　夫に先立たれ、借金まで背負わされた未亡人が、いかがわしい商売で身を立てていると思われるかもしれない。そこまで考えて、セリーナは笑いたくなった。とはいうものの、もしも笑ったら止まらなくなりそうで恐ろしい。それとも、止まらなくなるのは悔し涙のほうかしら。わたしは悲嘆に暮れることさえ許されないの？

　不快な誘いに応じるつもりはないにせよ、どうやって借金を返せばいいのだろう。ほかにも債権者が何人もいるのに。さっき自分で言ったとおり、午後にでも競売業者に連絡して家具を処分しよう。それで負債金額に足りることを祈るばかりだ。そのあと使用人に暇を出し、エドワードを連れて適当な場所に移り住もう。そうして一から出直すのよ。でも、そんなお金がどこにあるの？　どう工面すればいいか見当もつかないのに。

　そう思ったとたん、涙がこぼれた。ジョンが死んで初めて、セリーナは泣いた。

「ミセス・オギルヴィー」家政婦がドア口から顔を出した。

「どうしたの?」セリーナは急いで涙を拭った。

「お客さまがもうひとりお見えです」家政婦が不安げに眉を曇らせた。「グレンムーア公爵さまだそうです」

バクスターに続き、夫を殺した張本人が直々に借金の取り立てに来るとは。セリーナは息を吸いこんだ。涙は怒りと同時に乾いた。「わたしは不在だと伝えて」

その言葉を口にした瞬間、家政婦のすぐ後ろで案内を待つ客の姿が見えた。退路を断つかのごとく立っていた男に居留守の現場を見られただけでなく、声まで聞かれてしまった。公爵はいま、バクスターと同じ目でこちらを凝視している。おそらく、考えていることも同じだろう。

セリーナは公爵をにらみ返した。絶望が憤りへと変化していく。これまで貴族と会話をした経験などない。思いきって社交界に出たときも、交流する相手は身分の低い準貴族か、そこそこ成功した平民にかぎられていた。そして、当時は想像の域を出なかったグレンムーア公爵が、そのとおりの姿で目の前にいる。

極上の仕立てのジャケットに、しみひとつないリネンのシャツ。長身でたくましく、体調も万全らしい。苦労知らずで日焼けとも無縁そうな顔に、短く整えた黒髪が映えている。瞳も黒に近い茶色で、濃厚なシェリー酒を思わせる。そして、解決すべき難題にぶつかったかのように、油断のない視線をこちらへ向けてきた。

別の状況であれば、セリーナは公爵という高貴な身分に感銘を受けたはずだ。その容姿に気圧(けお)され、気品あふれる態度に心を奪われたに違いない。そして自分のみすぼらしさを思い知らされると同時に、それでも彼の目にとまったことで少なからず気をよくしていただろう。

しかし、今日は違う。人生を踏みにじられながら頭を下げたりするものですか。初めて舞踏会に出た小娘じゃあるまいし、頬を染めて愛想笑いをするつもりもない。

「なんのご用ですか」セリーナは鋭く問いただした。傷口に塩を塗られたあげく、食いものにされる気などさらさらない。その覚悟を見せつけるため、セリーナはみずから攻勢に出た。

「その……力になれることがあればと……」グレンムーア公爵は未亡人の怒りの矛先から逃れるように半歩下がった。

「もう結構です」セリーナは苦々しく笑った。いくら好ましい外見でも、この男は夫から全財産を巻きあげた張本人なのよと自分に言い聞かせる。「あなたのおかげで、このありさまです。これ以上どうなさるおつもり?」

「わたしは……」暗い瞳と完璧すぎる口元に何かが浮かんだ。非難がましいことを言われて傷ついたのかしら。たんに気のせいかもしれないけれど。

とはいえ、非難されるのも当然よ。夫を亡くした苦悩に比べれば、ただのかすり傷だもの。

セリーナは鼻を鳴らした。「夫がたいへんお世話になりました。あなたも借金の取り立てに来たのでしょう。信用の問題ですから。あなたのように高貴なかたにとって、信用がどれほど大切なものなのかは存じあげております」

公爵に自分の非道な行いを思い知らせるため、セリーナは精いっぱいの皮肉をこめて言った。さらに、喪の装いとして胸元につけていたジェットのカメオブローチをつかみ、引き抜いた。

「五十ポンドの価値もありませんが、ご容赦ください。これがわたしの全財産ですから」セリーナはそう言うと、ブローチを力まかせに投げつけた。

公爵は優雅な手つきで、やすやすと受けとめた。

「このたびは——」

「結構です」セリーナは鋭く言い返した。流しきれなかった涙がまぶたの奥を刺し、いまにも流れ落ちそうだ。弱みを見せるつもりはない。絶対だめ。弱みを見せたら最後、ロンドンじゅうの恥知らずな男たちの餌食になってしまう。

しかも、この男はたちが悪い。バクスターと違って見え見えの下心はなく、さほど嫌悪感をかきたてないからだ。バクスターが毒蛇だとすれば、グレンムーア公爵は魔王ルシファーそのもので、うるわしいうえに誇り高い。あまりの魅力に心まで奪われかねない。

美しい目や完璧な形の唇を見つめすぎると、抵抗できなくなる。公爵のことだから、甘い言葉を心地よい声にのせ、やさしい笑顔で誘いかけてくるだろう。気をつけないと、口に出すのも恥ずかしい誘惑に駆られたあげく、それさえ幸運だと思いこまされる。かろうじて残った名誉まで安売りする前に、公爵から逃げたほうがいい。

ただし、走ってはいけない。グレンムーア公爵が自分の影響力に気づき、悪用するおそれがある。そこでセリーナは静かに立ちあがると、胸を張ってドアに向かい、公爵を押しのけて階段を上がった。そして一度も振り返ることなく、安全な寝室に入ってドアに鍵をかけた。

2

ミセス・オギルヴィーは息をのむほど魅力的だった。こんなに美しければ、いつまでも未亡人のままでいるわけがない。

最愛の夫を亡くしたばかりの女性に対して、不謹慎とは思う。しかもミセス・オギルヴィーは取り乱し、グレンムーア公爵のせいで夫が死んだと信じきっている。

不謹慎なことばかり考える自分が恥ずかしい。だがミセス・オギルヴィーを見ていると、あの大きなグレーの瞳に吸いこまれそうになる。涙をたたえた瞳と震えるまつげに目を奪われてしまう。抱きよせて艶やかな金色の髪をなでながら、全部こちらで面倒を見ると言ってやりたい。それを許してもらえればの話だが。

ミセス・オギルヴィーさえ望むなら、きちんとした喪服を買ってあげてもいい。今日の装いは薄紫のデイ・ドレスで、喪服らしいところといえば、簡易的に縫いつけた黒いリボン飾りだけ。しかも彼女は、唯一のアクセサリーだった黒いブローチを投げつけてきた。しかし、薄手のクレープ生地をどれだけ重ねたとしても、あの美貌は隠せない。あきらかに情熱的で快活な気性に影を落とすことさえ不可能だろう。

いまそんなことに気づくとは最悪のタイミングだ。アレックスは無神経な自分にあきれ果て、かぶりを振った。嘆き悲しんでいる未亡人が、夫のかわりになってやると言われて喜ぶものか。ましてや夫の債権者から言われたくないはずだ。

若く美しい女性に目を奪われて、唖然(あぜん)とするのは無理もないだろう。ふだんの自分は口が達者で、どのような状況でも意見を言える。だがミセス・オギルヴィーの前では、まともに考えることすらできなくなった。

　それどころか、ろくに口もきけずにいる。未亡人の反応を見るかぎり、何も聞きたくないという感じだったが。おまけに、こちらの人間性や援助の申し出について、最悪の想像をしたようだ。アレックスは手のなかのブローチに視線を落とし、どんな先客がいたのかと考えた。まさか、いかがわしい誘いを持ちかけてきたのか？

　いずれにせよ、そうなるのは時間の問題だろう。ミセス・オギルヴィーは、どこかの救貧院や教会で一生を終えるには美しすぎる。男たちが未亡人と裏取り引きをして、援助と引きかえに欲求を満たすことは珍しくない。新聞記事や現在の窮乏から判断すると、彼女が愛人契約に嫌悪感を抱いたところで、金の問題の前には屈服せざるをえないはずだ。

　思わずブローチを握りしめた拍子に、ピンが指に刺さった。ひどい話だ。ああいう女性こそ結婚して幸せになってほしいのに。

　もちろん、自分で結婚を申しこむわけにもいかない。グレンムーア公爵位の継承を第一に考えるべきなのだ。そのうえ、ミセス・オギルヴィーには息子がいる。正統な跡継ぎと、不要なスペアの男子を同じ屋敷で育てるなど言語道断だ。自分のような子供を増やしてはならない。

　母が未亡人となった際、ためらいもなくファロン公爵の後妻の座に収まったことにより、アレックスは跡取り息子の義兄という奇妙な立場に置かれた。義弟エヴァンとの関係は良好だったものの、義父には当初から邪険に扱われ、つまはじきにされた。

　年上で厄介者の〝次男〟がグレンムーア公爵位を得たのは、ファロン老公爵が死んで何年もたってからのことだ。しかし、たとえ義父に未来が見えていたとしても、後妻の連れ子の扱いが変わったかどうかは疑わしい。

　もっとも、そんなことはどうでもいい話だ。仮に自分がミセス・オギルヴィーとの結婚を望んだところで、かなう見込みは万にひとつもない。未亡人は夫の破滅に関与したグレンムーア公爵を恨み、世間の人々と同様に非難をあびせてきたあげく、逃げるように部屋から出ていった。残された自分は呆然と立ち尽くしたまま、あつかましい家政婦に追いだされるほかない。

　アレックスは持っていたブローチを見下ろしつつ、もう一方の手でポケットを探り、オギルヴィーが生涯を終える直前にこしらえた借用書を取りだした。それを真っ二つに引き裂いてブローチを包むと、いたわるように微笑しながら家政婦に託した。「ミセス・オギルヴィーが落ち着いたら、これを渡してもらいたい。それから、この負債にかぎり心配無用だと伝えてほしい」

　そして、アレックスは外へ出た。

　あるじの姿を見るなり、馬車で待っていた使用人たちが姿勢を正した。これには、いまだに慣れない。爵位を得て一年になるというのに。アレックスは御者に告げた。「歩いて帰る」

「かしこまりました、旦那さま」御者がとまどった面持ちで頭を下げた。

　アレックスが屋敷に向けて歩きだすと、馬車もあとからついてきた。車輪つきの護衛のせいで、ひとりの時間がだいなしだ。完全な孤独など望むべくもない。

　屋敷まで三キロ以上あるが、なんの問題もない。オックスフォード大学のしがない講師だった当時は自分の足しか移動手段がなく、あたりまえのように歩いていた。ロンドン暮らしで軟弱になり、頭の回転まで鈍ってしまった。

以前なら初対面の女性にも、なぐさめの言葉をかけられただろう。少しでも生活を楽にしてやるため、何かできるはずだ。彼女が窮状に陥った責任は、自分にもあるのだから。ミセス・オギルヴィーが思うほど自分は極悪ではなく、世間から糾弾される筋合いもないが、非難の余地が皆無とも言いがたい。

できることは、きっとある。

そう思いながら通りを歩くうちに、考えが徐々にまとまった。屋敷に着くころには、やるべきことも決まっていた。アレックスは玄関番の従僕に帽子と手袋を渡して軽くうなずくと、そのまま書斎に入った。机に向かい、引き出しをあさって適当な紙を探す。正式な書状に使うような上質紙ではなく、ただの白い紙が必要だ。グレンムーア公爵の紋章つきだと、初手から正体がばれてしまう。

無紋の紙を前にして、アレックスはペンを走らせた。

親愛なるミセス・オギルヴィー

ご主人の訃報に接し、心よりお悔やみ申しあげます。さぞお力落としのことでしょう。

ご家族の友人として、少しでもお役に立てれば幸いです。お困りごとが生じ、さらなる支援が必要であれば、中央郵便局気付でご一報ください。

敬具

アレックスは手を止めた。自分の名前を書くわけにはいかない。下手をすると、未開封のまま捨てられてしまう。ただでさえ印象が悪いのだ。今度こそ借金の返済とは別の要求だと思われるだろう。

では、なんと署名するべきか。

アレックスは背後の本棚を振り返り、著者名のアルファベット順に並んだ本に目をやった。最初の本の背表紙に、くっきりした金文字で〝アボット〟と記されている。そんな名前の知り合いが自分のまわりにいたか？　オギルヴィーの件に関与した者のなかではどうだ？

ひとりもいなかったはずだ。これほど印象のよい名前もないだろう。修道院長（アボット）なら、なんの下心もなさそうだ。そこでアレックスは、手紙の末尾に大きく署名した。

ミスター・アボット

アレックスは紙に吸い取り砂（ブロッター）をかけてインクのにじみを抑えると、最上段の引き出しの鍵を開けて金庫を取りだし、十ポンド紙幣を数えて手紙と重ねた。それを折りたたみ、赤い封蝋（ふうろう）で閉じたが印章は捺（お）さず、ほかの郵便物の上に置いた。

アレックスは封書を見下ろし、頬をゆるめた。いずれにせよ最善の解決方法ではないだろう。とはいえ、これで今日初めて出会った美しい未亡人が、当面だけでも貧困の重圧に苦しむことなく、安らかな気持ちで身の振り方を考えられる。そう思えば、枕を高くして眠れるはずだ。

アレックスはふたたび机に向かい、いつもの仕事に取りかかった。

グレンムーア公爵が辞去したあと、セリーナは落ち着きを取り戻すまで、ゆうに一時間ものあいだ二階にとどまっていた。階下で働く使用人の秩序を維持するには、階上に不穏な動きがあってはならない。夫の死後、すでにメイドがふたり辞めたうえ、そのうちひとりは一対の銀製ティースプーンとともに姿を消した。未亡人が取り乱して泣き叫んだりすれば、明日はもっと多くの使用人が出ていきかねない。先が見えないからこそ、いまの安定を少しでも長引かせたい。

真っ暗な未来にわずかでも光があることを祈りつつ、セリーナは居間に戻った。


昼過ぎに手紙が山ほど届いたが、見るのも恐ろしかった。午前の郵便物の多くは心当たりのない請求書で、そのほとんどが支払い期日を過ぎていた。午後も似たようなものかと思いきや、いちばん下に見慣れない筆跡の分厚い封書があった。

セリーナは郵便物を持ってモーニング・ルームに入ると、得体の知れない封書を最初に開けた。封蝋を割ったとたん、何枚もの紙幣がひらひらと床に落ちた。セリーナは驚きながらも紙幣を拾って数え、ライティング・テーブルにまとめて置いた。五十ポンド。数週間の生活費には十分足りる。もちろん、問題がすべて解決するわけではないけれど、これで使用人に逃げられずにすむ。いろいろ考える余裕もできる。

セリーナは同封された手紙を繰り返し読み、差出人につながる手がかりを探した。〝ミスター・アボット〟という名を夫が口にしたことはなく、自分のわずかな知り合いでもない。近い親類はいずれも他界しており、遠縁にもそれらしい人物はいない。

身内でも友人でもないとすれば、もはや手詰まりだった。お金を送ってきたのも親切心からではないとしたら？

お金を受けとるわけにはいかない。どこの誰かもわからない人に借りを作るなんて、無理に決まっている。お金は返すしかない。でも……。

セリーナは引き出しから紙を取り、ひとまず敬辞を書いた。

拝啓――

セリーナはしばらく紙を凝視したあと、自分の思いを書きつづった。

お手紙と過分なお心づかいをいただき、たいへん恐縮しております。たとえご厚意によるものであっても、不適切で感心しかねる行為と言わざるをえません。淑女たる者、見ず知らずの紳士の援助にすがるわけにはいかないのです。援助には相応の見返りがつきものですから。不純な意図を持つ男性に借りを作ってしまうおそれも多分にございます。

ここまで書いて、ふと考えた。もしも本物の善意にもとづく援助だったとしたら、どう思われるだろうか。セリーナはペンを進めた。

あなたを非難するつもりはありません。ただ、援助の噂(うわさ)が広まれば、そこにつけこもうとする男性も群がってきて、不適切な誘いを断りきれなくなるでしょう。

非の打ちどころのない文が書けたと思う。満足したセリーナは、送られてきた紙幣を見つめた。誰がくれたのか知らないけれど、手紙に同封して送り返すべきだ。でも、このまま返さずに持っていれば、新しい家を探して生活を立て直す余裕ができる……。セリーナは紙幣を脇に置き、結びの文に取りかかった。

そのような事情ですので、これ以上の援助はお受けできません。寛大なご配慮には心より感謝いたします。時がたてば状況が改善すると信じています。

嘘ばっかり。何もかも絶望的なのに。とはいえ、誰とも知れない相手に手の内を見せる必要もない。これで締めよう。

敬具

ミセス・ジョン・オギルヴィー

会うこともない他人なら、洗礼名を明かすには及ばない。それに、他界したとはいえ夫の名前で署名すれば、婚外交渉など望んでいないとわかってもらえるだろう。

これでいい。セリーナは手紙を出すため、玄関のテーブルに置いた。

使用人が郵便局から戻ってきた。アレックスは興奮を隠しつつ封書を受けとると、ほかの郵便物でさりげなくはさみ、ひとりで読むために書斎に持っていった。

返事が来た。しかもこんなに早く。手紙を出したのは昨日なので、ミセス・オギルヴィーは即座に返事を書いてくれたのだ。形ばかりの短い礼状どころか、なしのつぶてに終わる可能性さえ覚悟していたのに。〝匿名の恩人にも返事を書く〟というマナーは存在しなかったはずだし、見知らぬ男の気を引くようなものだと思われてもふしぎではない。

どうやらミセス・オギルヴィーは気丈で前向きな性格らしい。実に好みだ。きれいなグレーの瞳や、すらりとした体つきも気に入った。

アレックスは書斎のドアを閉めるなり、郵便物のあいだから封書を引き抜いて開けた。ごく短い手紙だった。

まさか援助を拒否されたのか？

紙幣が入っていないことに気づき、アレックスはわずかに頬をゆるめた。思ったとおり、未亡人は金に困っている。たとえ不本意でも慈悲にすがるしかなかったのだ。もう一押しすれば、追加の援助も受け入れてくれるに違いない。彼女が再婚するまで、いかがわしい誘いから守ってやりたい。

とはいえ、ただ金を送るのも芸がない。それどころか、分別に欠けるのではなかろうか。

ミセス・オギルヴィーも、その点を手紙で懸念している。実際、反論の余地はない。金を送ったことが露呈したら、ふたりとも下劣な憶測の的になってしまう。

自分の評判はどうでもいい。オギルヴィーの一件のせいで、どのみち新聞でぼろくそに叩(たた)かれる。

だがミセス・オギルヴィーのほうは？　愛人と思われるだけなら、本当に体を売るよりずっとましだ。とはいえ、評判が傷つくのは耐えがたいだろう。まあ、こちらが不用意に接触しなければすむ話だ。慎重に行動すれば、世間の疑惑を招くおそれもない。当分のあいだは遠くから見守るだけにしよう。その後、彼女を大切にしてくれる男と再婚させたら、霧のごとく消え去るのだ。

アレックスは羽根ペンの先端を削り直すと、机の引き出しから取った紙に返事を書いた。

親愛なるミセス・オギルヴィー

援助を受け入れがたい気持ちはよくわかります。すでにお伝えしたとおり、あなたに見返りを要求するつもりはありません。

紳士が家族以外の女性を援助すれば、世間の疑いを招きかねない。あなたはそのように懸念しているのでしょうか？　わたしに言わせれば、純粋な善意を邪推する連中など地獄に落ちるべきなのです。下衆(げす)の勘繰りをする連中はたしかに存在します。そこまで堕落したくはないものです。

そのような人々から、あなたの運が唐突に好転したことについて説明を求められた場合、高齢の親類の遺産が入ったと告げ、それ以上は何も言わなければよろしい。

援助を容易にするため、バークリー銀行にあなた名義の口座を作ります。必要に応じて遠慮なく引き出してください。

敬具

一瞬だけ手を止めたあと、署名を添える。

アボットおじさん

アレックスは満足してうなずき、ようやく愁眉を開いた。やさしいおじさんも悪くない。人がよくて親切そうだ。現実の自分は親類から親切にされたことなどなく、助けてもらった記憶もないのだが。やさしいおじさんなど、物語のなかにしか存在しないのだろう。

アレックスは羽根ペンをスタンドに戻して紙を折りたたみ、引き出しの印章指輪（シグネットリング）へと無意識に手を伸ばしかけた。だが思いとどまり、封蝋印なしの手紙をこれから出す郵便物の箱に入れた。

3

「ジョンが死んで一年もたつのよ。たとえ彼が妻を不幸にしない夫だったとしても、あなたは十分すぎるほど喪に服したわ。いま親切にしてくれている男性を待たせてはだめ。早く再婚しなさいよ、セリーナ。もう若くないんだから」友人のメアリー・ウィルソンが加齢の兆候を探るかのごとく、まっすぐな瞳を向けてきた。ハイドパークの散歩はふたりの日課だが、朝の明るい日差しのせいで、ふだん隠している肌の粗が目立ってしまう。

「わたしは夫のせいで不幸になってなんかいないわ。少なくともジョンに悪気はなかったし。それに、もう二十七歳よ」セリーナは笑い、挑むように顔を天に向けた。「とうが立ちすぎで妻にするのは無理だと思う男性もいるわ」

「誰がそんなこと言ったの？」メアリーが鼻息を荒くした。

「いま自分で言ったばかりでしょう」セリーナは友人をなだめた。「男性にはっきり言われたわけでもないけれど。とにかく、このくらいの年になれば、だいたい落ち着いてくるものよ。結婚自体あきらめたりしてね。婦人数学協会を見ればわかるでしょう？ 同年代の女性会員は誰だって生涯独身を覚悟しているわ」

「でも、あなたがいちばん美人よ」メアリーの顔に笑みが浮かんだ。「そもそも、なぜ協会に入ったの？ こう言ってはなんだけど、数学が好きでもなさそうなのに」

「知り合いに誘われたのよ」知り合いとは誰かと追及されないことを祈ろう。「いいかげん内にこもるのをやめて、外で人と交流を持つよう勧めてくれた人がいたの」

「あなたがその誘いを断らなくてよかった。断っていたら、わたしとも出会っていなかったもの。じゃあもう一歩進んで、社交界ですてきな紳士を見つけましょう」

　アボットに勧められたのは、ひとえに同年代の女性と親交を深めることだった。また社交界に出ろとは言われておらず、後押しをしてもらえそうな感じでもない。再婚については自力でがんばれということだろう。それとも独占欲がつのり、わたしを手放すのが惜しくなったのかしら。そうであってほしい。特別な友情にもとづいて文通を続けてきたのに、ほかの男性のために全部だいなしにしたくない。

　初めて手紙をもらってから一年が過ぎ、ずいぶん距離が近づいた。直接会うのは無理だし、その気もないと言われているけれど、いつの日か手紙のやりとり以外の何かが起きることを夢見てしまう。彼のことばかり考えるうちに、気がつけば頬がゆるんでいた。

　いつの間にか、メアリーが探るような目でこちらをじっと見つめていた。口にしなくても顔に出ていると言わんばかりに。

「もう誰か見つけたなんて言わないでね」

　セリーナは笑顔を作った。「まさか。エドワードがいちばんかわいいもの」

「本当？　ほんの一瞬だけど、目のなかに……とても……」メアリーは名状しがたいものを言い表そうとするように手を振りまわした。

「本当に誰もいないってば」嘘だ。どのみち名前を明かしても意味はない。

　メアリーが周囲を見まわし、話題を変えた。「ところで、かわいいエドワードは？　遊歩道の先にはいないようだけど」

セリーナは後ろを振り向いたが、やはりエドワードの姿はなかった。このようなときは、たとえ女性でも悪態をつくことが許されればいいのに。息子でさえ、それを望んでいるふしがある。

「物陰にいて見えないだけでしょう」つとめて平静を装い、遠くまで聞こえるように声を張りあげた。「エドワード！」

返事がない。息子がひょっこり現れることを祈りながら、セリーナは四方に目を凝らした。無意識に歩調が速くなっていく。

それでもメアリーには不安なそぶりも見せなかった。「あの角を曲がったところにいるでしょう。遠くに行かないと約束したんだから」

もっとも、エドワードは以前にも約束を破って迷子になったことがある。一時間あまりも過ぎてからようやく戻ってきたけれど、あのときは生きた心地がしなかった。

それでも今日にかぎって言えば、よけいな心配だったらしい。角を曲がると、手元ばかりのぞきこんで前もろくに見ず、ふらふら歩いてくる小さな姿があった。

「どこにいたの！」セリーナは小走りに近づいた。

「リスを追っかけてたら、お母さんがいなくなっちゃった」死ぬほど心配した親心も知らないで、エドワードは視線を上げるとにっこり笑った。「だけど大丈夫だよ。ほら」

そう言いながら、エドワードは手に持っていたものをかかげた。

それは直径五センチほどの真鍮（しんちゅう）の方位磁石（コンパス）だった。「どうしたの、これ」

「男の人にもらったんだ」エドワードが悪びれもせずに答えた。「迷子かなってきかれた。それで、この矢の先が北だから、こっちの南南西に歩けば、お母さんがいるよって教えてくれたの。そうしたら本当にいた」

あどけない顔に笑みが広がった。

「その人を捜して、返しましょう」セリーナはコンパスに手を伸ばした。

「もうすぐ誕生日だからあげるって言ったもん」奪われてたまるものかと、エドワードは手を握りしめた。「また前みたいに迷子になっても、これで帰れるんだって」

アボットおじさん。

エドワードの誕生日はもとより、しょっちゅう迷子になることまで知っているのは彼しかいない。何か困ったことがあると、こちらが助けを求める前に彼がすべて解決してくれる。

いまの話から非常に重要な事実に思いあたり、セリーナは息をのんだ。彼が来ている。少なくとも、いままでここにいた。まだ近くにいるかもしれない。遊歩道には紳士の姿もちらほら見える。

「その人はどこ？」セリーナはエドワードの肩をつかんだ。しかし、わが子を驚かせてしまうと思い、どうにか気持ちを静めた。「ぜひともお礼を言わなくては」

「もういないよ」子供にとってはコンパスのほうが気になるらしい。

彼と会えなかった。すぐ近くにいたのに。「どんな人だった？」

「おじさん」エドワードは顔も上げずに答えた。

セリーナはうなずいた。失望を表に出してはいけない。聡明で分別もあるのは、長く生きてきたからこそだろう。そもそも当の本人がアボットおじさんと名乗った以上、あえて否定する理由もない。

「お母さんと同じくらいだったよ」

そう聞いて、たちまち心が浮き立った。

「髪の毛は？　白かった？」

「黒かった」

セリーナは頬をゆるめた。ならば、さほど高齢でもない。「目の色は？　何色？　眼鏡をかけていた？　背が高い人？　杖をついていた？」

立て続けに尋ねると、エドワードが困ったような顔をした。

「普通だよ。黒っぽい服を着てた」参考までに、という感じで答えたあと、エドワードはふたたびコンパスをかかげた。「もらっちゃだめ？」

情報を引きだすのは限界らしい。セリーナはため息をつき、手を出した。「ちょっとだけ見せて」

エドワードがコンパスを手渡してきた。それをひっくり返したセリーナは、裏面に刻印されたMとCの文字に目をみはった。

「もとはお父さんのだと言ってたよ」エドワードはじれったそうに体を左右に揺らしている。

「その人の頭文字じゃないってことね」言うまでもなく二番めのCは姓だろう。父親と同じはずだから。

そしてアボットは姓でも名でもない。最初から偽名だと明かしていたことになる。

どうでもいい。友達以上の関係にはならないと、最初の手紙にはっきり書いてあった。

それなのに、一年も文通を続けるうちに期待してしまった。

隣でメアリーが笑った。「やっぱり誰かいたのね。ごまかしたって無駄よ。目の輝きで丸わかりなんだから」

「そうね」セリーナは否定せず、遊歩道に視線を泳がせた。「気になる人ならいるわ。でも、まだなんの約束もしていないのよ」

「既婚者？」メアリーが声を落とした。

「知らないわ」セリーナも小声で言い返した。「手紙のやりとりをしているだけだもの」

もっとも、手紙は相当な数にのぼる。一年にわたり、間隔が一週間以上あいたことはないし、ときには一日に何通も書いた。

「それでも会ったことは一度もないの」ため息がこぼれてしまう。

「なんてロマンティックなのかしら」メアリーもため息をついた。

「そんなんじゃないわ」セリーナは会話の主導権を取り戻そうとした。「ただの友達よ。お互いに、それ以上の気持ちを書いたことはないし、何も期待していないもの。それに、うさんくさいと感じたのであれば、どうぞご心配なく。彼は何ひとつ要求してこなかったから」

「そういう心配はしてないわ」メアリーがまた笑い、エドワードをちらっと見た。エドワードは新しい遊び道具に夢中で話を聞いていなかった。「それに、少しは要求されたいわよね」

「なんですって?」セリーナは本気で尋ねたわけではなかった。メアリーの言葉を完全に理解している。顔が火照ってきたのがその証拠だ。

メアリーが訳知り顔で見つめてきた。「夫に先立たれて一年もすれば、さびしくもなるって話よ」

正直に言えば、さびしいと感じたのはもっと前からだった。ジョンは死ぬ前の数カ月間、妻よりもカードやサイコロに心を奪われていた。そしてメアリーの言うとおり、わたしはいま孤独にさいなまれ、さびしくてたまらない。「そんなんじゃないったら。わたしたちは純粋に知的な友情で結ばれているのよ」

「ふうん、知的な友情ねえ。それにしては、ずいぶん顔が赤いけど」メアリーが疑わしげに言った。

「いいじゃない」セリーナは言い返した。もっともらしく聞こえるといいけれど。「意外と近くにいたので、うれしくなっただけよ」

「でも会ってもらえないんでしょ」メアリーが希望を打ち砕いた。「エドワードの話からすると、その人が顔を合わせなかったのは高齢や病弱という理由じゃなさそうね。子供が怖がるような傷もない」

「そうだけど……」セリーナは口ごもり、その可能性について考えたこともなかったふりをした。元軍人で顔に傷があるから会いづらいのかとも考えたが、その仮説は今日の一件で否定された。たとえ目や体に障害があっても好きになるだろうと、しょっちゅう想像していたけれど。

「とくに問題もないのに、ただの友達止まりで親密な交際に発展しなかった」メアリーが首をひねりながらつぶやいた。「要するに、その人は既婚者で、文通さえ不適切ってことでしょう」

それはセリーナが最も恐れていたことだった。

〝アボットおじさん〟などという偽名まで使って素性を隠すのは、不倫の関係を避けるためなのでは?

「不適切な文通なんかしていないわ」少なくとも、こちらが出した手紙は慎み深いものばかりだった。

自分の本当の気持ちを書いて、出さずじまいになったこともあるけれど。その手紙はすべて装身具ケースに封印した。もちろん恋文など隠していない。受けとったことすらないのだから。

メアリーはセリーナの文句を聞き流し、もう一度ため息をついた。「それでも胸がどきどきするわね。大きい声では言えないけど。その人の正体を突きとめなさいよ。そうすれば文通を続けていいのか判断がつくでしょう」

お金をもらったことをメアリーに黙っておいてよかった。たぶん、いい顔をしないだろう。

「次の手紙できいてみるわ」セリーナは嘘をつき、話題を変えた。

アレックスは午後の郵便物からセリーナの手紙を抜きとり、上着のポケットに入れると、落ち着いた足取りで書斎に向かった。そこなら誰にも邪魔されずに手紙を読める。エドワードへの贈りものに対する反応が気になる。

　生活費を援助したからといって、母親の許可も得ず幼い息子に接触していいわけではない。そもそも援助自体が無許可で始めたことだし、人聞きが悪いからとセリーナ本人から断られてもやめなかった。絶望的な状況のせいで外聞など気にしていられなくなると踏んだのだ。

　そういった舞台裏をことあるごとに考えてしまううえ、そのたびに不安が増した。いまのところ、ふたりの関係は誰にも気づかれていない。とはいえ、すでに一年も過ぎているし、幸運がずっと続くものでもない。他人に暴露される前に自分からセリーナにすべてを打ち明け、夫を死に追いやったことを謝罪するしかない。

　セリーナの評判に傷をつけることなく関係を断つべきだろう。セリーナに頼まれて援助したわけではないし、援助を受けた側が赤の他人から金銭ずくだの恥知らずだのと責められるのも理不尽だ。ましてや出会ったころよりも状況を悪化させてしまうのは耐えがたい。

　どのみち手を引かなくてはならず、それは避けられないことだ。セリーナには人生とベッドをともにするのにふさわしい男がきっといる。かつての因縁を考えれば、自分が彼女にあたえられるのは、いびつな友情と金だけだ。

　それでもセリーナが情熱を燃やし、いま以上の関係を期待していることは、さりげなく手紙に仕込まれた言葉の端々から見てとれる。

　自分も同じ気持ちだった。初めて会ったとき、セリーナほど美しい女性はいないと思えた。だが手紙のやりとりを続けるうちに、外見のみならず心も美しいとわかってきた。セリーナは聡明で向上心にあふれている。気になってしかたがない。

手紙を読むたびにアルトの声がささやいてきて、ベルベットのように柔らかく肌を包む。夜に手紙を片づけたあとは身も心もひとつになり、疲れ果てるまで愛を交わす。そして新たな黎明のなか、夢と希望を語り合う。

それでも夜が明けてしまえば、グレンムーア公爵がオギルヴィーの未亡人と息子にしたことを思いだすだろう。そのうえ一度だけ弔問に行った記憶までもが痛いほど鮮明によみがえってくる。力になれることがあればと、形ばかりの労いの言葉をかけたときの、あの目――。

ふたりとも別の人間であったなら、最初から彼女に素性を明かし、援助を申しでていただろう。だが彼女は未亡人セリーナ・オギルヴィーで、わたしは蛇蝎のごとく忌み嫌われているグレンムーア公爵なのだ。

アレックスは手に持った郵便物をにらみすえ、悲哀の混じった笑みを浮かべた。つかの間とはいえ、別の人間になれたのだ。ポケットに手をさし入れ、手紙の縁を指でなぞる。アレックスは嘆息しながら手紙を取りだすと、開封して読み始めた。

親愛なるアボット――

アレックスはふたたび顔をゆがめると、親指で文字に触れた。手紙を書きながら、ほほえみかけてくるセリーナが目に浮かぶ。

いまハイドパークから帰ってきたところです。わたしは真実を知らなくてはなりません。あなたも同じ場所にいたのでしょう？　迷子のエドワードと会い、わたしのもとに戻してくれたのですよね。エドワードへの贈りものは、すばらしく実用的でした。エドワードは狭い家のなかを歩きまわり、すべての部屋の方位を調べて教えに来ました。いまは庭に出て、真北に向いた花を残らず地図に描きこんでいます。

だいたい想像はつく。自分も同じくらいの年齢のころに父からコンパスをもらい、似たようなことをしたからだ。

あなたもエドワードと一緒にうちに来て、お茶を飲んでくれたなら、あの贈りものはもっと輝いたことでしょう。

「さて、どうだろうね」アレックスは暗い面持ちでかぶりを振ると、続きを読んだ。

わたしは興奮を抑えきれず、一緒にいた友人のミセス・ウィルソンに気づかれてしまいました。そのため、あなたと文通していると打ち明けるほかありませんでした。彼女はあなたが既婚者ではないかと疑っています。あなたがわたしに会おうとしないのは、不謹慎な事態を避けるためではないか、と。正直に言ってください。あなたにはミセス・アボットがいるのでしょうか？　よろしければ、その幸運な女性ともども、わが家へおいでください。わたしも奥さまとお近づきになれるかもしれません。

アレックスは机の隅に用意していた紙に手を伸ばすと、ペン先を削り直して返事を書いた。

親愛なるミセス・オギルヴィー――

そう書きながら、アレックスはささやいた。「セリーナ」

今日、公園にいたのは間違いなくわたしです。エドワードが困っているのを見て、助けずにはいられなかった。今後また同じような問題が生じても、あのコンパスで対処できるはずです。エドワードがひっきりなしに方向を確認しているのであれば、もう道に迷うことはありません。ただし、あなたはときどき、うんざりして頭をかかえることになるでしょう。わたしの母もそうでしたから。

アレックスは思いだし笑いをしながら、ふたたびペンを走らせた。

ミセス・アボットの件については——

セリーナに興味を持たれてしまった。好意をかわすため、既婚者のふりをするという手もあるが、考え直してやめた。嘘で問題をひとつ解決しても、それに劣らぬほどの問題を新たに引き起こしかねない。それに、ばかばかしいとは思うが、セリーナに希望を捨てさせたくない。自分にもできないことを、彼女に強要してどうしようというのか。

アレックスは続きを書いた。

——残念ながら、そのような女性は存在しません。したがって、われわれも会うべきではない。長いあいだ同席すれば、誤った印象を世間にあたえかねないので。

アレックスは唇をかみ、どう説明すればセリーナを傷つけずにすむだろうかと考えた。

どれほど望んでも、われわれが会うのは不可能です。わたしは決して、あなたが考えているような人間ではない。ほんの一瞬でも見かけたとたん、あなたはわれわれの友情に終止符を打つはずです。この関係をわたしがどれほど大事にしているか、あなたには想像もつかないだろう。このつながりが自然消滅する前に断ち切ってしまうのは、とても惜しいことです。

　あなたがふたたび社交界に出れば、紙とインクの関係ではなく、生身の人間関係を結んでくれる立派な紳士がすぐに見つかると思います。そのときを最後に、あなたはわたしを必要としなくなるだろう。わたしはあなたをもっとすばらしい男性に引き渡すしかないのです。

　その日まで、わたしはあなたを見守ります。

あなたのアボット

アレックスは紙に砂をかけて余分なインクを吸いとり、ため息をついた。後悔の念にさいなまれつつ文面を凝視する。真実が厭わしい。だがそれも、長いあいだ目をそむけてきた報いというものだ。セリーナの本当の幸せを邪魔する存在にはなりたくない。だいいち、グレンムーア公爵に対する彼女の評価が大きく変わったとも思えない。

　遠くで正面玄関のドアが開いて閉まる音と、客を迎える使用人の声が聞こえてきた。しばらくして書斎のドアから弟が顔をのぞかせたとき、アレックスは手紙をあとで送ろうと机の引き出しにしまいこんでいた。

　エヴァンも手紙らしきものを振りまわしながら書斎に入ってくるなり、それを芝居がかったしぐさでさしだしてきて、何もない机の中央に落とした。

「わが奥方からの招待状だ。どうやら舞踏会を開くことになったらしい。ぼくと同じで、兄上も逃げられないよ。こうやって招待状を自分で届けることにより、郵便料金を節約するのが精いっぱいだ」

「もちろん出席するとも」アレックスは笑顔で招待状を開いた。「マディがわたしの縁談に無駄なエネルギーを使わなければ、もっとありがたいのだが」

「それは保証しかねる」エヴァンは首を横に振った。「マディは兄上を結婚させようと意気込んでいる。結婚すれば、ぼくたちと同じように幸せになると信じて疑わないんだ。だから、特別に招待してほしい女性がいるなら言ってくれ」

アレックスが考えこみ、義弟の言葉が宙に漂った。ややあって、アレックスは口を開いた。「期待を裏切るかもしれないが……オギルヴィーの未亡人を招待してほしいと言ったら、先走りすぎだろうか」

「まだ引きずっていたのか」エヴァンが眉をひそめた。「一年もたつのに。世間の風向きも変わり、兄上を責める者はいなくなった」

「そうでもないぞ」カードルームに入ると往々にして向けられる暗い視線を思いだし、アレックスは眉根を寄せた。「いまもなお場所によっては、わたしの名前に影がつきまとっている。だいいち、ミセス・オギルヴィーを招待するのは、わたしのためではない。この一年は彼女にとって苦しい日々だった……と思う」

「マディの数学協会に招待したように、できるかぎりの便宜をはかろうというわけか」

「そのとおりだ。男女が同席する場に顔を出すことは、ミセス・オギルヴィーにとって有利に働くはずだ。彼女が再婚すれば、スキャンダルは完全に収束する」

アボットおじさんを名乗ったせいで生じた問題も解決するに違いない。

「兄上も舞踏会に来ていると知れば、彼女はどう思うだろうね」エヴァンが難しい顔をした。

気をつけないと、砂漠で一杯の水を前にしたかのごとく彼女を見つめてしまい、本心が露呈するだろう。もうすぐ同じ空間にいられると思うだけで、早くも体がうずいている。

アレックスは興奮を押し殺した。「さあな。こちらから彼女に接触するつもりはない。向こうも、わたしを避けてくれるといいのだが。おそらく、よそに気を取られて、わたしのことなど忘れてしまうだろう。ほかの男もミセス・オギルヴィーと話したがるはずだ」

「そうだな」エヴァンがうなずいた。「聞くところによれば、かなりの美人らしいな」

必要以上に弟の興味を引いてしまったか。

かまうものか。アレックスはつい本音をもらした。「ものすごい美人だから、まわりの男が放っておかない。あっという間に再婚するだろう」

「そうか。それで、兄上のほうは今後のことをどう考えているんだ？　ほかに会いたい女性はいないのか？」

アレックスはぎこちなく笑い、かぶりを振った。「いたら真っ先におまえに知らせるよ。だがいまのところ、わたしの心を奪うような人はいない」

少なくとも、妥当と思えるような女性はいない。

エヴァンが苛立(いらだ)たしげに頭を振った。「なるほど。マディはミセス・オギルヴィーの結婚相手を探すだけで満足するしかなさそうだ。しかし、今年も逃げられるとは思うなよ。兄上が結婚するまで、わが家に平穏は訪れないんだから」

「社交シーズン中に片がつくさ」セリーナが結婚すれば、彼女となら本物の幸せをつかめるのではと夢を見ることもなくなるだろう。

4

セリーナが舞踏会に出席するのは、今夜が初めてだった。

結婚前は、そもそも社交シーズンのロンドンに行く暇もお金もなかった。父は社交などくだらないと鼻で笑い、そんなことをしなくても結婚は簡単に決まると言い張っていた。しかし父も母も世を去り、その話は意味をなさなくなった。

それでも数年後、ジョン・オギルヴィーが隣家に学生時代からの旧友を訪ねてきたとき、亡き父の意見は正しかったと証明された。セリーナは簡単な紹介を受けただけで、ろくに顔も合わせないままジョンに結婚を申しこまれ、ロンドンの大邸宅の女主人という輝かしい未来を約束された。

ジョンとの生活がひどく不安定だと思い知らされたのは、結婚してからのことだった。ロンドンの家はそれなりに立派とはいえ、大邸宅というほどでもなかった。ジョンのギャンブル癖のせいで家計はつねに苦しく、ほかの娯楽もままならない。カードルームや賭博場で会う遊び仲間は、ジョンの財布が空になると自宅に招こうともしなくなった。

それなのに、今夜はどうしたことだろう。未亡人が舞踏会に招かれるなんて。

ファロン公爵邸の大広間の入り口で、従僕が声も高らかにミセス・オギルヴィーの到来を告げた。セリーナは急いでモスグリーンのシルクのスカートをなでつけて、ひだの具合を整えた。そして大広間に入ると、振り返った人々にほほえみかけた。数学協会の知り合いも何人か来ている。セリーナはファロン公爵夫人にていねいな挨拶をして、招待の礼を言った。

ファロン公爵夫人がいたずらっぽい笑顔を返してきた。「よく来てくれたわね。一年の喪が明けて本当によかったわ。いつまでも過去を引きずるわけにはいかないもの」

公爵夫人は招待客であふれるダンスフロアをさし示した。

「わたくしたちはみんな、あなたの力になりたいと思っているのよ」

「ありがとうございます」セリーナは感謝しつつも内心では疑念を抱いていた。みんなが力になってくれる？　それは言いすぎでしょう。夫が死んだとき、弔問に来た友人はひとりもいなかった。その後、援助してくれた人もほとんどいない。例外はたったひとりだけだ。今夜ここに招待されたのも、その人のおかげという気がする。

ファロン公爵夫人は間違いなくアボットについて何か知っている。とはいえ、それを直接きけるほど親しい間柄でもない。アボット本人がなんらかの形で身元を明かしてくれるといいのだけれど。彼もここに来ているのだろうか。ひょっとすると、今夜こそ会えるかもしれない。

セリーナは思わずほほえんで周囲を見まわした。するとメアリー・ウィルソンや数人の知り合いと目が合い、すぐさま紳士たちに紹介された。熱意にあふれた紳士の名前でダンスカードが埋まっていくようすに、セリーナは目をみはった。

空欄が残りわずかとなったとき、ダンスカードに影が落ちた。はっと視線を上げると、けわしい表情のグレンムーア公爵が間近からダンスカードをのぞきこんでいた。

「ミセス・オギルヴィー」公爵は声をしぼりだすように言い、ぎこちなくお辞儀をした。

ほんの一瞬、セリーナは衝撃のあまり息をのんだ。

そして、とげとげしい声が次から次へと口から飛びだしそうになった。

あんなことをしておきながら、なんの権利があってわたしを困らせるの？

わたしの人生を狂わせたくせに、お辞儀をしてカドリールを踊れば帳消しになるとでも思うの？

夜の外出は一年ぶりなのに、どうして全部だいなしにされなきゃいけないの？

さいわい、礼節が怒りを抑えこんでくれたため、わめき散らさずにすんだ。セリーナは公爵を鋭くにらんだあと、そこに誰も存在しないかのように視線を素通りさせ、ひややかな無関心を装った。無視されて当然の人間がロンドンにいるとすれば、この男にほかならない。

公爵が身じろぎをしたものの、セリーナはかたくなに目をそむけていた。やがて、根負けした公爵は口のなかで挨拶らしき言葉をもごもごとつぶやき、離れていった。

グレンムーア公爵がいなくなると、セリーナはほっと息を吐いた。ゴシップのざわめきが霧のごとく立ちのぼり、大広間じゅうに広がっていく。じきに未亡人ふぜいが公爵を邪険にしたと噂になり、明日にはスキャンダルとして紙面を賑わすだろう。自業自得としか言いようがない。

間延びした拍手に続き、バクスターの声が聞こえた。「たいしたもんだ」

グレンムーア公爵がロンドンで最も会いたくない人物だとすれば、バクスターはその次に会いたくない男だった。それでも、ふたりの男性を立て続けに無視するわけにはいかない。友人にも頭がおかしいと言われてしまう。そこでセリーナは、ひややかに会釈してその場を離れようとした。

バクスターが目の前に立ちはだかった。「久しぶりだな、ミセス・オギルヴィー」

「ミスター・バクスター」セリーナはふたたび歩きだそうとした。

「ダンスカードにあきがあるじゃないか。ワルツのところだ。座ってばかりいると、体がなまってしまうぞ」セリーナの手首からリボンでぶらさがっているカードに、バクスターが手を伸ばしてきた。

「とんでもない」セリーナはあとずさった。「久しぶりの外出ですし、疲れないよう気をつけなくては。ほかのかたと約束があるので失礼します」

セリーナは顔をそむけると、一曲めのカントリーダンスのため迎えに来た紳士にほほえみかけた。

バクスターが苦々しく笑い、引きさがった。「あとで話そう。ゆっくりとな」

口実をこしらえて逃げればいいだけよ。ともかく、いまはダンスで気をまぎらわすことにしよう。

セリーナは何人もの紳士と踊ったあとシャンパンを飲み、ビュッフェに向かった。その後は友達と会話を楽しんだ。気づけば二時間が過ぎ、バクスターのことなど完全に忘れていた。

こんなに気がまぎれたのは一年ぶりだった。真夜中ごろ、人いきれに耐えられなくなったセリーナは涼しい夜風にあたろうと奥のフランス窓から外のローズ・ガーデンに出た。

しかし遊歩道に出て間もなく、追いかけてきたバクスターが隣に並び、古い友人のようになれなれしく腕を組んできた。

セリーナはぎょっとしたものの、がっちり捕まえられて動けなかった。これほど親密な態度をとられては、バクスターを突き飛ばして逃げることもできない。騒ぎたてて人目を引いてしまうとまずい。これ以上ゴシップを増やしたくなければ、辛抱するしかない。

「ミセス・オギルヴィー」バクスターが悦に入った態度で話しかけてきた。

「なんの用ですか」セリーナは小声で問いただし、腕の自由を取り戻そうとしたが、無駄な試みに終わった。

「簡単な質問に答えてもらうだけだ」

「何かしら」セリーナは冷たい微笑を浮かべた。「とりあえず離していただけますか」

「だめだ。俺は一年以上あんたのことを考えていた。旦那が死んだあと、金もないのにどうやって生きてきたのかと思ってね」

「親類の遺産が入ったのです」一年前アボットに教えられた言葉をそのまま口にする。

「なるほど、そいつは興味深い」セリーナの腕をつかんでいた指に力がこもった。「オギルヴィーのことは死ぬ前からよく知っているんだ。奥さんの話も旦那からいろいろ聞いたぞ。結婚前から身寄りがなかったとか、天涯孤独だとか。そのわりには、たいして生活に困ってないようだな。いいところに家を借り、このとおりファロン公爵邸の舞踏会にまで招待されている」

セリーナは声の震えを抑えながら言い返した。

「天涯孤独ではありませんから」

それは嘘だった。ひとりぼっちだし、援助がなければ生きていけない。この男を追い払うこともできない。

「そのようだな。では次の質問に移ろう。本当は誰の援助を受けてるんだ？　その見返りに、奥さんは何をしてる？」

セリーナはバクスターの手を振りほどこうとした。

「べつに何もしていません。伯父の遺産が入ったのです」

「よく言うよ」バクスターが低い声で恫喝した。「しらばっくれても、すぐばれるぞ」

セリーナは取り乱さないよう必死にこらえた。呼吸が浅くなり、冷や汗で体じゅう気持ち悪い。本当のことを説明したところで、バクスターが耳を貸すはずもない。親切な人が匿名で援助してくれたなんて、とうてい信じがたい話だもの。援助と引きかえに愛人になったと思われるのがおちだろう。なんだかんだ言って、バクスターにも同じ下心があるのだから。

頭が真っ白になり、弁解の言葉ひとつ出てこない。だが突然、なれなれしく巻きついていた腕が硬直した。いましがた強引に腕を組んできたときとは逆に、今度はバクスターがすくみあがる番だった。セリーナが横目で見ると、バクスターの肩に手が置かれていた。白く長い指が上着のウール生地に食いこんでいる。

けわしい声が背後から降ってきた。「バクスターだな？」

隣でバクスターがうなずいた。

「レディはお困りのようだ。放せ」さらに、もうひとこと。「いますぐに」

バクスターがあわてて腕をほどき、飛びすさるように離れた。

「よろしい」大きな手が念を押すようにバクスターの肩を叩いた。「さっさと失せろ。それとも、きさまが招待客に迷惑行為を働いていると主催者に言って、蹴りだしてもらおうか」

バクスターがぼそぼそと悪態をついた。「いや、まだ――」

「失せろ」

一瞬、バクスターが肩をいからせた。だが背後の黒い影は、巨大な石碑さながらに揺るぎなくそびえている。バクスターが苦々しげに鼻を鳴らして退散すると、入れかわるように歩みでた人影がセリーナの前に立った。

彼はセリーナの腕にそっと手をかけ、ささやいた。「大丈夫か、ミセス・オギルヴィー。落ち着くまで座っているといい」

蔦のからむ壁ぎわのベンチに連れていかれたセリーナは、ぞっとしながら彼を見上げた。「グレンムーア公爵」

「あの男と大差ないと思われていそうだが」公爵が申しわけなさそうに苦笑した。「背に腹はかえられないと言うからな」

「どこまで話を聞いたのですか？」セリーナはベンチに腰を下ろした。

「べつに何も。たいして記憶にも残っていない」グレンムーア公爵は隣に座ると、両脚を前に伸ばして姿勢を整えた。体こそ触れていないが、ぬくもりが伝わってくるほど近い。

セリーナはグレンムーア公爵に寄りかからないよう気を引きしめた。バクスターに脅されたせいで、つい何かに頼りたくなってしまう。この一年間すべてが順調だったのに、葬儀の直後へと逆戻りした感さえある。バクスターが押しかけてきたときにも劣らぬほど恐ろしく、誰かの肩にもたれて泣きたいくらいに心細い。

セリーナは背筋を伸ばし、覚悟を決めて公爵から上体を離した。いま気骨が折れたら感情まで崩壊し、手に負えなくなるだろう。わたしの人生をめちゃくちゃにした男の前で、そんな醜態をさらしたくない。最前のグレンムーア公爵は、しゃくにさわるほど頼もしかったけれど。

「あなたとわたしの関係は何も変わりませんから」セリーナは立ちあがって、グレンムーア公爵から離れた。

「結構。大広間に戻ることを勧める。遊歩道を右に行けばすぐだ」

「ひとりで戻れます」セリーナは、そっけなく言った。「方向はわかっていますから――」

「コンパスもないのに？」

「ええ。あなたに助けていただかなくても結構ですから」セリーナは最後にもう一度、公爵をにらみつけた。
「なるほど」頭を下げる公爵を尻目に、セリーナは来た道を足早に引き返した。

5

〝昨夜ファロン公爵邸で開催された舞踏会にて、ことのほか興味深い光景が目撃された。美しきミセスOが遭遇した相手は、彼女を未亡人の身に陥れた張本人であった。女の細腕で剣を振るうことはかなわずとも、まなざしの刃でつらぬくのに支障はない〟

アレックスは朝食のコーヒーを片手に朝刊のゴシップ欄を見すえた。ここは笑うところなのか、それとも腹を立てるべきなのか、よくわからない。ただでさえ泥まみれだった評判に、またひとつ汚点が加えられた。だが少なくとも、果敢に挑んだセリーナの株は上がった。公爵を鼻であしらうほど気丈な未亡人は、社交界で人気の的となるだろう。

　セリーナにすげなくされるのは、なんとも心が痛む。だがバクスターにしつこく言いよられても、彼女が冷静さを保っていたのは立派だ。アレックスは昨夜ずっとセリーナを見つめ続け、ダンスを踊った回数と踊らずに座っていた回数を数えただけでなく、彼女に特別な関心を寄せた男たちのことまで頭に叩きこんだ。社交界に出たばかりの妹に付き添う兄は、こういう心境だろうか。

　昨夜は兄としてセリーナを見守ろうと決めていた。だがファロン公爵邸の大広間に入ってきたセリーナを見るやいなや、兄らしい気持ちなど消え失せた。モスグリーンのドレスがグレーの瞳を引き立て、ことのほか美しかったのだ。まわりの男たちも魅入られたような面持ちで、必死にセリーナの気を引こうとしていた。家族の愛情とはほど遠い嫉妬に駆られたアレックスは、セリーナを人混みから連れだして自分だけのものにしたくなった。

　愚の骨頂だ。これまで交わした親密な手紙が頭に浮かんだせいで、ばかばかしい希望を抱いてしまった。〝自分が文通相手だと気づかれたとしても、セリーナと息子に仇なすつもりはないと信じてもらえる〟などという妄想だ。だからこそグレンムーア公爵として挨拶しようと、セリーナにふらふら近づいたのだ。

　だが案の定、返ってきたのは嫌悪と侮蔑のまなざしだった。それでも別れぎわにもう一度だけ真実をにおわせたくなり、アレックスは冗談めかしてコンパスの話をした。その意図が伝わり、セリーナの目が輝くことを期待したのだが。

　失敗に終わった。ほんの一瞬でも彼女の嫌悪感をやわらげるには、どうすればいいのか。そもそも、なぜそんなことを望む？　わたしがアボットだと知れば、セリーナが胸に飛びこんでくるわけでもあるまいし。むしろ人生に土足で踏みこまれたと逆上し、いっそう嫌悪をつのらせるかもしれない。

あと少しだけアボットおじさんのままでいても、ばちはあたらないだろう。尊敬に値する無私無欲の聖者、それがアボットなのだ。そして予期したとおり、アボットに助言を求める手紙が午後の郵便で届いた。

親愛なるアボット、わたしが舞踏会に招待してもらえたのは、あなたの口利きがあったおかげですよね。でも残念ながら、面倒なことになりました。いけ好かないグレンムーア公爵を無視したせいで、新聞にのってしまったのです。

アレックスは顔をしかめた。いけ好かないグレンムーア公爵のくせに、許してもらえるとでも思ったのか？　毛嫌いされていたとも知らず、おめでたいとしか言いようがない。

そのうえミスター・バクスターまでもが言いがかりをつけてきて、わたしの支援者を突きとめると息巻いていました。わたしたち双方にとって、よい話ではありません。いままでずっと、あなたは名前を伏せてきたのですから。言うまでもなく、何か理由があってのことでしょう。わたしたちの関係が発覚しないよう文通をやめるとおっしゃるのであれば、それも致し方ありません。

そのとおりだ。本当にやめるべきなのだ。まともな神経の持ち主であれば、何がなんでもセリーナと手を切るはずだ。

アレックスは紙を取りだして返事を書いた。

親愛なるミセス・オギルヴィー

バクスターの脅しについては心配ご無用です。叩きつぶしてやりましょう。

どうすればいいか見当もつかないが。スキャンダルを激化させず、弱めることはできるはずだ。

それに、困っているあなたを見捨てるものですか。このわたしがつまらぬ脅しを恐れて逃げようなどとは、ゆめゆめ思わないでほしい。ましてやバクスターのごとき薄汚い小物など話にもなりません。

〝いけ好かないグレンムーア公爵〟については、どのように対応するべきか。まあいい、それは水に流して楽しい話題に持っていこう。

昨夜、あなたはあきらかに大成功を収めたのですから、そのことだけを考えましょう。緑のドレスが実にお似合いでした。あなたは大人気で、ダンスの申しこみも絶えなかった。ご自身でも喜びを感じたはずです。これからも続々と招待状が届き、社交の場で不測の事態が生じることもないでしょう。

ではまた。

忠実なる友、アボット

・

満足したアレックスは、手紙に砂をかけて封印すると、これから出す郵便物の上に置いた。

翌朝、郵便が届くやいなや、セリーナは正面玄関のドアに飛びついた。きっと返事が来ると思いながらも、それを恐れる気持ちもあった。文通をやめようとアボットに提案したこと自体は間違っていないと思う。立派な紳士を巻き添えにするわけにはいかない。

それなのに、アボットが提案を断ってくれないかしらと、心のどこかで期待してしまう。彼のことが恋しい。そばで支えてもらいたい。彼のいない生活なんて想像もできない。当のアボットは、そんな生活がもうすぐ始まると言うけれど。ファロン公爵邸の舞踏会で出会った紳士はみんな魅力的で礼儀正しく、気配りができるうえ、ひとりの例外をのぞいてダンスも上手だった。けれども一日と半分が過ぎたいまとなっては、ぼんやりとしか覚えていない。グレンムーア公爵とバクスターに出くわしたせいだろうか。いずれにせよ、これから読む手紙の差出人に比べれば、昨日会った男性なんて全員どうでもよくなってしまう。

セリーナは手紙にさっと目を通し、安堵の吐息をもらした。〝バクスターの脅しについては心配ご無用です〟とか〝忠実なる友〟といった文言が頼もしい。

そのとき、ある一文が目にとまり、紙を持つ手がぎくりと震えた。いまアボットが目の前にいたら、同じように襟首をつかんで揺さぶってしまうかもしれない。

〝緑のドレスが実にお似合いでした〟

アボットもあの場にいたのだ。舞踏会の広間で一緒に踊ったか、そしらぬふりで話しかけてきたのかもしれない。

その証拠に、わたしが緑のドレスで踊りづめだったことまで知っている。

わたしがバクスターに脅されたところも見ていたの？　たぶん、それはない。もしも見ていれば、グレンムーア公爵ではなくアボット本人が助けに来たでしょう。それ以前に、わたしが無防備にふらふらと外へ出ていくのを見逃すわけがない。

あのとき庭園には、ほかにも人がいたはずだけど、バクスターに腕をつかまれて頭が真っ白になり、ろくに覚えていなかった。

その後グレンムーア公爵とも一悶着あって、逃げるように家へ帰った。あの人のことを思いだすと、いまでも嫌悪感と好奇心が妙な具合に混ざり合う。公爵は袖にとまったハエでも払うかのように、バクスターを追い払ってくれた。そしてベンチで隣に腰かけた。どうやら、わたしを安心させようとしたらしい。

かえって不安が増す一方だったけれども。混み合う大広間でグレンムーア公爵だけ邪険に扱うのとは違う気まずさがあった。暗い庭園でふたりきりになると、たくましくて男らしい体つきが気になってしかたなかった。バクスターを撃退したときの圧倒的な自信も伝わってきた。

セリーナは頭を振った。あんな人にこだわっても意味がない。アボットの言うとおり、ほかのことだけ考えよう。舞踏会には彼も来ていた。それがすべてなのだから。手紙を胸に抱きしめたせつな、あらゆる憂いが消えた。

昨夜、アボットと本当に踊ったことにしよう。想像するだけなら、夢のように美しい物語にしてもいいでしょう？　ダンスの最中に交わした言葉までは覚えていない。たぶん、ありきたりな話だろう。かたやアボットは秘密を楽しみながら、キャンドルの光に輝くわたしの姿に目を奪われていた。

わたしを腕に抱いて踊っていた。

いいえ、それはない。昨夜はワルツを踊らなかった。手をつなぐだけのカドリールならともかく、初対面の男性と抱き合って踊る気がしなかったのだ。アボットとワルツを踊り、笑いながらスピンやターンをするところは想像したけれど。

まあいい。次か、その次の舞踏会で踊ろう。アボットは水を得た魚のように上流社会を泳いでいるはずだもの。今度こそ彼を探しだし、この身を捧げよう。そうすれば夢見たとおり彼と結ばれて、すべてうまくいくでしょう。

6

「バーナード・バクスターという男について何か知らないか？」アレックスはファロン公爵邸の書斎で午後のブランデーを楽しんでいた。

義弟エヴァンが眉をひそめた。「ぼくと同じ学校にいた。卑劣な小悪党だ」

「そのような人物が、なぜ先日の舞踏会にいたのだ？」まったく理解しがたい。

「ジョン・オギルヴィーに運がなかったのと真逆で、バクスターはとんでもなく悪運が強い。ロンドンの住民の半分は彼に借金があり、あとの半分は義理がある」

「おまえは？」

「どちらでもない。バクスターを招待したのは、エラビー卿夫妻に頼まれたからだ。彼らがどんな関係だろうと、ぼくの知ったことじゃない」エヴァンがふたたびブランデーをついだ。「バクスターがどうかしたのか？」

アレックスは顔をしかめた。「場違いな人間がいるなと思ってね。わたしの友人に迷惑をかけていたので追い払った」

「友人というのは女性か？」エヴァンが含みのある笑い方をした。

「なんだっていいだろう」アレックスは早口で言った。「バクスターが招待客にまぎれこんでいたので意外に感じただけだ」

「気になるなら、もう招待しない。トラブルを起こしたと聞いた以上、出入り禁止にする。ぼく自身はなんのかかわりもないからね。伝手を頼ってまぎれこむことも許さない」

「そうしてもらえると助かる」バクスターをどう始末するかはともかく、たちの悪い男だと踏んだのは正しい判断だった。

「では、兄上の女友達の話を聞こうじゃないか」エヴァンが身を乗りだしてきた。「いま上階で奥方の数学サロンにいるのか？」

「どうしてそう思う？」否定ではない。したがって嘘でもない。

「兄上が遊びに来るのは珍しくもないけれど、上で会合を開いている最中に書斎で飲もうだなんて、どういう風の吹きまわしかと思ってね。ふだん奥方の友達でごった返しているときは、ここに近寄りもせず〈ホワイツ〉へ逃げこむのに」

「人が多い場所でバクスターの話をしたくなかっただけだ」人が少ない場所でもセリーナの話はしたくないが。

エヴァンはこの件を不問に付す気もなさそうだ。

「本当に仲のよい女性がいないのであれば、奥方のサロンに魅力的な若いレディがおおぜい来ているよ。ときには紳士も来る。数学に興味があるんだろうね」

「数学より若いレディに興味があるんじゃないか？」アレックスはグラスを置いて玄関広間に向かった。すでに退出する女性たちの列ができていた。

「わたしは情報を得たから、目的は果たした。もう帰ることにしよう」

　ファロン公爵邸の子供部屋は、レディたちであふれている。セリーナは後方の席でノートに向かい、ひたすら例題を解いていた。目の前の黒板に公爵夫人がチョークで書いた数式を理解するので精いっぱいだった。

　子供部屋の本来の主（ぬし）である幼いフレデリックは、部屋の隅で子守りと一緒にいた。琥珀（こはく）のおしゃぶりをくわえ、わけがわからないと言いたげな顔で母親を見つめている。わけがわからず困惑しているのはセリーナも同じだけれど。

　そもそもセリーナは、ほかのレディたちのような数学好きではなく、婦人雑誌のパズルやクイズに苦戦することも珍しくない。とはいえ、女性同士で話すのは楽しいし、ファロン公爵邸のビスケットやティーケーキは、自宅の料理人が作るものよりもずっとおいしい。

　ファロン公爵夫人が本日の課題の終了を宣言すると、セリーナは左隣のメアリーにほほえみ、時計をちらりと見た。

　ノートを閉じる音がそこらじゅうで響き、物足りなさそうなため息も前方から聞こえてきた。それでも使用人が紅茶とプティフールを配ったとたん、課題は完全に忘れ去られた。

一時間後、女性たちは公爵夫人に礼を言って解散した。

「数学協会って本当にすばらしいわね」メアリーは絶賛したあと声をひそめた。「ファロン公爵も目の保養になるし。とてもハンサムだもの。そう思わない？」

「ちょっと！」セリーナは親友を叱り、人に聞かれていないかと周囲を見まわした。「言っておくけど、あなたも公爵も結婚しているのよ」

メアリーが笑い、ふざけ半分にセリーナの腕を軽く叩（たた）いた。「わかってるわ。でも、見るだけなら問題ないでしょう。あなたって、そういう経験がほとんどないみたいね。この前の舞踏会で、また会ってもいいと思う人はいなかったの？」

「舞踏会で？」セリーナは頬を赤らめた。メアリーと並んで階段を下りる。

「謎のお友達のほかに誰かいないの？」メアリーは大理石の手すりに手を添えて、あからさまに言った。「一年もひっこんだまま出てこない人なんて、気にするだけ無駄でしょう。ほかの人にしなさい。それで急にひっこみ思案が直るか、もっと奥にもぐってよそに移るかは謎だけど」

後者はまさにセリーナが恐れていることだった。だからこそ、ほかの男性に意識を向けるのが難しい。アボットを失いたくない。

「そんな人いないから」セリーナは言葉を濁した。少なくとも、また会いたい人なんていない。しつこいバクスターが性懲りもなく現れると思うと不快でたまらない。

「社交シーズンは始まったばかりで、舞踏会だって一回出たきりなのよ。ロンドンには何百人もの男性がいるし——」

そのとき、ひとりの男性が目に入った。階段の下の玄関広間でおしゃべりをする女性たちに背を向けて、グレンムーア公爵が廊下にいる誰かと立ち話をしていた。ここから廊下は見えないけれど、おそらく相手はファロン公爵だろう。ふたりが血のつながった兄弟のように親しく、しょっちゅう会っていることはよく知られた話だ。

それでも、よりによってグレンムーア公爵がどうしてここにいるの？

セリーナはしばらく立ちすくんでいた。ふたりに気づかれることなく通り抜けるには、いったいどうすればいいのかしら。それでも気を取り直し、階段を下りていく。ただひたすら頭を高く上げ、グレンムーア公爵を無視することだけに専念しよう。目立つまねをしなければ、気づかれずにすむかもしれないし。

だが言うまでもなく、自分の運のなさを考えると、そんな破れかぶれの撤退作戦が成功するはずもない。近づくやいなやグレンムーア公爵が振り向き、目の前に立ちはだかった。

がっしりとした男らしい体格から目が離せない。そのうえ、とても背が高い。サンダルウッドの芳香の奥に、すっきりした石鹸の香りを感じた。

どういうわけか、ため息がこぼれた。こんなにも男性に近づくなんて……それこそダンスのとき以上に身を寄せるなんて久しぶりだと、体が認めたかのようだった。頭では認めたくないのに。すかさず伸びてきたグレンムーア公爵の手に腕をつかまれた。その腕から、熱いうずきが体じゅうに広がっていく。一瞬、グレンムーア公爵も同じように衝撃を受けたかに見えた。

「ミセス・オギルヴィー」彼はそれしか言わなかった。体が触れ合った衝撃で、頭の機能が消失したのだろうか。

「グレンムーア公爵――」わたしの頭も変になったらしい。いつもの怒りさえ感じないのだから。

「失敬」

「ごめんなさい」

ふたりとも同時に謝っていた。異なる状況であれば、おかしな偶然に笑い合ったかもしれない。

しかし現実には気まずい沈黙が広がるばかりで、互いに相手の言葉を待っていた。少なくとも、自分から先には動けなかった。

ついにグレンムーア公爵が口を開いた。「いい天気だな」

彼はまた黙りこんだ。黒雲が空にどんよりと立ちこめて雨まで降っていると、たったいま思いだしたかのように。

公爵がふたたび口を開いた。「そうか、数学サロンの帰りか」

セリーナはうなずいたものの、衝撃のあまり腕を振りほどくこともできなかった。

「わたしはファロンに会いに来た」グレンムーア公爵は言わずもがなのことを口にした。遅まきながらマナーを思いだしたのか、あわてて手を離して視線を泳がせた。「すると、そちらのレディはきみの友達かな」

どうやら紹介を待っているらしい。

公爵と話すつもりなど一切なかったことを完全に忘れていた。また冷たくあしらい、振り返ることなく雨空の下に出ていくべきだった。

だがその前に、メアリーに肘で小突かれた。

「ミセス・メアリー・ウィルソンを紹介します。メアリー、こちらはグレンムーア公爵よ」

「初めまして、閣下」

「お目にかかれて光栄だ」公爵はメアリーの手を取って身をかがめたあと、上体を起こして愛想よくほほえんだ。するとメアリーはファロン公爵のことを話したときのように、くすくす笑った。「歓談の邪魔をして申しわけない。よろしければ、わたしの馬車でご自宅までお送りしよう」

「結構です」

「まあ、ありがとうございます」

今度は女性ふたりが同時に答えた。しかしセリーナの声は押し負けたあげく黙殺された。

グレンムーア公爵が従僕に馬車を呼びに行かせた。

馬車で送ってもらうくらい、たいしたことではない。なんの意味もない。それなのに、どうしていまだに息が苦しいの？　たぶん、公爵への怒りを抑えこんでいるせいだろう。

グレンムーア公爵がメアリーに礼儀正しく話しかけ、夫と子供のことや数学協会で新しく出た課題について愛想よく尋ねるあいだ、セリーナは黙りこくっていた。

公爵はメアリーに色目を使っているの？　人妻を誘惑するなんて、いかにもこの人がやりそうなことだわ。未婚女性にねらいをつけて、お目付け役(シャペロン)なしで馬車に乗せるより、ずっとましだけれど。それに、グレンムーア公爵とメアリーのふたりきりというわけでもない。いざとなったら、わたしがシャペロンになろう。

初めのうち、メアリーは遠慮がちに話をしていたが、やがて熱心に相槌(あいづち)を打つようになった。そして馬車がセリーナの家の前に停(と)まるまで、なごやかなおしゃべりが続いた。

親切にしてもらったお礼を言わなくてはいけない。それなのに、感謝の言葉が喉にひっかかった。ありがた迷惑だと思っていることは、グレンムーア公爵もお見通しだろう。そもそも、わたしはなぜ断らなかったの？　馬車で送ってもらうのは、メアリーだけでよかったのに。

セリーナが降りると、公爵とメアリーを乗せた馬車が走りだした。たったいま起きたことに呆然(ぼうぜん)としながら、セリーナは遠ざかる馬車を見つめた。彼は貴族にもかかわらず、ごく平凡で無難に見えるよう気をつけていた。馬車で送ってもらい、上品な会話も楽しんだメアリーがグレンムーア公爵のとりこになったのは言うまでもない。

でも、その程度でわたしまで落とせると思ったら大間違いよ。なにしろ近寄るだけで不安になってしまうのだから。違和感がつのる一方なのに信用できるわけがない。公爵のほうも、ぎこちなくなって当然だろう。わたしの前で愛想よくふるまうには心の準備が必要なのかもしれない。

それにしても、なぜわたしを先に送ったのかしら。メアリーとふたりきりになるため？　メアリーは人妻で、略奪なんて許されるわけがないのに。グレンムーア公爵は、そこまで恥知らずなの？　それとも、あれはただの親切にすぎないのだろうか。あとでアボットに手紙で状況を伝え、意見をきいてみよう。

アレックスのもとに手紙が届いたのは、夕食の最中だった。食後に手紙を読むのが待ちきれない。

今日の午後は悲惨だったが、大勝利とも言える。口実を作ってエヴァンの屋敷に出かけたものの、嘘だと見透かされた。それでも玄関広間でセリーナとばったり出くわしたあげく、天気について変なことを口走ってしまった。初恋にぼうっとなった青二才じゃあるまいし。あれをエヴァンに聞かれていなければいいが。まあ少し聞かれたとしても、最初の部分だけのはずだ。

例によって、セリーナは口をきこうともしなかった。しかし友人のミセス・ウィルソンのほうは爵位に恐れ入ったのか、うまい具合に会話を長引かせてくれた。おかげで、ふたりを馬車で送るという口実ができた。

馬車に乗りこんだアレックスは、ふたりの向かい側に座った。ミセス・ウィルソンと会話をしながら、セリーナをじっくり観察するためだ。今日のドレスは柔らかなローズピンクで、肌が健康的に輝き、瞳も月光のようにまぶしかった。それでも道中ずっと、セリーナは上品に口を閉ざしていた。アレックスはセリーナを先に家まで送った。ただでさえ気まずく、間がもたないのだ。これ以上の災厄は避けたい。

セリーナが馬車から降りたあと、アレックスはそれとなく探りを入れた。〝かえって迷惑だったかな、ミセス・ウィルソン。残念ながら、ミセス・オギルヴィーは楽しんでいなかったようだ〟

〝とんでもない〟ミセス・ウィルソンが気をつかい、嘘をついた。〝公爵さまと会う前から、頭が痛かったようです。だから送っていただけて助かりました。雨のなかを歩かずにすんだのですから。セリーナだって感謝していますよ。こんなに立派な馬車に乗るくらいなら、ずぶ濡れになるほうがましだとか言うほど頑固じゃありません〟

その後は天気の話題に移り、有益な情報は引きだせなかった。まあいい、この手紙を読めば何かわかるはずだ。アレックスは手紙を開封し、スープをのみながら読もうとした。

スプーンが口元で止まり、音をたてて落ちた。

またしても、いけ好かないグレンムーア公爵と交流せざるをえませんでした……。

彼はわたしたちをファロン邸から家まで送るとき、あろうことか友人のミセス・ウィルソンになれなれしく話しかけたのです。既婚者である彼女に少しも敬意を払わず、道中ずっと恥ずかしげもなく言いよっていました。

わたしはメアリー・ウィルソンに色目を使ったと思われているようだ。そこまで誤解されるような失言をしただろうか。最低限の礼儀も知らないと思われたのか？　どうやら、セリーナにとってわたしは根っからの悪人らしい。

手紙を冒頭から読み直してみたところ、玄関広間で鉢合わせをしただけなのに、待ち伏せされたと書いてある。

まったくの言いがかりというわけでもない。実際、ファロン公爵夫人の数学サロンにセリーナも来ていると踏んでいた。そしてレディたちが退出する頃合いを見はからい、自分も書斎を出た。ちらっとでもセリーナの姿が見えないかと期待して。

だが、あの鉢合わせは本当に偶然だったと思う。いや、思うどころか、ほぼ確信に近い。他意はなかったのだから。セリーナの友人に話しかけたのも、雑談に応じてもらえたからにすぎない。しばらくのあいだセリーナと一緒にいるための、ささやかな口実にしただけだ。

それにしても、ミセス・ウィルソンねらいだと思われるとは……。どう見ても人妻なのに、色目など使うものか。

アレックスは片手で手紙を握りしめ、もう一方の拳をテーブルに叩きつけた。その反動で磁器が跳ね、音をたてた。

背後で従僕が落ち着きなく身じろぎをした。料理に問題があると誤解させてしまったようだ。

アレックスは深呼吸で気を静めた。そして手紙を慎重に折りたたんでポケットにしまい、どう返信するか考えながら機械的に食事をした。プディングを食べたあと、たっぷり五分待ってから、ポートワインを持って書斎に入り、羽根ペンを削った。

ミセス・オギルヴィー

今日は大変でしたね。とはいえ、それを理由にファロン公爵夫人の数学サロンへの出席を見合わせるのは、いかがなものでしょう。これまで、あなたがその集まりを楽しんでいたことは、わたしもよく知っています。たまたま出くわした人物のせいで、あなたがファロン邸に行けなくなるのは本当にもったいないことです。

グレンムーア公爵があなたの友人に言いよったとのことですが、彼にそのような意図はなかったと確信しています。あなたの友人も分別のある女性なので、グレンムーア公爵から親切な言葉をかけられても決して揺らいだりしないはずです。あなたが公爵によい感情を持っていないとしても、そのように友人を軽んじてはいけません。

これでよし。アレックスは愁眉を開き、満足してうなずいた。セリーナに会おうと画策したことの償いにならなくても、おそらく最小限の被害ですむはずだ。

アレックスはいったん手を止め、羽根ペンをもう一度インクにつけると、残りの空白を凝視した。セリーナの機嫌をとるために、まだ何か書けることがあるはずだ。ご立派なミスター・アボットなら、温かい言葉をひとつやふたつ書き添えるに違いない。

わたし個人としては、その紳士が気の毒でたまりません。グレンムーア公爵が挙動不審になるのは、あなたの美しさに呆然となり、そばにいるだけで理性を失うからではないでしょうか。

あなたはその考えに首をかしげるかもしれない。しかし、それは周囲の紳士にあたえるご自分の影響を過小評価しているからにほかならないのです。心の問題に関して言えば、美しい女性に影響されやすいのは貴族もほかの男性と変わりません。まてしてあなたは、たぐいまれな美貌と魅力的な性格をあわせ持っているのです。グレンムーア公爵があなたのとりこなのは間違いありません。

アレックスは署名をすると、砂をかけてインクのにじみを抑え、封をした。それを玄関広間に持っていき、発送待ち郵便物のトレーに置いた。あとは、いかがわしい公爵がセリーナに夢中だという手紙への反応を待つばかりだ。グレンムーア公爵への嫌悪感と、あらゆる誘いに対する不信の念を、たった一通の手紙で軽減するのは不可能かもしれない。それでもやはり、本当の気持ちを告白した手紙だ。

セリーナは届いたばかりの手紙を見つめた。まるで納得がいかない。アボットはグレンムーア公爵を信用しすぎじゃないかしら。おまけに、わたしが公爵の人柄に疑念を抱いているにもかかわらず、少しも聞き入れてくれないなんて。

それでも最後の段落を読んだセリーナは、思わず頬をゆるめ、最初からふたたび読み直した。アボットから美しい女性と言ってもらえた。それどころか、わたしは男性を呆然とさせるような女性に見えるらしい。

公爵の気持ちを代弁したという体裁の手紙だけど、どう見てもアボット自身の心情としか思えない。これもまた、わたしに心を奪われ、実らぬ愛に絶望している証拠だった。

だからアボットは手紙でしか連絡をとらないのだろう。直接わたしと会うのが恐ろしいの？　なんと妙な話なのかしら。八年に及ぶ結婚生活で、夫のジョンがそんなふうに誉めてくれたこともなければ、わたしを妻にした幸運に心を打たれたようすもない。しかもわたしには、夫を家庭に引きとめるだけの魅力すらなかったというのに。

どうやらアボットは違うタイプの男性らしい。尻込みせずに会ってほしいと説得するには、どう言えばいいのかしら。いずれにせよ、手紙では埒が明かない。いつまでたっても距離が縮まらず、手の届かない存在という意識が強くなる一方だもの。直接会って話をしなくてはいけない。会えそうな場所の心当たりもある。

7

エドワードがコンパスを持ち帰ってから一週間後、セリーナはふたたびハイドパークを訪れ、そわそわと遊歩道を歩きだした。今日は息子も友人も連れず、ひとりで来た。おそらくアボットも規則正しい生活習慣を心がけ、毎日もしくは毎週、このくらいの時刻に散歩をしていると踏んだからだ。無駄な期待に終わるかもしれないけれど。それに、ここに来ることがアボットの日課ではない可能性も考えて、セリーナは最後の手紙に自分の散歩の時間帯をそれとなく書いておいた。ひょっとすると、アボットのほうから会いに来てくれるのではないかと期待して。

そして勇気をかき集め、話しかけてくれるかもしれない。そうでなくとも、どこか見覚えのある人がわたしのようすをうかがってくれれば、それが手がかりになると思ったのだけれど。

　結局のところ、そう簡単な話ではなかった。それらしい人は見当たらず、逆にこちらを気にする人もいない。だいいち、他人の顔をじろじろ見るわけにもいかない。バクスターのような男に勘違いされかねないのだから。

　ここに来たのは間違いだった。なんの約束もしていない男性のために、ばかなまねをしている。ちょっとした誉め言葉など、将来を築くうえでなんの役にも立たない。セリーナは敗北感に打ちひしがれ、近くのベンチに座りこんだ。

　そのとき見覚えのある人物が現れて、ますます気分が悪くなった。バクスターがほとんど小走りに近づいてきたのだ。

　一瞬、恐ろしい考えが頭に浮かんだ。まさかバクスターが最初からずっとアボットを名乗り、わたしに接近するために手紙を書いていたんじゃないでしょうね？

　いいえ、そんなはずはない。そうであれば、あの男はとうの昔に借金の返済を要求してきただろう。あるいは、わたしの暮らしぶりや心持ちといった情報を盾に、無理やり関係を迫ってきたか。よりによって、いまバクスターが公園にいるのは、不幸な偶然にすぎない。

　セリーナは立ちあがろうとしたものの、足がすくんで動けなかった。バクスターから離れるには、走って逃げるしかないのに。いまは暗い月夜ではないため、騒ぎを起こせば目立ってしまう。人前で言い争いでもしようものなら、またゴシップ紙に書きたてられるのがおちだろう。じっと座ったまま貝のごとく口を閉ざし、バクスターがしびれを切らして去るまで待つしかない。

しかしバクスターの手が伸びてくる寸前、グレンムーア公爵が隣に腰を下ろし、にこやかに会釈をした。

「こんにちは、ミセス・オギルヴィー」

この人はなぜわたしの行く先々に現れるの？　なぜわたしを放っておいてくれないの？　例のごとくエレガンスの極致としか言いようのない公爵は、ブルーの上着と黄褐色の革の膝丈ズボン(ブリーチズ)、タッセルつきヘシアンブーツという出で立ち(いでたち)で、日差しをあびて輝いている。

「グレンムーア公爵」セリーナは、わざとらしくスカートをかきよせて公爵の脚から遠ざけた。そして視線を合わせることなく真正面を見すえ、挨拶も聞こえなかったふりをした。

あからさまに無視されたにもかかわらず、グレンムーア公爵は例のごとく平然としていた。「この状況が理想的でないことは心得ている。きみは、わたしとの同席など望んでいなかったはずだ。しかし、バクスターとの同席を望んでいたとも思えない。難しい選択だな。だが、わたしがここに座ることにより、選択の必要もなくなったというわけだ」

そよ風とともにコロンの香りが漂ってきた。妙に心惹(ひ)かれる香りで、グレンムーア公爵が隣にいないふりをするのも難しくなる一方だ。ここまで恥知らずな人が、どうしてこんなに魅惑的な香りを漂わせているの？

「近寄らないで」セリーナは、ひとりごとのように言った。ひたすら息を殺し、まっすぐ前を見つめ続ける。

公爵は例のごとく耳を貸さず、ため息をついて両脚を少し前に出した。立ちあがるどころか、逆に腰を落ち着かせた。「いいじゃないか。一緒に座って景色を楽しもう」

観念したセリーナは、向き直ってグレンムーア公爵をにらんだ。「あなたがいなくなれば、もっと楽しいでしょう」

「その場合、わたしにかわってバクスターがここに座り、きみを侮辱するだろう。彼を追い払わなくてもいいのか？」公爵が愉快そうに釘を刺した。「それより、わたしを盾にすれば、バクスターは手を出してこない。貴族に盾突くのは、きわめて外聞が悪いからな」

公爵は横目でこちらを見た。

「きみも肝に銘じておくべきだ」

セリーナは歯をくいしばり、息を吸いこんだ。

「あなたと近づきになりたいなんて思っていません。避けて通りたいくらいです。あなたが何をしようと絶対に許しませんから」

「やれるだけやってみようと思ってね」穏やかな口調は揺るぎもしない。

わたしをこんな形で捕まえたのは、謝罪するためだったの？　わたしの許しを得ようとしたの？　何をしても無駄なのに。許しがたいことをしたくせに。

それでも、いまは力を借りるしかない。

セリーナは観念して、ため息をついた。近づいてくるバクスターが見えたのだ。グレンムーア公爵の言うとおり、自力ではバクスターを追い払えないだろう。「どちらも虫唾が走るけれど。あなたのほうが、まだましです」

公爵はおもしろがっているのか、小さく笑った。

「きみなら、わたしの意見にきっと賛同してくれると思った」

バクスターはベンチの前で立ちどまってセリーナを見下ろしたあと、いいかげん席を譲れと言わんばかりに公爵をじろじろ見た。

グレンムーア公爵は身じろぎもせず、平然と見返した。「ミスター・バクスター？　何かお探しかな？」

一瞬、バクスターは無言のまま立ち去るかに見えたが、気を取り直して言った。「ミセス・オギルヴィーに話がある」

「彼女はきみと話したくないそうだ」

あなたが勝手に答える権利なんてないのに……。セリーナは公爵に文句を言いたくなったが、自分ひとりでバクスターを追い払うこともできないので黙っていた。

「あんたとも話したくなさそうだな」バクスターがにやにやした。

「少なくとも、わたしは紳士だ」グレンムーア公爵は退かなかった。「ふとどきな発言でレディを怒らせたりしない。きみも同じことが言えるのであれば、わたしの立会いのもとで彼女と話してもかまわないが」

バクスターは低いうなり声を発したものの、次にどうするか決めかねているのか、ふたりを交互にねめつけた。

「もう行くがいい」公爵はそう言って、バクスターに答えをあたえた。「わたしが席を譲ると思ったら大間違いだ。ミセス・オギルヴィーも、きみの居場所を作るために、わたしを追い払ったりしないだろう」

バクスターは苛立ちを隠しもせず、左右に体を揺すった。「あんたも四六時中くっついてるわけにはいかんぞ」

「そうだな。しかし、いまは隣にいる。それで十分だ」

バクスターはいま、わたしだけを見ている。このわたしがバクスターの肩を持ち、ふたりきりになるため公爵を追い払うわけがないのに。いいかげん自分ではっきり言うべきでしょう。

「ミスター・バクスター、なんの話だろうとお断りです。次に話しかけてきてもお断りします。何をもくろんでいるのか知らないけれど、絶対にお断りです。わたしに二度とつきまとわないで」けわしい顔で息を詰める。もういいかげんにして。早く消えてほしい。

激しい拒絶にバランスを崩したかのごとく、バクスターが一歩あとずさった。それでもふたたび気を取り直し、捨て台詞を吐いた。「ひとまず退くが、いまだけだ。また今度話そう。女ひとりで生きていくのに何をしてるにせよ、いつまでも続くものか。だめになったら、うちに来い」

バクスターは最後にもう一度、欲望で濁りきった目を向けてきた。そして何ごともなかったように歩き去った。

つかの間、セリーナは息もできなかった。きっとアボットがなんとかしてくれる。あんな男の思いどおりにさせるわけがない。それでも、バクスターの自信満々な態度のせいで不安になってしまう。

沈黙を感じとったらしく、公爵が口を開いた。

「ただの空言だ。脅しにすぎない」

「効果はありました」セリーナは空元気を出そうと軽口を叩いた。

「心配するな。きみには頼れる友人がたくさんいるだろう」公爵はぎこちなく言い添えた。「むろん、わたしも力になる」

「なぜですか?」この人とも話したくないのに、つい問いかけてしまった。一瞬、グレンムーア公爵がわたしに惹かれているからだとするアボットの手紙が脳裏をよぎった。それこそ、ただの勘違いだろうけれど。

「ああいう脅しは嫌いだ」公爵はバクスターが去っていった遊歩道に目をやりながら、顔をしかめた。そしてこちらを振り向き、ほほえんだ。「あの男を追い払いたければ、いつでも力になろう」

「あなたの助力など必要ありません」セリーナは冷

たく言い放ち、収拾のつかない状況を立て直そうとした。

グレンムーア公爵の笑顔が凍りついた。「そうだったな」

「もう帰ります」セリーナは立ちあがり、公園の出口へと向かった。

「送っていこう」

「そう遠くないから結構です。歩きたいし」

「それなら一緒に歩こう」公爵は遠まわしな拒絶を聞き流した。

セリーナはため息をついた。「どうぞご自由に」そっぽを向いて歩きだすと、公爵も隣に並んで歩調を合わせた。背後では、彼の馬車がゆっくり動く音もする。いつなんどき彼の気が変わって馬車に乗りたくなるかもしれないので、ついてきたらしい。いつの間にかパレードにまぎれこみ、先頭を歩いていたような気分だった。セリーナが早足になると、グレンムーア公爵も歩調を合わせた。背後で馬車を引く馬たちも速歩になり、馬具がガチャガチャと音をたてた。

セリーナが歩くのをやめると公爵も足を止め、どうしたのかと目で問いかけてきた。

セリーナは声をしぼりだした。「もう無理」

公爵が背後の馬車をさし示した。「疲れたのなら、いつでも――」

「そうじゃなくて！」セリーナは周囲に視線を走らせた。「バクスターは退散しました。わたしたちしかいないし、まわりも問題ありません。あなたが問題なんです」

セリーナはグレンムーア公爵をきつい目でにらみつけた。

剣呑（けんのん）な視線にひるむかと思いきや、公爵は目をしばたたくだけで身じろぎもしなかった。

セリーナは追いたてるように両手を振った。「もう行ってください。あなたがいなくても大丈夫です。もう結構ですから」

「そうは思わない」公爵は唇を湿らせると、重要な話を始めるかのように息を吸いこんだ。

バクスターの件でお説教でもするつもり？　思いだしたくもないのに。それ以外の提案も聞きたくない。まさかアボットの手紙にあったとおり、恋愛じみた妄想を抱いているんじゃないでしょうね？　その場合はどうすればいいの？

「今日はもう十分に助けていただきました。いまはひとりになりたいんです」

グレンムーア公爵は気落ちしたようすで、吸いこんでいた息を吐いた。それでもなお、あきらめきれないらしく、重ねて問いかけてきた。「本当に大丈夫なのか？」

「大丈夫です」セリーナは馬車を指さした。

「では失礼」深々と頭を下げたグレンムーア公爵は踵（きびす）を返し、振り向きもせず馬車に向かった。従僕が飛びおりて扉を開けるのを待ってから、公爵は馬車に乗りこんだ。扉が音をたてて閉まり、従僕が御者台に戻るやいなや、馬車は動きだして次の角を曲がった。

馬車が見えなくなると、セリーナは急ぎ足で家に帰った。正面玄関のドアをしっかりと閉めて施錠しても、バクスターとグレンムーア公爵を相手にした動揺が収まらない。今後どうなるのか見当もつかないけれど、いまの時点でできることがひとつだけあった。

セリーナは机に向かい、羽根ペンを削って手紙を書き始めた。

親愛なるアボット
今日、公園でバクスターと出くわして、からまれました。またしてもグレンムーア公爵がくちばしを突っこんできたので助かったのですが。バクスターの下心については疑う余地もありません。あつかましくも本人が言いよってきましたから。公爵は別の意味で厄介です。とくに何も言ってこないので、意図がつかめません。いかがわしい話を持ちかけてくるのは時間の問題だと思いますが。もちろん、どんな申し出だろうと断るつもりです。

いくら断っても、ふたりの男性が耳を貸さない場合、どうすればいいのでしょう。

セリーナは手紙を書き終えると、午後に出す郵便物の上にのせた。それから家政婦を呼び、誰が訪ねてきても女主人は不在だと断って追い返すよう指示した。とりわけ、紳士を名乗る者に気をつけるよう厳重に言い含めた。

セリーナに追い払われたアレックスは、馬車で自邸に戻った。ぶざまとしか言いようのない状況なので、ひとりになれてほっとした。セリーナに一目だけでも会いたくて、いつも散歩しているという頃合いに公園へ行ってしまった。話をする心がまえもできていないのに。そして例のごとく、悲惨な結果に終わった。

バクスターが相手であれば、正義の騎士を演じるのは実に簡単なことだった。バクスターは根っからの嫌われ者なので、ただでさえ挑発せずにはいられないのだ。それを抜きにしても、あの男の邪魔をすればセリーナと話す口実もできる。だいいち、セリーナを守ること自体が楽しい。それは間違っていない気がする。

だが下劣なバクスターを撃退すると、今度は自分が追い払われる番になった。そのうえ、いつものことながら、セリーナとのあいだに気まずい沈黙が広がった。

アレックスに関するかぎり、完全に言葉を失っていた。かたやセリーナはことのほか饒舌になる一方で、公爵を追い払いたくてしかたがないと言いつのった。一瞬、アレックスは真実をぶちまけそうになり、必死にこらえながら会話の糸口を探った。だがついに断固として拒絶され、紳士的な態度で聞き流すこともできなくなった。

次のアボット宛ての手紙でも、セリーナは似たようなことを書いてきた。下心があるバクスターのせいで自分も疑われていると知り、ますます眉間にしわが寄る。

返事を書こうと机に向かったものの、帰りぎわにセリーナに冷たくあしらわれたことを思いだした。いままでトラブルを乗り越えてこられたのは、ひとえに宿敵グレンムーア公爵の助力があったからだと教えてやりたい。だが、それは卑屈だし理不尽というものだ。

セリーナを援助するのは全然かまわないし、できるかぎり続けていくつもりだ。しかし、アボットとしてバクスターと戦うのは、あまりにも非現実的だろう。逆にグレンムーア公爵としてセリーナにつきまとい、押しつけがましく援助するのは不可能だ。では、どうすればいいのか。結局、ひとつしか思い浮かばなかった。

アレックスはペンを走らせた。

親愛なるセリーナ
バクスターのことは心配ご無用です。前に申しあげたとおり、わたしに策があります。
わたしが新たな使用人を雇い、そちらに派遣します。日中は玄関番を務めるほか、お望みであれば外出の折に護衛にもなる大柄な従僕です。バクスターが望ましくない人物であると言い含めておくので、不意の来訪時にも侵入を許すことなく追い払うでしょう。

　グレンムーア公爵の件ですが。公爵はあなた以上にバクスターを毛嫌いし、あなたと無関係の理由で彼を監視している可能性がなきにしもあらず。そのため、あなたにつきまとっているように見えても、実際は異なると思われます。

　アレックスは手を止めて、慎重に言葉を組み立てた。セリーナには援助が必要だ。一方、わたしは彼女を守るうえで非常に都合のよい立場にある。しかも公爵で、跡継ぎを必要とする身だ。いずれは結婚しなければならない。

　だったらセリーナでいいじゃないか。

　グレンムーア公爵としてセリーナに接近すれば、アボットの偽名を用いたと打ち明けずにすむかもしれない。あるいは近い将来、すべて笑い話となり、いつばれるかと心配する必要さえ、きれいさっぱり消え失せるかもしれない。

　公爵があなたに興味を持つのも無理からぬことです。バクスターとは異なり、グレンムーア公爵は人格者で、義弟であるファロン公爵の屋敷の女性客に対しても、恥知らずな要求などしないと聞いています。

　グレンムーア公爵があなたに惹かれるのは、きわめて名誉なことだと思いませんか？　結局のところ彼は独身で、遅かれ早かれ結婚相手を探さなくてはいけないのです。あなたほど魅力的で気品あふれる女性に惹かれない理由などありません。

　胸が熱くなり、アレックスは頬をゆるめた。ベッドでセリーナと並んで眠るところさえ頭に浮かんできた。柔らかい肌と艶のある髪、雨上がりの春の花を思わせる香り。このうえなく幸せだ。セリーナにとっても都合がいいはずだ。

あなたがグレンムーア公爵のような権力者と結婚すれば、バクスターも手は出せないでしょう。そして、あなた自身も権力を持つことになる。あなたは公爵夫人として大邸宅で暮らし、シルクと宝石に身を包み、おおぜいの使用人にかしずかれるのです。

常軌を逸している。だが最もすぐれた解決策で、セリーナと自分の双方にとって最も幸せな結末だ。彼女に納得してもらえればの話だが。

アレックスは手早く署名をすると、気が変わって手紙を破り捨てないうちに封をした。そして発送待ち郵便物のトレーに入れて、ひたすら待った。

アボットは頭がおかしくなったらしい。

セリーナは手紙を持ったまま目を凝らし、誤解がないことを確認するために注意深く読み直した。

言うまでもないことだけれど、洗礼名だけの親密な書き出しには好感が持てる。さらに、女性としても妻としてもすばらしいと誉めたたえてくれた。とはいえ、おせじを並べたところで、わたしを恥知らずなグレンムーア公爵にさしだす穴埋めにはならない。

セリーナはモーニング・ルームのライティング・テーブルに飛びつき、ペンを取った。

親愛なるアボット

まず初めに、従僕を手配してくださるというお申し出に感謝しなくてはいけません。

とはいえ、それ以外のことについては……。

たとえグレンムーア公爵にふとどきな意図がな

いとしても、結婚など考えられません。夫の死に公爵が果たした役割をお忘れですか？　あのような男性との結婚を勧めるなんて、とうてい理解できないことです。少しのあいだ隣に座るだけでも鳥肌が立ったのに。

しばし手を止める。最後の文を消して、違うことを書きたい衝動に駆られたのだ。グレンムーア公爵と話をしたとき、たしかに体の奥底に奇妙な感覚が芽生えた。でもそれは、いま書いたこととは微妙に違う。とはいえ公爵を目にしたときの相反する感情を、どう言い表せばいいのかわからない。ましてやアボット宛ての手紙に、そんなことを書けるものですか。わたしが公爵の体にそそられたと思われかねないでしょう？

　もっとも、そういった感情は、とりたてて不自然なものでもないと思う。なにしろグレンムーア公爵はハンサムで男らしいのだから。そのうえ、わたしは長いあいだひとりぼっちだった。どうでもいいことだけれど。

　セリーナは頭を振って邪念を払い、手紙の続きを書いた。

　公爵に結婚を申しこまれても、無理なものは無理です。この世でいちばん結婚したくない男性ですから。

　わたしの将来を考えていただけるなら、どうかもっとましな提案をしてください。

あなたのセリーナ

　そして理想的な提案をそれとなく伝えるため、ことのほか親密な結句で手紙を締めくくった。

わたしは何を期待していた?
　アレックスは手紙をにらみつけ、グレンムーア公爵への激しい拒否反応が如実に表れている箇所を凝視した。セリーナと会うたびに、あの美しい顔が不信感と嫌悪にゆがんだ記憶までよみがえってきた。公爵が夫に最後の夜をもたらしたという疑惑は、一年たったいまも晴れていないようだ。

　現実のグレンムーア公爵は数えるほどしか彼女と言葉を交わしていないうえ、その大半がバクスターがらみの話だった。おまけに公爵として形ばかりの釈明や謝罪もせず、あらぬ誤解を解こうと説得に努めたこともない。

　状況が劇的に変化しないかぎり、これから先グレンムーア公爵がセリーナに好かれる可能性はゼロだ。ましてや愛されることなど、可能性の次元をはるかに超えている。

　アレックスはため息をついた。この方程式に、おのれの願望を介入させる余地などありはしない。そしてセリーナは、バクスターにつきまとわれて悩んでいる。あの男を追い払うための手っ取り早い方法がひとつある。ときおり偶然にではなく、つねにセリーナを守る男がいればいい。

　その男は、わたしではない。どれほど強く願っても、わたしがセリーナを妻にするのは不可能だ。彼女に今後ずっと未亡人のままでいてほしいと期待することもできない。セリーナも生身の人間で、女性としての欲求もあるのだから。

　それさえ、わたしの身勝手な願望かもしれないが。彼女の手紙は実に生き生きとしていて情熱的なのだ。セリーナが独り寝を続け、熱のこもらない手紙を何通か交わすだけで生涯を閉じるのは、全人類に対する冒涜にも等しい。

　アレックスは届いたばかりの手紙を握りしめて書斎に入り、机に向かって返事を書いた。

アレックスはペンを止めた。

一時間後、なおもアレックスは空白をにらみすえていた。

エヴァンが独身であれば完璧だったのに。たぐいまれな人間性と良識を持ち合わせており、まさに理想的なのだから。やはり妻と死別した子持ちの男にするべきか。もちろん、わたしの継父よりましな男で、その息子とエドワードが仲よくやっていけるという条件つきだが。エドワードには子供のころのわたしと同じ思いをさせたくない。

しかし、それだけでは不十分だ。理想的な夫はギャンブルや酒に耽溺せず、心身ともに健康でなくてはいけない。ジョン・オギルヴィーと違い、あらゆる意味で妻に配慮できる夫という条件もはずせない。セリーナに二度と苦労させないため、将来設計を立てられる分別と潤沢な資産も必要だ。

親愛なるセリーナ

わたしの思いつきが不愉快なものだったことはあきらかです。ぶしつけな提案をお許しください。あなたのためを思って申しあげたまでです。社交界であなたにふさわしい地位を得てもらいたいと願ったにすぎません。

残念ながら、数々の問題を解決するには、あなたにふさわしい紳士と結婚して面倒を見てもらうしかないでしょう。あいにく、わたしには不可能なことです。

あなたの息子にとって、よき父親となれる紳士と再婚すること。それこそが、あなたの究極の願いでしょう。来週、メルトン公爵夫人の舞踏会に招かれているのであれば、お勧めの紳士が数人います。

アレックスはペンを紙の上に浮かせたまま、何人もの候補者を挙げては却下した。そして最終的に、あきらかな欠点が見当たらない三人にしぼった。その名前を書き殴ると、気が変わらないうちに署名をして蝋で封じた。

それから、ブランデーのボトルに手を伸ばした。愛さずにはいられない女性を失う苦痛など、酒の力で忘れてしまえばいい。

8

ありえない！

セリーナは腹立ちまぎれに手紙をくしゃくしゃに丸めると、暖炉に突進した。それでも焼き捨てる寸前に考え直し、ライティング・テーブルに戻って読み返した。

前の手紙でグレンムーア公爵を結婚相手として勧めてきただけならともかく。いずれにせよ、本気ではなかったのでしょう。公爵が嫌いなことくらい、アボットも知っているはずだから。内輪での冗談のつもりだったに違いない。おもしろくない冗談だけど。それに、こんなわたしでも公爵夫人にふさわしいと思ってもらえたのは少しだけうれしかった。肝心の公爵が、いけ好かない男だとしても。
　今回の手紙にふざけたところはなく、完全に筋が通っていた。冷淡なまでに合理的で、あまりにも理にかなっている。本当にアボットはわたしの気持ちを考えもせず、将来を決めてしまうつもりなの？　見ず知らずの男性と結婚して大事にされるかわりに、自分の人生を明けわたせとでも言いたいのだろうか。まさか、ありえない！
　セリーナは返事を書いた。

　そのご提案が唯一の解決策とは言いきれないでしょう。もちろん、また折を見て結婚したいとは思っています。でも愛のない結婚をするくらいなら、バクスターのような野蛮人の群れと戦うほうがましです。

　セリーナは短い手紙を送り、返事を待った。ひたすら待った。
　二日後、セリーナはふたたび手紙を書いた。

　わたしの軽はずみな手紙で不快に思われたら申しわけありません。どのような理由であれ、わたしが結婚を避けていると誤解されかねない書き方をしてしまい、まったく不謹慎でした。結婚しなければあなたの施しで生きていくしかなく、一生それを続けられないことも理解しています。せっかくのご提案を頭ごなしに拒んだのは身勝手きわまりないことでした。
　もし寛大な援助を打ち切るのであれば、どうぞ遠慮なくおっしゃってください。ひとりで生きていく方法を探します。

　そんなことを考えただけでも寒気がするけれど。

アボットがいなければ、どうすればいいか見当もつかないのだから。お金だけの問題ではない。何より重要なのは、ずっと友達でいてもらうことだ。

さらに二日が過ぎたものの、なんの連絡もなかった。セリーナはまた手紙を書いた。

親愛なるアボット

どうしたのでしょうか？　これほど長いあいだ手紙が来ないのは初めてなので、心配しています。わたしが何か言ったせいですか？　そうであれば撤回し、謝罪します。

ご紹介いただいた紳士お三方のことでしたら、明晩の舞踏会で一緒に踊り、親しくなるよう最善を尽くします。その後どうなるか、結果を見なければわかりませんが。

なんの説明もないまま、わたしを切り捨てないでください。怒っていらっしゃらない証拠に、ほんの一、二行でもいいから手紙をください。よい便りにならないことも覚悟しています。

恐ろしいことばかり考えてしまい、気が気でなりません。ご病気なら、どこにお見舞いに行けばいいか教えてください。けがをして、ひとりで苦しんでいるのですか？　それとも、すでに落命し永遠に手の届かないところへ行ってしまったのでしょうか。心配でたまりません。そうだとしたら、わたしはどうすればいいのですか？　花輪と祈りを捧げるべきなのか、誰か教えてくれませんか？

最後の言葉を書きながら、いつしか涙がこぼれていた。泣こうが心配しようが無意味だと、わかっているのに。アボットが文通に飽きてしまい、返事を書かないと決めた可能性のほうがずっと高いのだから。案外、明日か明後日くらいに手紙が来て、ばかな心配をしなくてもいいと書いてあるかもしれないけれど。

ほんの数日でも、アボットのいない生活など想像できなくなった。ましてや、アボットを捨てて再婚する？　わけがわからない。彼が名乗りでるか他界するまで、わたしは未亡人のまま生きていくつもりなのに。

とはいえ、そんなことを言えるわけがない。だいいち、いまは彼の援助に生計を頼っているのだから。安定した生活のために彼を利用していると思われかねない。でもそれって、アボットに未練を残したまま、ほかの男性を再婚相手として利用するのと同じじゃない？

セリーナは書きあげた手紙にすばやく署名してから折りたたみ、封蝋で閉じた。これで少しでもアボットの心を動かし、返事を書いてもらえるといいのだけれど。彼は別れも告げず、本当にわたしの人生から消えてしまったの？

それとも、わたしがもっと積極的に出て、いつも手紙でほのめかしていた愛の言葉をはっきり口にすればいいだけなの？　ペンとインクを介したやりとりではなく、直接わたしの人柄を知ってもらうにはどうすればいいのかしら。

アボットが素性を明かさないのは、おそらく何かわけがある。

いま沈黙している理由ともども解き明かそうと、セリーナは考えをめぐらせた。

やはりアボットは戦争で傷を負い、自分から結婚を言いだせずにいるのだ。そう考えるのが妥当だろう。だとすると、先日の舞踏会に彼も来ていた可能性はこれで消えた。あの晩、松葉杖や包帯を見かけた覚えはないもの。アボットと会ったことのあるエドワードからも、それらしい話は何ひとつ聞いていない。とはいえ、一見しただけではわからないけれど、心か体に深い傷を負っているという場合もあるでしょう？　アボットも、そういう障害に苦しんでいるのかもしれない。

　それとも、わたしとアボットが同じくらいの年齢という前提そのものが、エドワードの勘違いだとしたら？　アボットおじさんという最初の偽名どおり、実際はもっと年が離れている可能性もある。そう考えれば話のつじつまが合う気もするけれど、どうしても納得がいかない。若く精悍な男性を想像しすぎたせいかしら。とにかく、ハンサムとは決して言いがたい容姿でも、こんなに愛しているのだから不都合はないと思う。

　案外、アボットは三人の紳士を勧めるという体で、そのなかに自分自身をまぎれこませていたりするんじゃない？　最後の手紙には、そう疑いたくなるところがあった。わたしを手放すことさえ運まかせにするというか。ただ、ファロン公爵邸の舞踏会にはアボットが来ていたはずなのに、その三人を見かけた覚えはない。

　とはいうものの、三人の候補者のなかにアボットもいる可能性がほんの少しでもあるなら、それに賭けてみるしかない。だいいち、おとぎ話みたいで胸がときめく。王子さまの花嫁にふさわしいと、ヒロインみずから証明する試験なんて。目の前の王子さまに気づかなければ、もとより愛される資格などないってことだもの。

　アボットの勧めに従ってメルトン公爵邸の舞踏会に行き、三人の候補者と会おう。そのひとりが彼なら絶対に見抜いてみせる。正体を突きとめて結婚するんだから。

　でも、三人のなかにアボットがいなかったら？

　そうだとしても、かならず近くにいる。わたしは美しく装い、粋で魅力的なところを見せつけよう。きっとアボットは、わたしを手放すのが惜しくなって名乗りをあげるはずだ。

アレックスはブランデーをすすり、メルトン公爵邸の舞踏会に集まった人々を見渡した。どいつもこいつも厭（いと）わしい。いちばん情けないのは自分自身だが。セリーナに最後の手紙を書いて以来、ずっと酒びたりなのだ。今夜も例外ではなく、カードルームのブランデーをくすねて大広間に持ちこんでいる。まわりの上品な招待客はシャンパンやレモネードしか飲まないのに。

とはいえ、自分で勧めた男たちとセリーナがダンスや会話をするようすなど、素面（しらふ）で見ていられるものか。ひとたびセリーナが相手を選んでしまえば楽になる。もう無理に会う必要はないし、手紙も書かなくていい。

ただ一度きり。再婚を祝い、自分も元気だと伝えるための手紙を書こう。

いや、それもまずい。また同じことの繰り返しで、一度だけのつもりが延々と続いてしまう。セリーナのためを思うなら、きっぱりと縁を切るほかない。その事実を裏づける手紙が増えていく一方だった。自分だけでなくセリーナも文通に依存している。最後の手紙の結びで、わたしが永遠に手の届かないところへ行ったのかと案じる部分には、涙がにじんだ跡さえあった。

アレックスは衝動的にペンをつかみ、弁解の言葉を二枚も書き連ねたが、われに返って紙を乱暴に丸め、暖炉に放りこんだ。ふたりの関係から何も生まれないのに、だらだら続けるのは不健全だ。アボットの正体がばれる前にセリーナを自由にしてやろう。親切なおじさんとして懐かしい思い出になれたら、それでいい。何もせず放置したあげく秘密がばれて蛇蝎（だかつ）のごとく嫌われるより、はるかにましだ。

もう手紙は書かない。せめて今夜は、セリーナが彼女にふさわしい紳士たちと意気投合するところを遠くから見届けよう。

アレックスはブランデーをもう一口すすり、大広間の反対側にいるセリーナに視線を向けた。すべて順調なのだから満足しろと自分に言い聞かせる。なんだかんだ言って当初の思惑どおりになったじゃないか。セリーナは幸せそうだ。おまけに、いままで見たこともないほど美しい。アイスブルーの夜会服には銀の糸で刺繡（ししゅう）が施されており、少しでも動くたびにまばゆい輝きを放つ。まるで星空に浮かんでいるかのようだ。

セリーナはいま、アレックスが選んだ紳士と踊っている。相手の話に耳を傾け、まぶしい笑顔も絶やさない。

スタンホープ卿（きょう）の名前を手紙に書いたときは、妥当な人選だと思った。若すぎず年をとりすぎてもおらず、そこそこ収入もある。だが斜視だ。いままですっかり忘れていたが。

もっとも、セリーナは気にしていないようだ。顔を輝かせながらスタンホープ卿をじっと見上げ、何か言われるたびに笑っている。この大広間で最も気のきいた男でもあるまいし。

アレックスは周囲で踊る人々を見すえた。セリーナの一挙一動に目を奪われてはならない。しかし、彼女がステップを踏んでスタンホープ卿に近づき、手をつないだり言葉を交わしたりするたびに、どうしても視線を引き戻されてしまう。ふたりを踊らせるのは、ほかでもない自分が望んだことだ。何もかも計画どおりに進んでいる。それなのに、なぜこんなに悩ましいのか？

腕を小突かれた気がして振り向くと、エヴァンがせせら笑い、苛立（いらだ）たしげな目つきでにらんできた。

「心ここにあらずか」

「どういう意味だ？」アレックスは踊っている人々

に視線を戻した。曲が終わり、スタンホープ卿がセリーナをエスコートしながらドア付近の椅子へと戻っていく。

「さっきからずっと話しているのに、まるで耳に入っていないようだな」

「すまん」ふたりの姿が見えなくなってしまい、アレックスはしぶしぶ弟に向き直った。「なんの話だった？」

「もういい。たいした話じゃない。今晩は盛会で客層もすばらしい。それなのに兄上は、どいつもこいつも気に入らないといった顔でダンスフロアをにらんでいる」

このとき初めて、アレックスは顎の痛みを自覚した。ずっと歯を食いしばっていたらしい。ブランデーを口に運び、力を抜くよう努める。

「ずいぶん飲んだな」エヴァンが手元のグラスを見下ろしてきた。

「全然足りない」アレックスは残りのブランデーをあおった。

エヴァンが降参とばかりに両手を挙げた。「好きにすればいい。しかし、いくら飲んでも気が晴れるわけではないだろう」

アレックスはため息をつき、通りかかった従僕にグラスを渡した。ダンスフロアに目をやると、セリーナが二番めの候補者とともに立っていた。ミスター・ヘンダーソンはスタンホープ卿よりも裕福で斜視ではなく、けちのつけようがない。

アレックスはふたりから目をそらし、弟に顔を向けた。「悪かった。考えごとをしていた」

「本当か？」エヴァンが心得顔で笑い、踊る人々を指さした。「向こうが気になってしょうがないようだな。彼女は誰だ？」

「彼女？」アレックスは顔をしかめた。

「男がここまで不機嫌になるのは、たいてい女のせいだ」

「べつに不機嫌でもない」

「虫の居所が悪いサー・バイロンみたいな顔だ」エヴァンが含み笑いをもらした。「兄上にしては珍しいな」

「おもしろいか？」

「たまらなく」エヴァンはアレックスの肩を叩いた。「心配するな。彼女が何者か知らないが、いずれは兄上の魅力に陥落するはずだ。怖い顔のせいで逃げられなければの話だが」

　遠くでミスター・ヘンダーソンが何か言い、セリーナが笑い声をあげた。空耳ではないはずだ。ふたたび視線を向けると、セリーナの笑顔は前よりも輝いていた。

「気になる女性などいない」アレックスは断言した。

「わかっているとも」エヴァンがほくそえんだ。

「仮にそういう女性がいたとしても――」そのとき、セリーナと目が合った。

　セリーナはこちらの視線に気づいただけでなく、目をそらさなかった。アレックスの息が肺のなかで詰まり、思考が凍りつき、鼓動さえも停止した。この一瞬をできるだけ長く引きのばそうと、体じゅうが抵抗している。だがその時間も途切れ、アレックスは弟のほうを振り向いた。自分は何を言いかけたのか――。

「彼女のせいで不機嫌だったわけでもない？」弟が兄のかわりに言った。

「そうだ」アレックスは踊っている人々に目を凝らし、セリーナを捜した。

「嘘だな」エヴァンが言い返してきた。「幸運は勇者に味方する。だが、兄上はオックスフォードでの五年間から何も学んでいない」

「どういう意味だ？」

「女性を口説く練習が全然足りないということだ。

意中のレディが誰か知らないが、さっさとダンスに誘ったらどうだ？　さもないと、ほかの男に取られるぞ」エヴァンはアレックスをひとり残して立ち去った。

　セリーナは誤りに気づいた。

最初の紳士ふたりを見るかぎり、これはテストではなく、アボットの正体を突きとめる手がかりにもならない。ミスター・ヘンダーソンもスタンホープ卿も感じのよい人たちだけれど、やはり初対面としか思えない。セリーナは以前の手紙に書いた話題や冗談をそれとなく持ちだしたが、どちらも笑わず、怪訝（けげん）な顔をするばかりだった。

　もちろん、ふたりとも会話にすっかり心を奪われていた。セリーナがおせじを言っては思わせぶりな態度をとり、精いっぱい愛想を振りまいたせいでもある。アボットが舞踏会に来ているなら、このようすに嫉妬してくれるのではと期待したのだ。

　実際、うまくいったと思う。気のせいかもしれないけれど、視線を感じる。ダンスを終えてミスター・ヘンダーソンと話しているとき、首の後ろがむずむずした。まるでキスの寸前の息づかいを感じたように。セリーナはさりげなく大広間を見渡して、視線が合っても目をそらさない男性を探した。

　今夜の招待客の顔ぶれは先日のファロン公爵邸の舞踏会とあまり変わらず、ダンスの相手もほぼ同じだった。それでもやはりアボットとおぼしき人はいない。

　どこにいるのかしら。

　ともあれ、招待客のなかにバクスターがいなくてよかった。今夜はあの男の目を気にせず、なんでもできる。グレンムーア公爵がいるのは、どうしようもないけれど。なんといっても身分の高い貴族だもの。結婚の仲介をもくろむ人たちのあいだで注目の的になるのも当然でしょう。

　自分でもグレンムーア公爵の整った容姿に、つい目が釘づけになってしまう。身長は亡き夫ジョンよりずっと高く、百八十センチをゆうに上回る。腕も脚も長いうえ、絶えず体を動かしているのか筋骨たくましい。それも妙な話だけれど。グレンムーア公爵になる前はオックスフォードで教鞭をとっていたそうだから。学者はみんな猫背かと思いきや、グレンムーア公爵は背筋をぴんと伸ばし、ゆったりとした自信を身にまとっている。

　豊かな髪は黒に近い焦げ茶色で、ブラッシングが面倒なのか短く整えてある。そして彼の目は――。

　わたしの目をまっすぐに見つめている。衝撃さえ感じるほど恥ずかしい。

　セリーナは目をそらした。じろじろ見てなどいなかったふりをするのが精いっぱいだ。もとよりグレンムーア公爵の前で目立つようなまねをしたくないのに。卑劣で厭わしい男だけれど、どこか惹かれてしまう。

　セリーナが上の空だと見てとったミスター・ヘンダーソンは、何やら言いわけをしながら離れていった。ひとりで残されたセリーナは次の相手を待った。ミスター・ヘンダーソンがいなくなって安堵するなんて薄情とは思うけれど。たとえアボットの勧めでも、あの人とは結婚できない。

　セリーナはグレンムーア公爵をちらりと見て、ふたたび目をそらした。公爵がこちらに向かっている。悪魔や魔神をうっかり召喚したような気分だ。いったいどうすればいいの？　走って逃げればスキャンダルになり、前回の舞踏会で彼を無視したときよりも激しく非難されるだろう。いまは気を静めて毅然とした態度をとり、彼が早く消えてくれることを祈るしかない。

「ミセス・オギルヴィー」

瞳のみならず声まで豊かで深いとは。いいえ、そんなことを考えてしまうのはパンチを飲みすぎたせいでしょう。前に会ったときのグレンムーア公爵は、ひたすら礼儀正しく、よそよそしかったのに。今夜はごく普通の挨拶のなかにも、はかり知れない何かがある。

　セリーナは会釈しながら公爵を見上げ、すぐさま目を伏せた。

「今晩も実に美しい」

　そう誉(ほ)められて顔が火照るのを感じ、よけいに恥ずかしくなった。この人のおせじなんて聞きたくもないのに、なぜ赤くなってしまうの？　そのうえアボットの言うとおり、どういうわけか公爵がわたしに夢中だとしたら？　こんなに赤い顔で彼を見つめてばかりいては、気があると思われてもふしぎではない。

「次のダンスをお願いしたいのだが」

「だめです」にべもなく突っぱねてしまったセリーナは、自分自身と会話を立て直そうと、ダンスカードをかかげてみせた。「約束がありますので」

　しかし、こちらが慎重に立てた計画など公爵にとってはどうでもいいことで、むしろ最初から邪魔するつもりだったらしい。彼は生返事をするとカードを奪いとり、付属の小さな鉛筆で紳士の名前に線を引いて消した。そして、その上に自分の名前を書き入れた。「これで問題は解決だ。次のワルツはわたしと踊ってもらう」

　セリーナは呆然(ぼうぜん)とカードを見つめた。いま消去されたミスター・アンソニー・ベルヴィルは、アボットに勧められた男性のうちの三人めだった。情報をきき出せなくなったと憤慨して当然なのに、せいせいした心持ちしかない。

　やっぱりアボットがいちばんいい。この肝心なとき一緒にいてくれれば、グレンムーア公爵を追い払ってダンスも踊れたのに。帰ったら手紙でそう伝えよう。

どうせ返事は来ないだろうけど。

ちょうどそのとき、約束していたミスター・ベルヴィルが現れ、セリーナをはさんで公爵と対面した。まさしく〝前門の虎、後門の狼(おおかみ)〟としか言いようがない。

セリーナが口を開くより早く、公爵がミスター・ベルヴィルに厳しい目を向けた。「すまないがレディを少し借りる。きみが踊る機会は今後もあるはずだ」

そしてセリーナは文句を言う間もないまま、腕を取られてダンスフロアに連れだされた。

それでも公爵の踊り方は強引どころか、驚くほどやさしい。夫の死亡記事を読んだときは、公爵のくせに野蛮人だと思ったけれど。いままでの彼とのやりとりを振り返ってみると、野蛮だと感じたことは一度もなかった。グレンムーア公爵はつねに完璧な紳士で、幾度も助けてくれたのに見返りひとつ求めない。

今夜も例外ではないらしい。彼のワルツのリードは自信満々な反面、一瞬の油断でつぶしかねないほど繊細な蝶(ちょう)を扱うかのごとく、そっと背中を抱いている。

さきほどミスター・ヘンダーソンと踊ったときは十分しっかりしていた。それなのにグレンムーア公爵が相手だと気弱になるばかりか、ガラスのように壊れやすいと感じてしまう。不意の動きや予期せぬ言葉ひとつで壊れるかもしれない。その拍子に自分のなかから何か飛びだすか、まったく予測がつかない。

恥ずかしい真実が口をついて出たりして。ミスター・ベルヴィルと踊りたかったわけじゃないとか。ここには待ち焦がれた人がいなかったとか。ひとりぼっちになるよりも、あなたと一緒にいるほうがよっぽどまし、みたいなことを口走ったらどうなるかしら。

その不安があるため、セリーナは口を固く閉ざし、公爵に従ってステップを踏んだ。ほほえんではいけない。それは本当に度し難い。

唇を引き結んだままのセリーナに、公爵がほほえみかけた。この大広間で最も魅力的な女性と踊っているかのように。

「どうだい？」公爵はセリーナだけに聞こえるくらいの小声でささやいてきた。「ワルツも悪くないだろう？　きみは厄介な場面でも実に優雅だ。以前にも踊ったことがあるようだな」

セリーナは黙りこんでいた。実のところ、これほど他人に近づくのは初めてで、衝撃的な体験だった。亡き夫はダンスが好きではなく、夫婦で踊る趣味もなかった。公爵にそこまで立ち入った話をするつもりもないけれど。

「ありがとうございます」セリーナは食いしばった歯のあいだから言った。

「やっと口をきいたな」公爵が含み笑いをもらした。セリーナの背中を支える手に力がこもった。「礼には及ばない。それに、きみが最も美しい女性だと言わないのは不調法というものだ」

「おせじは結構です」セリーナはふたたび声をとがらせた。

「むしろ、いまこそ声を大にして言うべきだ。せっかくワルツを踊っているのに」

「なおさら結構です」ただのおせじで、なんの意味もないのに。どういうわけか、がっかりした。

「きみが望むなら、今晩の音楽は最高だと言ってもいい。きみは真逆のことを言いたいようだから、もっとすばらしい音楽を聴いたことがあると反論しそうだが」

「あなたが勝手なひとりごとを言い続けるなら、わたしが口をはさむ必要はないでしょう」

　すると、公爵がまた笑った。「そのとおりだな。きみは口数が少ないから、ますます何か言わせたくなる」

「言い争うのは嫌いです」この会話も明日の新聞にのるかもしれないと不安になり、セリーナは周囲をそっとうかがった。

「ならば、言い争うきっかけを作らないことにしよう。平和を維持するため、わたしはきみがどんな態度をとろうと喜んで従う。亡くなったご主人との経緯（いきさつ）については――」

「そのことは話したくありません」セリーナは身を引き離そうとした。

　グレンムーア公爵は巧みにスピンをかけて、一瞬の抵抗を鮮やかな回転に変えた。セリーナは公爵の腕のなかに引き戻され、いっそう強い力で抱きしめられた。

「わたしは話したい。おまけに、いまなら実に都合がいい。きみが人目を引かずにわたしから逃げるのは不可能だからね。こうして、わたしがきみを抱いて――」

「〝拘束して〟の間違いじゃないかしら」セリーナは眉根を寄せた。

「まあ、それでもいい。とにかく、ほんの数分だ。きみに逃げられないうちに、あの晩のことを謝っておきたい。わたしは満身創痍（まんしんそうい）のミスター・オギルヴィーをさらに苦しませるつもりなどなかった。彼があのような行動をとったのも想定外だ」

　セリーナが黙っていると、グレンムーア公爵は話を続けた。

「あの晩、彼はカードゲームを楽しんでいるだけのように見えた」

「実際は、それだけじゃなかったわ」こんな人に丸めこまれてはいけない。

「ああ。謝罪だけでは足りないことも承知のうえだし、許してもらえるとも思っていない。それでも謝罪と説明は必要だ。わたしは彼に危害を加えるつもりなどなかった。そもそも、あんなことになると知っていれば最初からギャンブルもしていない」

ふたりは無言のまま、フロアをもう一周まわった。誰か助けてくれそうな人はいないかと、セリーナは周囲の顔の海に目を泳がせた。

いいえ。探しているのは、ただひとり。たとえこの場にいても、アボットが助けてくれるとは思えないけれど。

「もうじき終わりか」公爵がため息をついた。「早すぎるな。われわれの最初で最後のダンスになるだろう。ほんの少しでも長ければよかったのに。そう願わずにはいられない」

「何を願っても無駄です」セリーナは、きっぱりと言った。「わたしの経験上、願いがかなうことなどありません」

「なんとも悲しい話だ」公爵が柄にもなく共感を示した。「きみのそういう認識が変わることを願ってやまない。つらい経験を重ねてきたのだから、ひとつくらい夢がかなってもいいはずだ」

「ずいぶん感傷的なことを言うのですね」セリーナは驚きを隠せなかった。

「意外だったか？」公爵が破顔した。

「そんな……」最悪だわ。てっきりバクスターのような人だと思っていたのに。実際は大違いで、むしろ――。

ばかばかしい！　たとえ不幸な偶然とはいえ、わたしの人生を変えてしまったグレンムーア公爵に共感を覚えるなんて。それとも別の感情だろうか。強引に誘われたワルツからも、同類意識に似た妙な感情が芽生えている。わけがわからないし、ややこしい。

「どうでもいいでしょう」セリーナは意識をよそへ向けようと、ひたすら公爵の背後の人混みに目を凝らした。

公爵が踊りながら嘆息した。やがて曲が終わると、公爵はいったん身を引いてから腕を組み直し、元の席へと戻った。そしてセリーナの手を握り、よそよそしく頭を下げた。「ワルツの相手をしてくれて感謝する。セリーナ・オギルヴィー、これからは幸せな日々が待っているはずだ。わたしにできることがあれば、なんでも言ってくれ。きみのために最善を尽くしたい。いつもそうしてきたように」

セリーナが対応を考える間もなく、公爵は去っていった。

9

セリーナと踊ったアレックスは、舞踏会の主催者であるメルトン公爵夫人に挨拶をすませてから馬車を呼んだ。いつまでも居座って完璧な一夜に汚点を残したくなかったのだ。馬車が走りだすと、アレックスは座席に身を沈め、帰りぎわのできごとを全部思い起こして心に刻んだ。

まさに楽園だった。

生涯たったひとりのパートナーを選ぶとしたら、セリーナしかいない。そして一種類のダンスしか踊れないとしたら、それはワルツだ。

腹をくってセリーナに近づいたあと、しどろもどろにならずにすんで本当によかった。天気の話にだが唐突に、もう手紙を書かないと誓ったことを思いだした。それに、セリーナから返事が届いたとしても本当に読みたいか？　いまの彼女の心境が、わたしと真逆の可能性もあるのだ。うれしい気分に水をさすだけかもしれない。〝努力を続ければ、いつの日かセリーナと結婚できる〟という見果てぬ夢さえ、あっけなく砕け散るだろう。

アレックスは苦笑し、かぶりを振った。明日か来週、あるいは一年後にでも、また手紙が来たらすぐに読もう。いままでと同じだ。たとえ返事を書かなくても、セリーナを守るという誓いだけは絶対に破るものか。

グレンムーア公爵がセリーナに愛されるかどうかなど関係ない。アボットはいつまでも、すぐそばで見守るのだ。

セリーナが精も根も尽き果てて戻ってきたときに

終始して肝心の用件を忘れることもなかった。セリーナに嫌な顔をされても見ないふりをして、ライバルたちも押しのけた。明日になれば自分でもぞっとしそうなくらい、ひどく強引なやり方だったが。とにかく当初の目的は果たし、ごく普通に言葉を交わした。

それにもまして、セリーナにしっかりと謝罪できた。もちろん聞き入れてもらえなかったが。時間がたてば、案外グレンムーア公爵も悪党ではなさそうだという意識がセリーナの心に芽生えるかもしれない。ワルツを踊った数分のあいだにも、小さな変化を感じたのだ。曲が終わるころには、セリーナは序盤の重荷を捨てたかのごとく、軽やかに踊っていた。わたしの腕に抱かれて何分もしないうちに、ずいぶん気が晴れたようだ。

次の手紙でグレンムーア公爵の印象について尋ねてみようか。

は明け方近くになっていた。舞踏会では、アボットに勧められた紳士と話をした。グレンムーア公爵に追い払われたミスター・ベルヴィルとも、あらためて夜更けにダンスを踊った。

残念ながらミスター・ベルヴィルも、ほかのふたりと同様に期待はずれだった。三人とも弁舌さわやかでハンサムだけど、話すと妙に疲れた。失礼にならないよう、どうしても気をつかってしまうから。このことをアボットに手紙で伝えたら、返事が来るかもしれない。

それでも、いざ書こうとすると言葉が出てこなくなった。三人の紳士を勧められる前は、すらすらと書けたのに。

何をどう書けばいいのだろう。似たり寄ったりの紳士たちなので見分けがつかないとか？　いっそのこと男性同士で競い合い、勝った人がわたしを賞品として獲得するのはどうかしら。三人とも気に入らないと言ったところで、選り好みしすぎだと非難されるだけでしょう。

三人とも好ましい紳士とはいえ、心の底から愛せるとは思えない。残酷だけれど、それが真実だ。こうしてアボットからの手紙を待ちわびるように、夫の帰りを待つことはない。従順な妻となり、夫だけに尽くす自信はある。前の結婚生活でもそうだったから。夫の機嫌ひとつで日々の幸せや悲しみが左右され、夜には決して手の届かない男性の夢を見ながら眠りにつくのだろう。

朝の郵便が届いたときもなお、目の前の紙はまっさらなままだった。セリーナはライティング・テーブルから立ちあがると、この一年間ほぼ毎日そうしてきたように玄関広間へ急いだ。あと一通だけでも手紙が来ないかしらと思いながら。仕分けした郵便物のなかにアボットからの手紙はなかった。しかし、差出人の表記がなく、筆跡にも見覚えのない事務的な書状が一通あった。

なんだか気になる。セリーナはライティング・テーブルに戻って書状を開封した。

親愛なるミセス・オギルヴィー
謎の恩人の正体を知りたければ、十時にハイドパークのいつものベンチまで来られたし。
友人より

セリーナは手紙を何度も裏返し、友人を名乗る差出人の手がかりを探ろうとした。だが紙にも封蝋(ふうろう)にも印はなかった。

いつものベンチ？　グレンムーア公爵が強引に隣に座ったベンチしか考えられない。でも、この手紙を書いたのが公爵だとしたら、なぜ名前を伏せたりするの？

そんなことはどうでもいい。アボットの正体を知るチャンスがあるなら、確かめるしかない。セリーナは手紙をかたわらに置き、メイドを呼んで散歩用のドレスに着替えた。

ハイドパークに着くと、セリーナは期待を顔に出さないよう抑えつつ、グレンムーア公爵と会ったベンチに直行した。念願かなって、いとしい人の真実を知るときが来た。思わず頬がゆるんでしまう。自然な表情が浮かぶのは丸一日ぶりかもしれない。

「俺と会えて、そんなにうれしいのか。付き合うには幸先(さいさき)がいいな」

隣にどかりと腰を下ろしたのはバクスターだった。欲望むきだしの目つきに、セリーナの顔から笑みが消えた。

「人を待っているんです」遠まわしな拒絶が通じて立ち去ってくれないかしら。

「〝友人〟だろう。今朝の手紙の」

「まさか……」希望が崩れていく。

「そのまさかだ。今日は公爵がいないんだな」バクスターがにやにや笑った。「でかい従僕もいないから俺を追い払えない」

後悔が押しよせてきた。とはいえ、いいかげんバクスターに抵抗する力をつけなくてはならない。自分を守れるのは自分だけなのだから。

「はっきり言って迷惑です。近寄らないで」セリーナは顔を高く上げ、毅然と言い返した。

バクスターは笑うばかりで動こうとしなかった。

「贅沢を言ってる場合じゃなかろう？　なにしろ身寄りのない女だからな。面倒を見てくれる男なら誰でもいいはずだ」

言いがかりとはいえ、あまりにも真実に近い。でも、どう答えればいいの？「わたしを心配してくれる友人がいます」

「心配じゃなくて援助だろう」バクスターが横目でねめつけてきた。「そんな昵懇の友人を引きとめるために、あんたは何をしてるんだ？　銀行に信託財産があるという噂だが、あんたに遺産を残すような身内はいなかったはずだ。旦那も全財産を失って死んだしな」

またしてもバクスターがいやらしく笑った。

「面倒見のいい友人に逃げられないよう、何かやってるはずだ。商売女になって自分で稼いでるなら別だが」

今朝の手紙は、恩人の正体を知りたければ来いという内容だった。そしてバクスターはいまもなお思わせぶりに話している。手がかりをこれ以上あたえずに情報を引きだす方法はないだろうか。

「わたしのことをずいぶん詳しくご存じのようですけど。あなたには関係ありません」セリーナは慎重に言葉を選んだ。

「いや、関係ならある」バクスターは、したり顔でうそぶいた。

「どういうことですか？」

バクスターが目をむいた。「やれやれ、奥さん。俺があんたをどう思ってるか、知らんとは言わせんぞ。旦那が死ぬ前から、美人のあんたが気になっていたんだ」

夫の存命中から目をつけられていたなんて。セリーナは思わず身ぶるいした。「あなたと会ったこともないのに。いかがわしい目で見られるわけがないでしょう」

「死んだ旦那は、そういう目から奥さんを守ろうともしなかった。ろくに考えもせず、賭博で金も奥さんも全部すったのさ」

「未亡人を借金のかたにするなど、恥知らずにもほどがあります！」セリーナはバクスターをにらみつけた。

「しかたあるまい。もしも旦那があんたの将来を案じていれば、暮らしに困ることもなかっただろうに。いまのパトロンも考えが足らんな。玄関に図体のでかい番人を立たせておくだけとは」

「パトロンじゃないもの」セリーナは思わず言い返した。「会ったこともありません」

「本当にあんたを大事にしてるなら、ちゃんと結婚を申しこんでくるはずだ。よからぬ噂を放っておくこともない」

噂が流れているの？　昨夜の舞踏会でそれらしい感じはなかったし、新聞にものっていない。でも、あれこれ噂するのはバクスターひとりじゃないでしょう。アボットのせいでこんな目に遭っていると思うと腹立たしいけれど、そもそも彼がいなければ、とっくに救貧院に送られるか、教会の施しで暮らすはめになっていた。最悪の場合、ジョンが死んで間もなくバクスターの愛人にさせられただろう。

いまはこの男を呆然と見つめることしかできない。

「わたしが大事にされているかどうかで、とやかく言われる筋合いなどないわ。あなたからの手紙も、わたしの将来についての嫌みもいりません」

「それならパトロンとは別れたほうがいい」バクスターがわざとらしく頭を振った。「俺はパトロンの正体も、あんたが金をもらってることも突きとめた。いつまでも言うことを聞かないなら全部ぶちまけてやる。なけなしの評判も一巻の終わりだぞ」

バクスターはアボットの正体を知っている。少なくとも、そう断言した。とたんに胸が熱くなり、すべて暴露される恐怖も薄れた。たとえ世間に知られても、アボットの正体がわかるならそれでいいかもしれない。しかもバクスターは、取り引きが不成立だった場合は情報を公開すると言っている。

セリーナは緊張をほぐそうと一息ついた。「そんな脅しに屈したりするものですか」

「パトロンは正体がばれても騎士のままでいてくれるかね。あんたを捨てて――」

「ありえないわ」でも本当にそう言いきれるの？　連絡が途絶えて一週間以上たつのに。もう見捨てられた可能性もある。

「どうかな。あてがはずれて丸裸にされたりしてね。そしたら、あんたはベッドの相手を選んでる場合じゃなくなるぞ」

「わたしはベッドの相手などしていません」思わず言い返したセリーナは、誰かに聞かれていないかと焦りながら周囲を見まわした。

「見返りもなしに金をもらったと言い張る気か？　誰が信じるものか」バクスターが笑った。「どうせ、そいつも俺と同じことを期待してるんだろう。あんたから借金を取りたてるのも時間の問題だ」

この男は、いいかげんな憶測ばかり並べている。アボットについて何ひとつ知らないことが、これで裏づけられた。どこまで知っているか、ききだせないかしら。そうすれば確信が持てるんだけど。

「彼のことを何も知らないくせに」セリーナは声をとがらせた。「彼がわたしを見捨てるわけないでしょう。万が一そうなったとしても、あなたにだけは従いません」

バクスターの顔がどす黒くなった。

「かわいげのない女だ。そんなに痛い目に遭いたいのか。素直に従わなければ、誰からも相手にされないようにしてやる。まともな縁談が来るとは思わんことだな」バクスターはセリーナの手に自分の手を重ねて強く握りしめたあと、立ちあがった。「今夜までに決心しろ。連絡をよこさなければ、明日の新聞にあんたの名前がのるからな」

そう言うと、バクスターはまわれ右をして歩き去った。

セリーナは体の震えをごまかすため、しばらくベンチに座りこんでいた。散歩する人たちに顔色の悪さを悟られないよう、無理に笑みを浮かべる。これからどうすればいいの？

とにかくアボットに手紙を書こう。バクスターがわたしたちの関係を邪推し、脅してきたと伝えなくては。本人も知らないうちに素性を暴露されるなんて、許しがたいことなのだから。

でも、アボットは返事をくれるだろうか。以前バクスターについて訴えたときには、早く再婚するよう勧めてきたけれど。さすがに一週間では無理だと、アボットも気づいているでしょう。わたしの巻き添えで新聞沙汰になっても、まだ見捨てずにいてくれるかしら。

セリーナがベンチから腰を上げ、重い足取りで家に戻ると、大柄な玄関番がドアを開けた。アボットがよこしてくれた使用人で、外出時の護衛も兼ねているのだから、一緒に連れていけばよかった。セリーナは笑顔で指示した。「バクスターが訪ねてきても、わたしは不在だと伝えなさい。今後もずっと、そうするように」

使用人がにやりと笑い、指の関節を鳴らした。

「承知しました、ミセス・オギルヴィー」

その後セリーナは家に入り、夕食まで自室に閉じこもった。

10

バクスターと遭遇してから二日が過ぎた。毎晩ほとんど眠れない。あの男が何かろくでもないことをたくらんでいるのは明白だった。先日の脅しが本気なら、悪い噂がたつのは避けられない。

セリーナはアボットに何度も警告の手紙を書こうとした。彼が既婚者もしくは聖職者であることも考えられるため、援助の事実が表沙汰になれば迷惑をかけてしまう。

とはいえ、勝手に援助してきたにもかかわらず、いきなり連絡を絶ったのはアボットなのだ。バクスターに正体を暴露され、あわてふためいても自業自得というものでしょう。

そのうえ危険を警告しても、アボットが知らぬ存ぜぬで押し通し、わたしを狼の群れに放りだしたらどうするの？　ずっと信頼していた人が、そこまで恐ろしいまねをするとは思いたくない。けれども、アボットもバクスターと同じように品性下劣で、いないほうがましという可能性もある。

いずれにせよ、バクスターが脅しを実行に移し、わたしの愛人とやらの名前を公表すれば、すべてが判明する。

疲れもとれないまま朝食をとりに一階へ下りると、午前の郵便物のなかに書状が一通あった。またしても差出人の表記がない。アボットに出した手紙が頭に浮かんだ。ずっと待っているのに、まだ返事が来ない。まさか最悪の不安が現実になったのだろうか。アボットはもうこの世におらず、かわりに弁護士が知らせてきたとか――。

そのとき、見覚えのある筆跡が目にとまった。バクスターの思わせぶりな手紙と同じだ。

セリーナは手紙を開封した。

今日のゴシップ欄は見たか？　おもしろい記事がある。
バーナード・バクスター

セリーナは文字を凝視したまま、しばらく凍りついていた。その後、われに返ってメイドを呼び、タイムズ紙を持ってくるよう告げた。

セリーナは新聞をテーブルに広げると、立ったまま勇気をかき集めた。そして、震える手で社交欄までページをめくった。

もう全部おしまいだわ。それでもアボットの正体だけはわかる。そして彼が期待どおりの男性ならば、颯爽と現れて何もかも解決してくれるのではないかしら。三人の花婿候補がおとぎ話の試練じゃなかったのは予想外だけれど。わたしは間違いなく危険にさらされている。そしていまこそ、輝く鎧をまとった騎士かハンサムな王子さま、もしくは聡明な英雄が助けに来てくれるでしょう。

〝とある紳士がほぼ一年前からO未亡人を援助していたことが判明した。彼女の夫を自殺に追いこんだだけでは足りなかったのであろうか。それとも事件の背景には、最初から恥ずべき思惑があったのかもしれない。S・O未亡人はかなりの美貌とのことであり……〟

いかにもプライバシーを保護するかのごとくに名前を伏せているが、無花果の葉で肝心な部分を隠すのと変わらない。噂の未亡人が誰なのか、友人でもぴんとくるだろう。

〝……G公爵は狡猾さで悪名高く、貧しい未亡人に何を望んでいるかは容易に想像がつく〟

セリーナは信じがたい思いで新聞を凝視した。でたらめに決まっている。何もかもバクスターの誤解だろう。よりによってグレンムーア公爵？　まさか、そんなはずがない。

ライティング・テーブルに向かいかけたとき、ようやく記事の文章が意識に浸透した。もうアボットに手紙を書く意味はない。いとしい人は幻想でしかなく、彼への愛は悪趣味な冗談だった。

ずっとグレンムーア公爵から援助を受けていたとすれば、文通の相手も彼だったということになる。わたしは評判を傷つけられただけでなく、公爵の口車に乗って心の奥底をさらけだした。一年ものあいだ、ときには一日に二度も三度も手紙を書いてしまった。

最近の手紙で気持ちをすっかり打ち明けたのも恥ずかしく、情けない。返事をくださいと懇願したにもかかわらず、なしのつぶてで意気消沈するなんて。アボットのために泣いたことさえあるのに。

われながら無防備で隙だらけとしか言いようがない。グレンムーア公爵とは一切かかわりたくなかったのに、あっけなく人生にしのびこまれ、無残に踏みにじられた。

これ以上ひどい目に遭うわけがないと思っていたのに、このありさまだ。

グレンムーア公爵に借りを作ってしまった。お金だけでなく、ほかの面でも。お金を返すあてもなければ、公爵の支配から抜けだすために結婚することもできない。わたしと結婚したがる人なんて誰もいないのだから。

「ミセス・オギルヴィー、グレンムーア公爵がお見えです」家政婦が小声で伝えてきた。貴族の来訪に恐縮しながらも妙に張りきっている。品性下劣な貴族なのに。

そんな人が出入りするところを誰かに見られたら、悪い噂が増える一方だろう。セリーナはげんなりして額に手をあて、目を閉じた。そして、できるかぎり厳しい声で命じた。「地獄に落ちろと言ってやりなさい」

「残念ながら手遅れだ、ミセス・オギルヴィー」狭いダイニング・ルームのドア口をグレンムーア公爵がふさいでいた。これでは上階へ逃げることもできない。公爵の声は舞踏会の晩と変わらず、ベルベットさながらに艶(あで)やかで深い。しかも、わたしと違って最近の騒ぎに動じたようすもないのが悔しい。

「きみにはわたしが必要だ」

「グレンムーア公爵」セリーナはそっけなく言うと額から手を離し、背筋を伸ばして公爵に向き直った。「それともミスター・アボットと呼ぶほうがいいかしら」

公爵が口を開けたものの、気まずい沈黙が広がるばかりだった。彼は弱々しく笑いながら肩をすくめた。

「嘘だと言ってください」セリーナは初対面のような心境で彼を見すえた。

「無理だ」グレンムーア公爵が力なく両手を広げた。「一年前に初めて会ったとき、きみはあきらかに支援を必要としていた。しかし、わたしが支援すると申しでたところで受け入れてもらえないのは明白だった」

「それで別の人物をこしらえたのですね。わたしをだまして、あなたを頼るように仕向けるために」そんな策略にだまされてしまったなんて。グレンムーア公爵はもちろんのこと、愚かな自分自身が情けない。

「きみを助けようとしただけだ。だますなんて、とんでもない。わたしは……」下心があったとは言いにくいのか、公爵が頭を振った。「きみに迷惑をかけるつもりなどなかった」

「あなたと夫の因縁を考えれば、スキャンダルになるのは目に見えていました」セリーナは鋭く言い返した。「そんなつもりじゃなかったなんて、許しがたいことをしたときの言いわけよ」

激しい反論をのみこんだかのように、公爵の瞳に影がさした。だが彼の口から出た声は、これまでどおり穏やかだった。「本当に悪気はなく、ご主人に危害を加えるつもりもなかった。わたしはきみに会うたびに、すべて打ち明けようとした。しかし言葉が見つからず……きみに察してほしいと思うようになった」

「あきれた」

「わたしが事態を悪化させたという自覚はある。責任もとるつもりだ」

「どうやって？　わたしはあなたの援助に依存させられたのに。世間体も最悪です。あなたの愛人だと思われてしまったのだから。今後は誰からも愛人としか扱ってもらえません」

「だが、もしも結婚できるとすれば？」公爵が身を乗りだしてきた。「結婚したいか？」

「あなたの退屈なお仲間と？」セリーナは鼻を鳴らした。「あたりまえでしょう。さもなければ、またバクスターにつきまとわれて、彼の愛人に身を落とすはめになります」

もしくは世間の見方どおり、グレンムーア公爵の愛人になるしかない。

そう考えたせつな、黒い情念がこみあげてきて、思わず身ぶるいした。快楽を売って生き恥をさらすのは、本当に恐ろしいことだろうか。全裸でサテンのシーツにくるまり、両手を握りしめて真の堕落を待つ……そんな姿が目に浮かぶ。

セリーナは何度もまばたきをして妄想をかき消すと、平然としている公爵をにらんだ。彼のまなざしは暗く、まるで表情が読めない。

「バクスターか」グレンムーア公爵が冷たく硬い声を発した。「あの男には、愚かな行いの代償を払わせてやる」

「決闘でもする気ですか？」セリーナは不安になった。「人聞きが悪すぎます。わたしの評判は、ただでさえ傷だらけなのに。ますます状況が悪化するでしょう」

「違う方法でバクスターを叩（たた）きのめしてやる。きみが汚名をかぶらずにすむ方法だ。あの男だけは絶対に許さない」

セリーナはもどかしい気分でため息をついた。男性は最悪の状況に陥ると、なぜ自分のプライドより先を見通せないのだろう。

「楽しそうですね。あなたとバクスターのふたりで、せいぜい復讐（ふくしゅう）を楽しむとよろしいわ。ただし、わたしを巻きこまないでください」セリーナはドアのほうを指さした。公爵が嫌みを察し、出ていってくれるといいけれど。

「まだ話は終わっていない」公爵の表情が変わった。なんだか決まりが悪そうに体を左右に揺らしている。いたずらをした子供じゃあるまいし。

「言いたいことがあるならどうぞ」さっさと話して出ていって。セリーナ自身は最後まで言わず、視線と手の動きだけで伝えた。

「バクスターの手が届かないところで、わたしがきみを守るつもりだ」

公爵はぎこちなく笑った。

「ミセス・オギルヴィー……」口ごもり、唇を湿らせる。「セリーナ。結婚する気があるなら、わたしではだめか？」

セリーナはこらえきれず、鼻で笑った。「まさか本気じゃないでしょう」

「本気だ」

「夫を死に追いやったくせに。ありえないわ……無理よ……あなたと結婚？」かぶりを振る。「絶対に無理です」

でも、もっとおぞましい未来を覚悟していたんじゃない？

「きみたち家族の窮状については、わたしにも責任がある。わたしはきみに愛されるどころか、尊敬されるようなこともしなかった」ばつが悪いのか、公爵は早口で言いつのった。「それでも、きみとわたしが結婚すれば、バクスターはもう手を出せない。きみをねらう連中も絶対に近寄れない」

「あなたと結婚すれば……」生涯にわたって、身も心もすべて捧（ささ）げることになる。ただの愛人とは、わけが違う。

「きみは公爵夫人になるんだ」彼はなだめるような

口調で言った。

「わたしには分不相応です」

「そんなことはない。公爵夫人になれば、誰からも軽く見られずにすむ。きみの息子も――」

「関係ないでしょう！」セリーナは息をのんだ。

「わたしはエドワードのことを考えてやらなくてはいけない。きみも同じだと思うが。きみが公爵夫人になれば、エドワードにとっても都合がいいはずだ。一介の未亡人や平民の妻では決して望めないほど、輝かしい未来を息子にあたえられるからな。エドワードの行く先々ですべての扉が開かれる。最高の教育を受けられるし、職業も結婚相手も選べる」

「公爵の伝手をほしがるのは誰でも一緒ですから」鼻を鳴らさないようにするのも一苦労だった。

グレンムーア公爵がうなずき、セリーナの前の新聞に視線を落とした。「いかにも。いくらゴシップ紙で悪逆非道の輩に仕立てられようとも、爵位さえあれば大目に見てもらえる。不公平だが、それが世の常というものだ。きみもわたしの妻になれば、同じ恩恵を受けられる」

こともなげに言われて否定しようもないのが、よけいに悔しい。ただの未亡人に比べると、公爵の身分はずっと高い。おまけに彼は賭博のテーブルで夫をアリのごとく踏みつぶしておきながら、気づいてさえいなかった。

いまや、わたしは悪魔の取り引きを持ちかけられている。捧げる生贄は自分自身で、そうと気づかぬうちにお金を受けとってしまった。結婚すれば公爵夫人の座まで手に入る。

計算高くて金に汚い女だと世間で取り沙汰されるだろう。前夫を裏切っただけでなく、公爵に夫を殺害させて再婚したなどという憶測がゴシップ紙を賑わすのは間違いない。

「もとより新聞がわれわれの関係を邪推し、無責任に書きたてたのだ」まるで心を読んだかのように公爵が言った。「きみはわたしの愛人と目されている。状況を一変させるには、わたしと結婚する以外にない」

そのとおりかもしれない。すでに評判が泥まみれなのだから。公爵の愛人だと思われた以上、結婚を申しこんでくれる男性もいないだろう。おまけにバクスターがいまもなお、絶望した未亡人を愛人にしようと待ちかまえている。

きっと何か方法がある。どうにか打開策を考えるしかない。けれどもグレンムーア公爵がドアの前をふさぎ、わたしも知らない心の底さえ見抜くような暗いまなざしで、こちらを凝視している。これでは何も思いつかない。

「わからないわ」セリーナはつぶやき、かぶりを振ると、テーブルを盾にするかのように反対側へまわった。

グレンムーア公爵が足を半歩だけ踏みだしてきた。

「何もかも突然だったからな」

その声はやさしく穏やかに響いた。弓でヴァイオリンの弦をなでたかのごとく、心が震えた。

「返事はいますぐでなくてもいい。いくらでも待つつもりだ」

待たなくていい。いますぐ断るつもりだから。なのに、その言葉が出てこない。

「そろそろ失礼する」グレンムーア公爵が名刺をテーブルに置いた。「決心がついたら連絡してくれ」

「手紙を書きます」セリーナがそう言うと、公爵は顔をしかめた。そして踵(きびす)を返し、立ち去った。

外に出たアレックスは、最後にもう一度だけ振り返った。セリーナが窓辺でこちらを見ていないかと少しだけ期待して。ダイニング・ルームのカーテンは閉じたきりで、隙間からのぞいている気配もなかった。

アレックスはハイドパークまで歩いた。そしてサーペンタイン湖のほとりを行ったり来たりしながら、とんでもない行為の熱を冷まそうとした。

とうとう結婚を申しこんでしまった。

もっとも、それは避けられないことだった。アボットはもちろん、セリーナの念願でもあったからだ。セリーナは友人以上の関係になりたいと何度もほのめかしていたし、自分もそれに気づかないほど鈍感ではない。

アレックスはセリーナに結婚を勧める手紙を何通も書いたが、実際には一通も送らなかった。いまポケットには、そのなかでも比較的まともな手紙が入っている。やはり会って話すしかないと、自分自身を奮い立たせる手紙だ。これをセリーナに読ませればよかった。さっきのように下手な弁解をするより、気持ちが通じたはずなのに。

いや、いずれにせよ大失敗に終わっただろう。ふたりの関係を改善しようにも、せいぜいセリーナの露骨な嫌悪を普通の憎悪に変える程度だ。そんな小さな成功さえも、自分が彼女を援助していたと世間に知られたいま、跡形もなく消し飛んだ。

新聞は俗悪な憶測記事だらけだ。グレンムーア公爵がオギルヴィーを死に追いやり、セリーナを未亡人にしたうえで手に入れた？　そんな下劣な陰謀を誰が企てるものか。まったく信じがたい。タイムズ紙に苦情の手紙を書いてやろうと考えたほどだ。オギルヴィーとは死んだ当日の夜が初対面で、セリーナとも夫の死後に会っただけなのに。

しかし、その後のできごとを説明できない。セリーナと出会った瞬間から、彼女の美しさに魅了された。それだけではない。手紙を書くうちに、おのれ自身が見えてきた。愛してしまったのだ。わたしに心を開き、正直に語りかけてくれた女性はセリーナただひとりだった。

それなのに、いまや彼女は完全に心を閉ざしている。あの魂の輝きは二度と見られないのか。

そう思うと胸が痛む。セリーナには鼻であしらわれたが、われわれの仲を引き裂いた男には代償を払わせるべきだ。アレックスは公園を出てジャーミン・ストリートに向かった。そこにバクスターの高級フラットがあるのだ。

バクスターは留守だったが、アレックスは狭い客間に案内された。そして一時間も待ったころ、帰ってきたバクスターがほくそ笑みながら挨拶した。

「グレンムーア公爵、これはまた望外の喜びですな」

「そう考えているのは、ひとりだけかもしれないが」アレックスはバクスターの目を見すえた。

バクスターが視線を泳がせた。「新聞記事のことで来たんですか?」

「情報の出どころがきさまなのは明白だ」アレックスは言葉を継いだ。「わたしがミセス・オギルヴィーを援助しているという結論に至った経緯を聞かせてもらいたい」

「最初は経験にもとづく推測にすぎませんでした。だが彼女と話そうとすると、いつも閣下が現れた。なんとも都合よく」

「なるほど」

「そんな折に、ある銀行員とカードをやる機会がありまして」

「そうか。その行員は身の丈に合わない賭けをしたようだな」アレックスは辟易(へきえき)して頭を振った。

「カード仲間の思慮が足らんのは、あたしのせいじゃありません」バクスターが肩をすくめた。「閣下がミセス・オギルヴィーのために信託財産を組んだとき、担当したのがその行員だったんです」

「よくわかった」怒り心頭に発した。「そしてきさまは、その情報をもとにミセス・オギルヴィーの評判に取り返しのつかない傷をつけた」

「こういうことになるぞと、一昨日(おととい)あの女に警告したんです」バクスターがふたたび肩をすくめた。

「ばらされたくなければ、いつでも止められた」

「きさまに服従することを条件にか」

不快きわまりない。わたしに頼ればよかったのに。どうしてセリーナはアボットに手紙を書かなかったのか。

バクスターが笑った。「閣下には関係ないでしょう。こっちの話ですからね」

「きさまとミセス・オギルヴィーも無関係のはずだ」アレックスは声に険を含ませた。

「いいじゃないですか」バクスターの余裕しゃくしゃくな態度が鼻につく。「そのうち閣下も飽きるでしょう。そうしたら、あたしがあの女の面倒を見てやりますよ」

「無用だ。わたしが結婚するからな」それが現実となる可能性は決して高くないものの、アレックスも自信に満ちた態度を装った。

するとバクスターがせせら笑った。「ご冗談でしょう」

「本気だ」アレックスは厳しく言い返した。「彼女につきまとうのは、未来のグレンムーア公爵夫人に対する侮辱だと思え」

遅まきながら頭が働きだしたのか、バクスターが目をむき、いかにも腹立たしげに鼻を鳴らした。

「まさか……」

面食らって言葉も出ないようだ。

「信じられないか？　誰にでも邪心があると思ったら大間違いだ」アレックスは唇の端をつりあげた。「それは下衆(げす)の勘繰りというものだ。誰もがきさまと同様に下劣だと思うな。足りない頭でも理解できるように話してやろう。結婚後、彼女に少しでも近づいたら、きさまを地獄に落とす。決闘などしないから覚悟しておけ」

アレックスは少し考えてから、つけくわえた。

「新聞記事を信じるならば、わたしは狡猾さで悪名高いそうだ。残虐非道な悪魔らしく、きさまを破滅させてやる」

これには効き目があったようで、バクスターの顔から血の気が失せた。「いや、そんな――」

「ふざけたまねは二度とするな」アレックスは辛辣に釘を刺した。「わかったら話は終わりだ。二度と顔を見せるな、バクスター。セリーナ・オギルヴィーにも手を出すな」

アレックスは使用人から帽子とステッキを受けとると、衝撃のあまり口もきけないバクスターを残して立ち去った。

11

グレンムーア公爵が出ていったあと、セリーナは使用人を呼び、来客があっても取り次がないよう指示した。そして自室に戻り、ベッドに突っ伏して泣いた。涙は春の雨のごとく静かに、とめどなく流れた。やがて勢いを増し、嗚咽の嵐となった。セリーナは枕に顔をうずめて声を殺した。エドワードに泣き声を聞かれたくなかったのだ。失恋を嘆く愚かな母親の姿なんて、息子にだけは見られたくない。

ジョンが亡くなって以来、こんなに泣いたことはない。

いいえ、それも嘘だった。もちろん、夫の死に涙したのは事実だし、嘆き悲しむのも当然のことだろう。それでも、涙に暮れたのは夫が死んだからではなく、将来への不安や前途多難な状況のせいだった。夫よりも自分のために泣いたのだ。

正直に言えば、夫が世を去ったこと自体は、さほど悲しくもなかった。ずっと前から、いてもいなくても同じになっていた。死がふたりの別れを決定づけたにすぎない。

それなのにアボットのこととなると、身も世もなく泣き崩れてしまうなんて。大事な友人だと思っていたからだろう。一方のジョンは、そういう存在ではなかった。申しわけないけれど。最愛の夫とはいえ、大事にしてもらった覚えはない。アボットだけが毎日のように心身の健康を気にかけてくれた。わたしの冗談に笑い、お返しにわたしを喜ばせてくれた。わたしが窮地に陥ったとき、救いの手をさしのべてくれた。

ジョンは何もしなかった。問題ばかり起こしたあげく、わたしを残して死んだ。

そのとき、アボットがどこからともなく現れて、わたしを助けてくれた。

いまなら何もかも説明がつく。グレンムーア公爵がスキャンダルの責任をとろうとしただけで、あとは嘘と戯言（たわごと）しかなかった。公爵はわたしに、アボットが実在の人物だと信じこませた。ある意味、実在したのかもしれない。わたしの想像のなかでは生きていたのだから。

でも、もう死んでしまった。いまや想像もできない。この一年ずっと孤独にさいなまれ、夜ごとアボットの姿を思い描いたのに。いまとなっては、彼の腕に抱かれる自分を想像するたびに、公爵のことを考えてしまう。ほぼ一年間、わたしにとってアボットは、かけがえのない真実の愛だったのに。いなくなってしまった。

わたしの心もアボットと一緒に消えた。徐々に涙が引いてきたいま、からっぽのわたしは抜け殻と何も変わらない。涙とともに魂まで流れでてしまったかのようだ。未来も不毛の荒野さながらで、春なのに冬景色しか見えない。

遠慮がちにドアをノックする音がした。開けてみると、メイドが午後の郵便物を手に、ことさら明るくほほえんでいた。幸せだったころに戻る手段があるかのように。

アボットの手紙はない。けれども、メアリーからの手紙が届いていた。そういえば、明日ハイドパークを一緒に散歩しようと約束していた。つらいときでも友達がそばにいてくれる。そう気づけたのは不幸中の幸いだし、立ちあがって進むべき理由があるという唯一の証拠だろう。

約束の場所に行くと、メアリーがベンチで待っていた。すぐさま気づいて立ちあがったメアリーは、セリーナの両手を引いて隣に座らせた。「ああ、心配したのよ。わたしに何かできることはない？」

「新聞を読んだのね」セリーナは眉を曇らせた。

「あの記事のせいで、夫がいい顔をしないのよ。こうしてあなたと会うのも止められたわ。ばかばかしいと言っておいたけど。あなたがグレンムーア公爵の愛人だなんて、根も葉もない噂に決まっているもの」メアリーは口を閉ざし、じっと見つめてきた。セリーナがうなずくのを待っているのだ。

「あなたの言うとおりよ。わたしは愛人なんかじゃないわ」まったくばかばかしい。「公爵がお金を送ってくれたのは事実だけど、送り主が誰だかわからなかったのよ。手紙ではアボットと名乗っていたし。それで、てっきり……」

セリーナは唇をかんだ。何を期待したかなんて言えるわけがない。

「結婚を申しこまれるんじゃないかと期待したの

ね」メアリーが言葉を引き継いだ。

「ええ」セリーナはうなずいた。結婚を望んだのはたしかだけれど、ひとりでベッドに入るたびに、まるで違うことを望んでしまう。得体の知れないアボットとの情熱的な夜ばかり妄想した自分が恥ずかしい。もしも彼と会えていれば、何を求められても応じてしまっただろう。

しかしアボットからの要求はなく、かわりに公爵が結婚を申しこんできた。

「本当にアボットの正体を知らなかったの？」メアリーが目を丸くした。「ずっと手紙をやりとりしていたのに？」

「そうだけど……」セリーナは言いよどんだ。「グレンムーア公爵だと知っていれば、最初からお金も受けとらなかったわ」

メアリーが当惑そのものの表情を浮かべた。わけがわからないのは、わたしも同じだけれど。

「とにかく、公爵はすべての埋め合わせでもするような感じで結婚を申しこんできたわ」セリーナはうんざりしながら眉根を寄せた。

メアリーがなおも当惑顔で見つめてきた。「あのグレンムーアが？」

「あのグレンムーアが。うちに来てプロポーズしたのよ」

メアリーは絶句したあと、顔をほころばせた。

「すてきな話ね」

「そうでもないわ」セリーナは親友をにらんだ。

「彼と文通を続けるうちに、好ましく思うようになったんじゃないの？」メアリーが小突いてきた。

「まさか。大嫌いだもの、あんな人」

「それでも、手紙をやりとりしていたころは好きだったんでしょう？」メアリーがやさしく問いかける。

「いまは好きじゃないの」セリーナは吐き捨てるように言った。「心に秘めた想いを打ち明けた相手は、わたしの知らない人だったわ。知ったつもりになっていただけ」

「なんてこと」メアリーが表情を曇らせた。「公爵はずっと匿名で文通していたと言ったわね。それなのに、いまになって正体を現した」

「どうすればいいか見当もつかないわ」セリーナはため息をついた。

「わたしでよかったらアドバイスしましょうか」メアリーが明るく笑い、セリーナの手をぽんぽん叩いた。「グレンムーア公爵は若いし裕福よ。それに、あなたを救おうとしている。あなたはプロポーズを受けて、汚名を晴らすべきだわ。彼は前にもあなたを助けてくれたんだもの。これからも力になってくれるでしょう」

「でも……」セリーナは身を震わせた。「ジョンが死んだのはグレンムーア公爵のせいなのに。あんなふうに他人を破滅させるような男とベッドをともにするなんて、想像もできないわ」

それも嘘だった。彼の姿を見るだけで妙に期待してしまい、とてつもない罪悪感を覚える。

「そのうち心境も変化するでしょう」メアリーが眉を寄せた。「公爵位は前の夫にまつわるスキャンダルさえ水に流してくれるわ。それに夫婦の営みだけの問題なら、すぐに解消するはずよ。跡取り息子が生まれたら、公爵の関心は妻からよそへ移ると思うの。あなたも、もっと好きな人と付き合えばいい。跡継ぎさえできれば、夫婦がそれぞれ愛人を作るのはよくある話よ」

ほしいものを手に入れたあとは妻を突き放すなんて、いかにも公爵らしい。まあ、その程度のことはするでしょう。わたしに結婚を迫るため、巧妙な策略をめぐらせるような人だもの。

だからといって、ロンドンに数多いる男性のなかから、こともあろうにグレンムーア公爵を選んで再婚するのは、ジョンの思い出を踏みにじるのと変わらないだろう。

「彼と再婚なんかしないわ」セリーナは声をしぼりだした。「いくら公爵だろうと絶対に無理よ。あんな人」

「わたしだったら妥協するわ」メアリーがきっぱりと言った。「いまの状況をよく考えてみれば、納得できるはずよ」

メアリーはふたたび手を軽く叩いてきた。

「結婚に妥協はつきものだし、上流社会では誰でもやっていることよ。あなたにもできるわ。その気になればの話だけど。わたしだって」メアリーが含み笑いをもらし、思わせぶりに眉をつりあげた。「公爵は本当にハンサムよね。おまけに、すごく危険な感じ」

「危険な人と結婚だなんて、ぞっとするわ」セリーナは眉間にしわを寄せ、鼻を鳴らした。「ジョンと結婚したときだって、人柄に問題がないか確かめたのに」

「そうだけど……」確かめた結果がこれじゃないのと言わんばかりに、メアリーが小さく首を振った。

「ジョンとの結婚生活は、つらいことばかりでもなかったわ」自分でも言いわけがましく感じるけれど。「それに、再婚したらエドワードがどうなるかと思うと……」

「公爵はなんと言っているの？」

「エドワードの面倒を見ると約束してくれたわ」

「だったら、それを信じなさい。妻の連れ子を邪険に扱う人もいるのよ。公爵がエドワードの幸せを考えてくれるならよかったじゃない」

ため息がもれる。エドワードの幸せを考えれば、グレンムーア公爵と再婚するべきかもしれない。でも、わたし自身の将来はどうなの？　公爵夫人になることは、マイナス面よりプラス面のほうが大きい。

とはいえ、初夜から先のことなど何ひとつ考えられない。

黙りこんでいると、メアリーが問いかけてきた。

「グレンムーア公爵の援助なしでやっていけるの？　プロポーズを断って、ほかに頼れる人がいるの？」

それが問題だった。心配してくれそうな人に心当たりはない。アボットも、正体が判明したからには消えたも同然だった。もちろんグレンムーア公爵のプロポーズを断れば、捨てられて路頭に迷うことになる可能性は高い。

おまけにバクスターが手ぐすね引いて待ちかまえている。

「誰もいないわ」セリーナは身ぶるいした。「公爵の愛人だと世間で噂された以上、結婚を申しこんでくる人もいないでしょう」

そもそもグレンムーア公爵がお節介を焼いたりしなければ、たぶん噂も流れていない。とはいえ、最初の援助がなかったら——。

「もうたくさん。頭が痛くなってきたわ」ぼやくしかない。

「お金の心配もなく、おおぜいの使用人がいる豪邸に住んでいれば、頭痛なんかすぐ治るわよ」メアリーが笑顔でうなずいた。「公爵のプロポーズを受けなさい」

「顔も見たくないのに？」

「だからこそ死ぬまで責任をとってもらうのよ。神と法のもとで。あなたが望むなら、彼を不幸のどん底に突き落とすこともできるわ。時間はたっぷりあるんだから」

公爵が少しくらい不幸になっても自業自得だろう。ジョンをひどい目に遭わせたうえ、アボットと名を偽ってわたしを愚弄したんだもの。原則として、公爵は法に縛られず、世間の非難をあびることもない。その一方で、わたしも彼の妻になれば同様に特別扱いを受けられる。借りを返すことだってできる。

セリーナは二日ぶりに愁眉を開いた。

メアリーも安心したような顔でうなずいた。「やっと目が覚めたのね。自分じゃどうにもならないことで悩むのはやめなさい。いまの状況を最大限に利用して、幸せになるのよ」

そうしてグレンムーア公爵を不幸にする。それだけのためにプロポーズを受けてもいい。彼は今後ずっと、わたしという悩みの種とともに生きていくしかない。すべて自分でまいた種だと思い知らせてやろう。

「決めた。グレンムーア公爵と結婚する」セリーナも力強くうなずいた。「彼に似つかわしい妻になってみせるわ」

それも悪くない気がする。ふたたび笑みが浮かんできた。

セリーナは立ちあがり、メアリーを助け起こした。

「さあ、散歩しましょう。それで、ほかの話をしない？」

「もちろんですとも、グレンムーア公爵夫人」メアリーがくすくす笑い、話題を変えた。

一日が過ぎた。さらにもう一日が過ぎても、セリーナからの連絡はまだない。

手紙を書きたくて指がうずく。一年間ずっと続けてきた習慣を断つのは難しい。ましてやセリーナとの文通のような楽しみを捨てるのは至難の業だ。

手紙を書かなくなったいま、アヘンの禁断症状に苦しむ患者のような気分で孤独のなかを漂っている。セリーナとはもう連絡もできないのかと、恐怖がつのる一方だ。もしもプロポーズを断られたらどうする？　なんの力にもなれず、セリーナが破滅するところを見ているしかないのか？　彼女の評判が泥まみれになったのは、わたしのせいなのに。プロポーズを断られた場合のことなど想像もつかないが、とにかくセリーナを見捨てたりするものか。

いずれにせよ、手紙のやりとりだけで満足していた幸せな日々にはもう戻れない。オックスフォードの講師としての人生が終わったのと同じように、アボットの命も尽きたのだ。

オックスフォード時代には、家庭も持たず学問だけに一生を捧げるつもりでいたし、それで幸せだと思えた。哲学という崇高な使命のみに導かれる生き方は、ことのほか充足していた。継父ファロン公爵の勝手な価値基準によって自分の業績を評価されなくなったからだ。

老公爵は継子アレックスを実子エヴァンとさんざん比較したあげく、劣っていると判断した。さいわいエヴァンには父親のような偏見もなく、出会った瞬間からアレックスを兄として受け入れた。オックスフォードで教鞭をとることについて相談したときでさえ、エヴァンは大笑いしつつも全面的に協力してくれた。

〝よりによって兄上が象牙の塔にこもるとはね〟エヴァンが笑いながら言った。〝まだ俗世に未練があるだろうに〟

〝些細な変化にすぎない〟若い時分でも女性との交際を望んだことはなかったのだ。〝それに本があるからなんの問題もない。もちろん、友人にも恵まれている〟

知恵の探求に邁進する人生を歩めればそれでいい。だいいち、人間と違って本は無害そのものだ。本のせいで苦しむことは絶対にないため、心穏やかでいられる。

〝すばらしく充実した暮らしだな〟エヴァンはなおも笑っていた。〝その結果どうなるか見てみようじゃないか"

この五年は、オックスフォードの講師としての生活に満足していた。だがその後、従兄の死によりグレンムーア公爵位を継いだ結果、貴族と講師の義務はまるで違うと思い知らされた。貴族の義務は家系を継ぎ、子孫を増やすことだった。要するに、どんどん子供をこしらえて、自分が死んだあとに学術書や論文以外のものを残せばいいのだ。

セリーナさえ応じてくれるなら、ともに義務を果たしていきたい。

アレックスは机の前に座ったまま愕然とした。セリーナとともに生きることを考えただけで、こんなにも心を揺さぶられるとは。それはただの想像ではなく、願望そのものだ。高貴な身分の求婚者として近日中にセリーナを訪問したい。長ったらしい騎士物語じみた禁欲生活に別れを告げ、セリーナを抱きしめよう。真っ白な首筋にキスをして、体を重ねるのだ。

空恐ろしい反面、晴れがましい。おまけに血が騒いでしょうがない。

「旦那さま」

アレックスが顔を上げると、書斎のドアの前で執事が直立不動の姿勢で応答を待っていた。

アレックスは間の抜けた笑い顔を引きしめてうなずいた。

「ミセス・オギルヴィーがお見えです」

いっきに期待がふくらんだかと思うと、次の瞬間あっけなくしぼんだ。口のなかが乾いてしょうがないのに、手のひらが汗ばんでいる。思わずブランデーに目をやったが、即座に引き離した。セリーナに何を言われようと、冷静に受け入れるほかない。

「赤のサロンに通してくれ。わたしもすぐ行く」

アレックスは五分間かけて平静を取り戻したあと、おのれの未来が待つ部屋へと向かった。

赤のサロンでは、セリーナが暖炉の前に立ち、大理石のマントルピースにすがるように手をかけていた。暖炉上の鏡のなかで目が合ったとたん、不安げな表情が決意に満ちたものに変わり、まっすぐ見返してきた。

アレックスは暖炉ぎわの椅子に歩みより、セリーナにソファーを勧めた。

セリーナは座ろうとせず、かぶりを振ってサロンの中央まで退いた。

見通しはきわめて暗い。それでもアレックスは首を縦に振ると、立ったまま両手を体の後ろで組んだ。

「結論が出たのか？」

セリーナはうなずいたものの、そのまま黙りこんだ。ついにアレックスの精神が限界に近づいた。

「あなたと結婚します」

安堵のあまり、ため息がもれた。

「ただし条件があります」

条件？　セリーナの名誉を挽回するのは、わたしの務めだ。どんな条件でものむつもりだ。結婚して一緒に暮らすためなら、なんでもしよう。

アレックスはふたたび息をついた。「言ってくれ」

「形だけの結婚にしてください。わたしがあなたを愛することはありません。ベッドをともにすることもありません」

まさか本気ではあるまい。現実離れした提案だと認め、ほかの条件をつけてくるはずだ……。

しかしセリーナは口を閉ざしたまま、美しいグレーの瞳で見つめてきた。

「いままでずっと手紙に書いてきたことはどうなった？　ずいぶん心境が変化したようだが」

「わたしはなんの約束もしていません」セリーナが真顔で言い返してきた。「その点については、手紙をやりとりしていた相手も同じでしょう」

「それはわたしだ。わたしが文通相手だった」

セリーナは頭を振った。「あなただと知っていれば、手紙も書かなかったはずです」

いかにも、そのとおりだ。覚悟はしていたが、はっきり言われると胸が痛む。「きみが思い描いた人物は存在しない」

「嫌というほど思い知らされました。あなたに一年間だまされたあげく、結婚を余儀なくされたのですから。大喜びで結婚するわけではありません。ゆめゆめお忘れなきよう」

わたしは何を期待したのか。すべて水に流し、許してもらえるとでも思ったか。そうだとすれば、わたしは愚か者だ。セリーナを助けたい一心だったが、たしかに彼女の言うとおり、結婚以外の道をすべて閉ざしたにすぎない。

とはいえ、そんな条件をのめるのか？　たとえ夫婦の営みなしで生きていけるとしても、子作りをしなければ公爵の義務を果たせないし、自分自身の念願にも反する。わたしはオックスフォードの講師になったとき、家庭など持てないものと覚悟を決めた。その後、大学を辞めたときは、家族を持つ夢だけはかなえられると期待したのだが。いま、ふたたび夢を捨てるしかないのか。

いや、何か問題でも？　わたし自身やバクスターのような男どもからセリーナを守り、名誉を挽回してやれるなら安いものだ。セリーナの頼みなら、なんでもしよう。形だけの結婚といえど、講師時代に戻るのと何も変わらない。当時のわたしは女性との付き合いもなく、ひたすら学問に身を捧げていた。これからも修道士のごとく身を律し、無慈悲な女神の足元にひれ伏すだけだ。しかもこの女神は、わたしを容赦なく責めさいなむ。だが苦しんでいることを彼女に悟られてはならない。地獄の責苦を受けるのがおちだろう。

アレックスは動揺を顔に出さないよう抑えこんだ。

「きみが望むなら、それでいい」

「いいの?」断られると思いこんでいたのか、セリーナが目をみはった。

「二言はない」アレックスはその目をじっと見返した。

「まさか、そんな……本当に……」セリーナは狼狽を隠せないようだ。無茶な条件が通った場合のことは何も考えていなかったらしい。

「わたしがすべて手配しよう。タイムズ紙で婚約を発表して、結婚許可証も取りよせる。挙式はセント・ジョージ教会でやろう。すべて一週間で片づける」

「でも、わたしの荷物や――」

「全部こちらに移す。うちの使用人に言い含めて引っ越しを手伝わせよう。きみの使用人も全員ここで雇う。心配することは何もない」アレックスはいったん言葉を切り、セリーナが次にどんな口実で断ってくるかと神経を研ぎすませた。何もないようだ。

「では、そろそろいいか? わたしは忙しい」

「はい、もう失礼します」セリーナが消え入りそうな声で答えた。アレックスは正面玄関まで見送った。

その後、書斎に戻ったアレックスは、呆然としたまま机の前に座りこんだ。とうてい同意しかねる条件をのんでしまった。世にも美しい女性を妻に迎える。初めて会ったときから、それを夢見ていた。だが形ばかりの結婚で、指一本たりとも触れることなく他人同士として暮らすのだ。

家族もなく、跡継ぎもいない。子供と笑顔に満ちた日々も霧と消えた。セリーナに手紙を書きながら、いつの日か彼女の息子とともに、わたしの息子も慈しんでもらえるのではと夢想していたのに。すべて否定された。少年時代を過ごしたファロン公爵家にも劣らぬほど冷たく空虚な家庭しか望めない。

思わず拳を机に叩きつけたとたん、インク壺が跳ねた。拳をゆるめ、緊張とともに怒りをほぐす。セリーナの頼みとあらば、そのとおりにするまでだ。親しくなればセリーナの気が変わり、わたしを愛してくれるかもしれない。ごくわずかな希望だし、一生みじめなまま終わりかねないが、危険を冒す価値はある。

12

一週間後、アレックスは介添え役の弟と並んでセント・ジョージ教会の祭壇脇に立ち、人生を変えてくれる女性の入場を待っていた。

入り口の扉を凝視しながら、つま先をせわしなく鳴らしそうになるのを必死にこらえた。すでにセリーナが心変わりしていても驚きはしない。やはり結婚はやめると通告する手紙が目に浮かぶようだ。手紙で希望を打ち砕かれるのは皮肉の極致としか言いようがない。

セリーナに正体を知られる前であれば、いつか別れの日が来るという冗談に笑い合っていただろう。どんなことがあっても友情は不滅だと断言されたかもしれない。

すべての嘘が露見してもなお、あえて全部のみこんで、笑いながら返事を書いたはずだ。〝愚かしくも親愛なるセリーナ〟などと呼びかけながら。だが、いまや何もかも失われ、久しぶりに孤独が骨身にしみる。実の父が世を去り、母の再婚相手と相対したとき以来だ。

「緊張するのは新婦のほうで、新郎じゃないだろう」エヴァンが機嫌よく話しかけてきた。

「そっちは新婦が結婚式をすっぽかす心配もなくてよかったな」

「むしろ、すっぽかしてくれないかと祈っていたくらいだ」エヴァンが頭を振った。「あのあと自分の愚かさを悟ったよ。マディに結婚してもらえたことが、いかに幸運だったかも思い知らされた」

「わたしが幸運なのは、よくわかっている」アレックスは入り口の扉に目を凝らし、頼むから開いてくれと祈った。

「兄上の花嫁は、そうでもなさそうだ」弟が釘を刺した。

「そのうち結婚した自覚が芽生えてくるだろう」

「普通の女性は公爵夫人になれるってだけで満足しそうなものだけどね」

「セリーナは普通の女性とは違う」つい頬がゆるんでしまう。「公爵夫人の座など、どうでもいいと考えている。少なくとも、爵位が目当てじゃないことだけは明白だ」

「それなのに、兄上は彼女を妻にして援助を続けるつもりか？」エヴァンがきいた。「こんな茶番劇の幕を下ろし、ほかの方法でゴシップに対処したらどうだ？」

「そんな方法はない」アレックスは吐き捨てるように言った。「セリーナが未亡人のままでいるかぎり、名誉を挽回するのは、とうてい不可能だ。わたしのせいでバクスターにも目をつけられた。見捨ててはおけない」

「ご立派なことだな」エヴァンは皮肉もあらわな物言いをしたあと、つけくわえた。「身内が都合よく利用されるのは不愉快だ」

「わたしは大人の男だし、おまえより年上だ」アレックスは鼻を鳴らした。「何もかも理解したうえでやっている」

「オギルヴィーの未亡人のことで新聞沙汰になったくせに」エヴァンが頭を振った。

そのとき教会の扉が開き、セリーナが息子を連れて入ってきた。

彼女の姿を見るやいなや、アレックスは思わず身を乗りだした。たちまち脇腹に肘鉄を食らい、はっと凍りつく。

エヴァンが声を落とした。「なるほど、問題が見えてきたぞ。そんなことだろうと思ってはいたが。兄上が彼女に抱いている感情は、立派どころではなさそうだな」

「だったらなんだ？」アレックスはヴァージンロードを近づいてくる花嫁から目を離すことなく言い返した。

「よくも悪くも、結婚する理由として、これ以上のものはないだろうね。すべて当事者である女性の気持ちしだいだが」エヴァンもセリーナをまじまじと見て、ため息をついた。「見通しが明るいとは言いがたいな」

花嫁は灰色のドレスを着ていた。ブーケも持っていない。

「前言を撤回する」エヴァンがまた言った。「真っ暗かもしれない」

「特別許可証による急ぎの挙式なので、婚礼衣装を誂(あつら)える暇がなかった」それでも前夫の喪が明けて久しいうえ、明るい色の服もあったはずだ。セリーナが灰色を選んだのは、否定的な心情の表れ以外の何ものでもない。

「結婚すれば変わるだろう」エヴァンがわずかに天を仰いだ。「ショッピングと散財で夫に意趣返しができると知れば、彼女は朝から晩までボンド・ストリートに居座るはずだ。もしくは、ほかの嫌がらせを考えるか。兄上は奥方に手を焼き、みじめな思いをするに違いない」

「いまのうちに教えてくれてありがとう」アレックスは真正面を見すえたまま言った。「わたしひとりでは絶対に気づかなかったよ」

「手を引くなら、まだ間に合うぞ」

いや、それはない。初めてセリーナと出会ったときには、すでに手遅れだった。こうして祭壇の前にふたり並んで立つことをずっと望んでいた。もっとも、想像していたのは笑顔の花嫁だ。こんなふうに死んだ目を向けられるとは思いもしなかった。まるでセリーナ自身の葬式へと歩を進めているような目つきだ。

ひどくゆっくりと近づいてきたセリーナは、最前列のベンチに息子を座らせた。エドワードは足をぶらぶらさせながら、アレックスをじっと見つめてきた。

ずいぶん前に公園で一瞬だけ会ったきりとはいえ、わずかでも好印象をあたえているといいのだが。そう思いながらアレックスはエドワードにうなずき、ほほえんでみせた。すると少年が笑い返してきたうえ、コンパスの存在を確かめるようにポケットを押さえた。

アレックスはセリーナに向き直った。だが軽蔑もあらわな表情を見たとたん、自分の顔から笑みが消えていくことに気づいた。セリーナがすぐ近くまで来たが、ひややかな表情は変わらない。そして、これから起きることはもう止められないと判断したかのごとく、諦観のまなざしで見上げてきた。「準備はできています。始めましょう」

「立会人としてファロン公爵夫妻を呼んだ」アレックスは言わずもがなのことを口にした。

「こう見えても家族だからね」エヴァンが愛想よく話しかけた。「今後はきみも家族の一員だ。何かあれば遠慮なく言うといい」

「何かあっても口を開きませんからご心配なく」全部わきまえておりますと言わんばかりに、セリーナが応じた。

エヴァンの妻が割って入り、ためらうセリーナにほほえみながらブーケをさしだした。

「花を用意する暇もないかと思って。アレックスから聞いた話では、あなたの家には庭がないそうね。こちらで勝手に見つくろってきたのだけれど……」

ファロン公爵夫人は肩をすくめた。

セリーナがわずかに頬をゆるめ、公爵夫人に笑い返した。

「ファロンのバラを知らぬ人などいないでしょう。先日、舞踏会に伺ったときに庭園を見せていただきました」セリーナはピンクと白のみごとなブーケを受けとり、顔に近づけて深々と息を吸いこんだ。そして結婚式が終わるまで持っていてもらうため、公爵夫人にブーケを返した。「お心づかいに感謝いたします」

セリーナは、ふたたび表情を硬くしてアレックスに向き直った。

「そろそろ始めませんか？」迷いのない足取りで祭壇へと向かう。

気の毒そうに苦笑する弟を尻目に、アレックスも進みでてセリーナと並んだ。

他人の結婚式の話は何度も耳にしたが、実際ろくに覚えていない。がらんとした教会で誓いの言葉を唱えるのは、途方もなく厳粛だ。セリーナも同じように感じているのだろうか。それとも主教の言葉をそのまま繰り返し、結婚式がすむのを待っているだけなのか？

ジョン・オギルヴィーとの結婚で、セリーナはすでに一度これを経験している。あれほど手紙をやりとりしながらも、なぜか前の結婚に触れたことはなかった。セリーナは本当に夫を愛していたのか？まさか今回のみならず前回も、形ばかりの結婚だったのか？

誓いの言葉を繰り返すセリーナは、教会に入ってきたときとまったく同じように眉根をきつく寄せている。子孫繁栄についての説教のあいだじゅう新婦が厳しい目でにらんでくるものだから、主教は落ち着きを失い、おろおろと新郎を見た。

アレックスは未来の妻のけわしい表情にも気づかぬふりで、主教を励ますようにうなずいた。そして説教が終わるまで笑みを絶やさなかった。

やがて説教が終わり、ふたりで結婚証明書に署名すると、主教が結婚を宣言してアレックスに告げた。

「花嫁に口づけを」

こんなに緊張するのは生まれて初めてだ。セリーナとの約束を守るのであれば、これが最初で最後の口づけとなるはずだ。頬に軽くキスするだけではもったいない。とはいえ、教会でいかがわしい行為に及ぶわけにはいかないし、セリーナに恥をかかせるのも不本意だ。そこでアレックスは、ゆっくりと向き直ってセリーナの肩に手をかけると、唇にキスをした。

そのせつな、セリーナがたじろいだ。

厳粛な誓いのキスだと主張するため、ひと呼吸おいてから身を引き、手を下ろす。

「これでいい」アレックスはそっと言った。

セリーナが何度もまばたきをした。一瞬、冷徹な態度にほころびが生じ、本物の驚きのようなものが目に浮かんだ。ごくわずかな恐怖も垣間見えた気がする。しかし、いずれもすぐに消え、セリーナの表情は元どおり冷たくなった。

結婚式が終わり、グレンムーア公爵が腕をさしだしてきた。セリーナはファロン公爵夫人からバラのブーケを受けとり、新郎と腕を組んだ。ブーケのおかげで、密着している男性から気をそらすことができた。あんなふうに口づけをされたときから、なんだか彼のことばかり意識してしまう。

キスは覚悟していた。結婚式の最後は、かならずキスをするものだから。もっとも、頭でわかっていただけで、そこから何か感じるとは期待していなかった。どうせ上品で軽いキス止まりだし、形式的なものでしかないと考えていた。

けれども唇が触れ合ったせつな、すべてが変化した。閃光が走り、死んだ魂が息を吹き返したように感じた。

しかし、それはすぐに消えてしまった。

セリーナはブーケを握りしめて、指先で自分の唇に触れたい衝動を抑えこんだ。いますぐ鏡を見て、まなざしか表情に何か出てしまっていないか確かめなくては。内心の動揺をほかの人に気づかれたらどうしよう。

グレンムーア公爵も同じ心境なの？　見たところ何も変わっていないようだけど。女性に比べると、男性は細かいことを気にしない可能性もある。

ふたり並んで教会を出ると、外で立派な馬車が待っていた。数学サロンの帰りに送ってもらったのと同じ馬車だ。新郎新婦が馬車のそばまで行ったとき、エドワードが先によじのぼり、奥の窓から身を乗りだして通行人に手を振った。

「エドワード」セリーナは小声で叱りつけた。レデイらしくないとわかっていながら、夫の手も借りず馬車に乗りこみ、息子の隣に座る。「マナーはどうしたの？　馬車には前にも乗ったことがあるでしょう。はしゃいではいけません」

「こんなにすごい馬車には乗ったことないもん」エドワードが体をはずませると、座席のスプリングがきしんだ。エドワードは振り返り、母親の再婚相手に満面の笑みを向けた。「コンパスをくれたおじさんと結婚することも聞いてないよ」

　セリーナは体をこわばらせた。子供を黙らせて外に放りだせと責められるのは間違いない。やはり結婚式に連れてくるべきではなかった。とはいえ、エドワードの人生を変えてしまう瞬間に家政婦まかせにするのも違うような気がした。

　意外にもグレンムーア公爵は子供を黙らせろとは言わず、笑いかけた。「あげたコンパスを持ってきたのか？」

　エドワードがうなずいた。「でも教会では出しちゃだめって、お母さんに言われてる」

「ディナーの席で出すのもよくないな」グレンムーア公爵が注意した。「しかし、ここは教会でも正餐室でもない。屋敷に着くまで方角を調べておいたらどうだ？」

　そう言われたエドワードは、ポケットからコンパスを取りだした。慎重に回転盤を北に合わせ、針の動きに目を凝らす。その間にも馬車は街路を進み、ごちそうが用意された公爵邸へと近づいていく。

　グレンムーア公爵は座席にゆったりと体をあずけ、向かい側のセリーナを見た。「いい結婚式だったな」

「結婚式なんてみんな同じでしょう」セリーナはジョンと結婚したときの記憶をたどった。あのときも同じように動揺した覚えがある。ただし、それは結婚生活について何も知らなかったからだ。一方、いまは手に取るように全部わかる。グレンムーア公爵は本気で形だけの結婚を受け入れたの？　それとも、ふたりきりになったとたん、飢えた狼のように襲ってくるのかしら。

そして何より、そんなことを考えるだけで胸が熱くなるのはなぜ？　目を閉じると、彼の底知れぬ暗い瞳に射抜かれたまま長い指で素肌をまさぐられ、身をゆだねてしまうところさえ想像できる。

セリーナは向かい側の夫をちらりと見て、すぐに目をそらした。

「エドワードを連れてきたのも正解だ」グレンムーア公爵がふたたび子供に笑顔を向けた。「結婚により生活が変わることを理解しやすくなる。彼も家族の一員で、ただ流されるだけの難破船ではないとわかるはずだ」

エドワードが困った顔で公爵を見た。「難破船って何？」

「嵐に遭って壊れた船のことだ」

「じゃあ結婚は嵐みたいなものなの？」エドワードが難しい顔できいた。

「そのうちわかるでしょう」セリーナは公爵をにらんだ。子供の前で、あけすけに話すなんて。急に結婚が決まったことをエドワードに説明するだけでも苦労したのに。

「嵐ばかりでもなかろう」公爵はなおも笑いながら続けた。「救援に近い場合もある。ひとりで漂流するより、みんなで身を寄せ合っているほうが安全だし、助かる確率も高い」

「じゃあ誰かがコンパスを持ってれば、もっと安心だね」エドワードが的はずれなことを言った。

公爵が笑いをこらえてうなずいた。

「そういう話をしているんじゃないわ」セリーナは頭をかかえて、ため息をついた。「わたしたちもこれからは公爵の大きな屋敷で一緒に暮らすと言っているの」

エドワードの笑顔が曇った。「ぼくの宝物は？」

「全部まとめて持っていくわ。何もかも、いままでどおりよ」セリーナは笑顔を作った。

「いや、もっとよくなる」グレンムーア公爵が口をはさんだ。

エドワードは納得していない顔で彼を見つめた。

「その前に食事をしよう。ケーキもあるよ」公爵が言い添えた。

ケーキもあると言われて機嫌が直ったらしく、エドワードはコンパスに視線を戻した。

セリーナは公爵をじっと見つめた。いとも簡単に子供を手なずけたのが腹立たしい。

公爵がまたセリーナに顔を向け、肩をすくめて笑った。「ケーキが嫌いな子供はいない」

彼の肩を持つわけではないけれど、ケーキは最高だし、ほかの料理もすばらしかった。この屋敷の女主人になるのも悪くないだろう。結婚相手がグレンムーア公爵でなければ理想的だったのに。

ディナーのあいだ、グレンムーア公爵はセリーナの隣に座り、如才なくほほえみながら新妻のグラスを満たし続けた。セリーナは食欲もなく黙りこみ、公爵から目をそむけて息子ばかり見ていた。エドワードは山盛りのごちそうを前に上機嫌で、コンパスもポケットにきちんと収めたままだった。

エドワードは馬車に乗っていたときと同じ笑顔でテーブルを見下ろす一方、好奇心と敬意が入り混じった目で公爵を見つめている。セリーナは、気をつけなさいと息子に叫びたくなった。そんな人にあこがれてはいけない。グレンムーア公爵こそ、実の父を死なせた張本人なのだから。

それでもセリーナは何も言わず、ひたすらワインを口に運んだ。結局のところ、すべてエドワードのためなのだ。公爵は、よりよい教育と将来を約束してくれた。いずれも自分ひとりの力では、とうてい不可能なことだった。たとえアボットの援助があったとしても、グレンムーア公爵の後ろ盾に比べれば遠く及ばない。

ディナーが終わり、ファロン公爵夫妻が席を立った。去りぎわに足を止めた公爵夫人は、あらためてセリーナに言った。「何かあれば、いつでも頼ってちょうだい。わたくしたちはアレックスのことが大好きで、心から幸せを願っているのよ。あなたにも幸せになってもらいたいわ」

どうやらファロン公爵夫人は、この結婚の経緯について何も聞かされていないらしい。

「ありがとうございます」セリーナは頭を下げた。「アレックスの過去を考えれば、エドワードにとって理想の養父になるのは間違いないもの」

「過去?」そういう話を耳にしたことがあっただろうか?

「アレックスのお母さまも先代のファロン公爵と子連れで再婚なさったのよ」ファロン公爵夫人が彼に視線を向けた。「決して幸せな少年時代ではなかったから、エドワードに同じ思いをさせないと心に決めているはずよ。あなたとアレックスのあいだに子供が生まれても、差別はしないでしょう」

「子供……」セリーナは口ごもった。形だけの結婚だなんて、とても言えない。夫は親しい人にも本当のことを話さないつもりでいるらしい。このまま家族が増えなければ、グレンムーア公爵は不能だと世間で噂されてしまう。

とはいえ、それがどんなに屈辱だとしても、自業自得じゃないかしら。ずっとわたしに嘘をついていたのだから。

そう思い直し、セリーナは作り笑顔をファロン公爵夫人に向けた。「お教えいただき、ありがとうございました」

「そろそろ夫婦ふたりきりにしてあげなくてはね」公爵夫人が顔を赤らめ、ほほえんだ。「なんと言っても、今日はあなたがたの結婚式ですもの。早く邪魔者がいなくなってほしいと思っているのでしょう？」

セリーナはファロン公爵夫人の手を握って引きとめたい衝動に駆られた。この大きな屋敷で夫婦ふたりきりになったら、どうすればいいの？

セリーナは夫と一緒にファロン公爵夫妻を笑顔で見送った。

馬車が走りだしたあと、振り向いた夫の顔からは笑みが消えていた。「少しいいか？　書斎で話をしたいのだが」

セリーナはグレンムーア公爵に続いて玄関広間から書斎に入った。公爵はセリーナに椅子を勧めて、ドアを閉めた。

セリーナは腰を下ろし、動揺を抑えこもうとした。いまのところグレンムーア公爵は体裁を取りつくろい、そつなくふるまっているけれど、いつまでも続くわけがない。かたくなな妻に激怒するのも時間の問題だろう。

公爵が机に向かって座り、問いかけるような目を向けてきた。「グレンムーア公爵夫人になった以上、きみは多くの義務を負うことになる。それについて、どのくらい心得ている？」

恥ずかしながら、跡取り息子を産む義務のほかに何も考えていなかった。いま公爵が話しているのは、そのことではないだろう。その件はすでに決着がついたはずだから。セリーナは呆然（ぼうぜん）と夫を見つめて次の言葉を待つしかなかった。

「使用人を統括し、屋敷内のすべてを管理するのがきみの仕事だ。これまでにも家事の切り盛りをした経験はあるだろうが、ここことは比べものにもならないはずだ」

セリーナはうなずいた。

「ここ以外にも領地の屋敷があり、夏にはそちらで過ごす。小作人を訪問して、あれこれ相談に乗ってもらえるとありがたい」

グレンムーア公爵の話は長々と続いた。病人のお見舞いや食料貯蔵室の管理なども公爵夫人の義務に含まれるという。たいして面倒なことではないし、慈悲深いレディを演じるのは、施しを受けながら暮らすよりも気が楽だろう。メアリーの言うとおり、結婚ではなく仕事だと考えればいい。

「そしてロンドンにいるあいだは、きみが公爵家の社交の窓口となる」

「わたしが?」セリーナは驚いて問い返した。

公爵がこともなげに笑った。「いかにも、そのとおりだ。いまのわれわれは、あきらかにきみが考えもしなかったやり方で結ばれている。招待状が届いたら承諾の返事を書き、予定を記録しておいてくれ。よろしく頼む」

セリーナは目をしばたたいた。ただでさえ上流階級の女性の知り合いは少ないのに、こうして公爵夫人にまで成り上がったことで、なんと噂されるだろうか。

「また新聞沙汰になるのを恐れて屋敷に引きこもるなら別だが」ちゃんと理解できているのか探るように、グレンムーア公爵が見すえてきた。「ゴシップは止まらない。それでも、われわれの結婚に対する悪質な憶測を激化させたくなければ、招待を受けるほうがいい」

公爵は机上の招待状の山をセリーナのほうに寄せた。

セリーナはそれを凝視してから、全部まとめて膝の上にのせた。「わかりました」

「社交シーズンのあいだ、われわれも舞踏会を開かなくてはいけない。公爵をまんまと捕まえたきみは当然その幸運を見せびらかすものと、誰もが期待している」話し終わってからも、彼の表情は変わらなかった。

それでもどういうわけか、心の奥底の見えないところで、わたしを笑っているような気がする。

「舞踏会なんて、どうすればいいのか……」

「経験を積みながら覚えていくしかない。マディにきくといい」セリーナの当惑した表情を見て、グレンムーアが言い添えた。「ファロン公爵夫人だ。彼女なら、わたしが失念していることも全部教えてくれるはずだ」

沈黙が生じた。グレンムーア公爵の話は、これで終わりらしい。そう思ったとたん、うやうやしくお辞儀をしたい衝動に駆られた。なぜ逆らいもせず言いなりになってしまうのかしら。命令されたわけでもないのに、なんでも言うことを聞く召使いのような妻に成り下がった。いちいち盾突いて嫌がらせをしてやろうとまで思っていたのに。

魔法でもかけられたの？　あるいは公爵お得意の小細工とか？　それとも、ごく当然の要求だから断れないだけ？

とまどっていることに気づいたのか、公爵がほほえんだ。「おそらく、わたしが公爵だからだろう。そしてこの呪われた机と椅子のせいだ。ここに座ると、どうしても威圧的になる。逆に、そちら側では怖じ気づいてしまう」

「わたしは怖じ気づいてなんかいません」セリーナは顔をしかめてみせた。

「それなら結構。怖じ気づいてもしょうがないからな」グレンムーアが釘を刺した。「きみがどう思っているか知らないが、わたしは悪魔じゃない。結婚生活をわざわざ不幸なものにする必要もない。きみがそうしたいのであれば別だが」

「わたしがあなたと再婚したのは、そうするしかなかったからです。再婚しなければ身の破滅だったもの。こんな結婚生活が幸福だなんて思わないで。むしろ監獄でしょう。わたしは囚われの身も同然なのだから」

「それを言うなら、われわれが一緒に作りあげた監獄だ。きみが援助を受けていたことをバクスターに気づかれたとき、アボットに助けを求めればよかったじゃないか。不審な手紙が届いたと早く知らせてくれれば、わたしがあの男を止められたかもしれないのに」

たしかにそうだ。あのときは何がなんでもアボットの正体を突きとめようと躍起になっていた。亡き夫ジョンと同様に、わたしも賭けに負けてしまった。いまや何もかも手遅れだ。おまけに公爵がわたしの過ちを目の前に突きつけてきた。

「自業自得だと心得ています」そう言い捨てて、セリーナは踵を返した。「もう失礼します、グレンムーア公爵」

背後から声が追いかけてきた。「ディナーは八時だ。その後、夜に外出の予定がなければ、家族だけでサロンで過ごす。エドワードも一緒だ。夫婦のあいだに摩擦があっても、それをエドワードに見せるべきではない。いいな？」

最後の言葉には一種独特な響きと重みがあった。至上命令にも等しい。

「かしこまりました」セリーナは振り向きもせずに返事をした。そして、ふたたび命令される前に書斎を出た。

ドアが軽い音とともに閉まるやいなや、アレックスの体から力が抜けた。書斎ではなくモーニング・ルームか正餐室で話し合うべきだった。この書斎は屋敷内で最も仰々しく、居心地が悪い。くつろいだ雰囲気のなか、結婚生活への期待やセリーナの立場について、ごく自然に話すつもりでいたのに。理屈っぽく尊大な態度だったと自分でも思う。セリーナに慕われていたアボットとは大違いだ。

押しつけがましい援助のせいで彼女の評判を傷つけた。名誉挽回のため、嫌でも夫婦で力を合わせるしかない。セリーナを社交界の一員として認めさせるだけでなく、頂点まで押しあげてやろう。なんのかのと言っても公爵夫人なのだから、格下の連中の無礼を許すものか。

やることなすこと裏目に出てしまったが。セリーナを援助したのも、よけいなお世話だった。結婚以外の選択肢を封じて、ますます事態を悪化させただけだ。

アレックスは目をつぶって深呼吸をした。落ち着けと自分に言い聞かせ、精神を集中させた。過去はともかく、未来は変えられる。セリーナのそばで生まれ変わるのだ。それ以外に道はない。セリーナとともに理想の人生を送るためには、時間をかけて信頼を取り戻すほかかない。

13

書斎を出たセリーナは、公爵夫人としての義務に専念した。これから始まる長い夜に向けて、気をまぎらわすためでもあったけれど。セリーナは家政婦と屋敷じゅうを歩きまわり、料理長に夕食の相談をして一週間の献立も決めたあと、モーニング・ルームでグレンムーア公爵から渡された招待状の返事を書いた。

屋敷の管理は案外おもしろかった。忠実な使用人たちが公爵に献身的に仕えているので頼もしいうえ、わたしが公爵夫人の役割に慣れるよう親身に支えてくれるのも心強い。夫婦で一緒に暮らす必要さえなければいいのに。

その後、子供部屋のようすを見に行ってみると、エドワードは男性と一緒に暮らせるので興奮していた。なんというか、やるせない。子供がひとりしかいないため、エドワードは自分だけの王国で早々に夕食をとっていた。

だが食事もそこそこに、エドワードは玩具(おもちゃ)をずらりと並べて見せびらかしたうえ、学習室の地図や地球儀、天体観測儀(アストロラーベ)まで持ってきた。いずれも公爵から使用許可を得ているという。

「本気で使えばコンパスよりずっとおもしろいって言ってたよ」

「公爵がここにいらしたの?」セリーナは眉をひそめて階段を振り向いた。なぜグレンムーア公爵はこんなところに来たのかしら。

「アストロラーベは船乗りが使う道具なんだって」エドワードが目をみはった。「ぼくも船乗りになりたいって言ったんだ」

「そうなの？」突然、恐怖に襲われた。エドワードはまだ八歳だけれど、聞いた話によれば、たったの十四歳で家を出て海軍に入る者もいるという。

「そのためには、一生懸命に勉強しなきゃいけないんだって。もう少し大きくなったら家庭教師に勉強を教わって、いい学校に行くんだ」

母親を置き去りにして世界を見に行くことに、エドワードはなんの疑いも抱いていないらしい。

「大きくなったらね」エドワードを抱きしめて、絶対に離さないと言い聞かせたい。セリーナはそんな衝動にあらがった。

「ディナーのときに、公爵がお母さんと相談すると言ってた。そのあと、ぼくもサロンに下りて、寝る時間まで家族で一緒にいてもいいんだって」

「なんですって？」いよいよ声を抑えきれなくなり、セリーナは思わず問い返した。格式ばった一家団欒の命令など無視して二階で食事をすませ、さっさと休むつもりでいたのに。

「違うの？」エドワードが困ったようすで目を見開いた。「前の家では、いつもお母さんと一緒だったけど……」

「そうじゃないわ」セリーナは息子を傷つけないよう、あわてて言った。「わたしがここの決まりごとを聞いていなかっただけよ」

「だけどグレンムーア公爵が……」エドワードが口ごもった。

セリーナはため息をついた。「ディナーのあと、あなたもサロンに下りるようにと公爵がおっしゃったのね？　では、そうしなさい」

エドワードは笑顔でうなずくと、呼ばれたらすぐ下りられるよう、大急ぎで食事を再開した。

今夜は息子をひとりにするつもりなどなかったので、自分も公爵の意向に合わせて一階で過ごすしかない。エドワードと一緒に夕食をとるには遅すぎるし、自室に閉じこもったままでは息子を見守ることができない。そこでセリーナは心底いらいらしながら着替えのため自室に戻った。

公爵に対する感情は、メイドのモリーにも気づかれていた。再婚前から隠そうともしなかったので当然だけど。モリーが女主人の態度を快く思っていないことは、まなざしからも垣間見える。

すでにモリーはほかの使用人と話をしたのだろうか。未亡人のメイドだったころより、いまのほうが給金も待遇も上がっているかもしれない。それともわたしは、ドアを通ってほかの部屋に入ったり結婚証明書に署名したりするのと同じくらい簡単に意見を変えるとでも思われているの？

それでもモリーは最初の舞踏会の晩と同じくらい念入りに着付けをして、髪も手の込んだスタイルに仕上げてくれた。ことのほか美しい装いを新婚の夫に見せられるよう、ドレスのリボンひとつひとつにアイロンをかけ、きれいに結び目を整えた。

セリーナにしてみれば、公爵にどう思われようとかまわなかった。とはいえ、自分の外見が完璧だとわかっていれば、彼と顔を合わせるうえで自信が持てる。セリーナは儀式にでも向かうように、ゆっくりと階段を下りた。正直に言えば、避けて通れないものを先延ばしにしているだけだが。階段を下りれば正餐室はすぐそこにあり、女主人の姿を目にした従僕がすばやくドアを開けた。

なかに入ると公爵が顔を上げ、読んでいた本を急いで隣の椅子に置いた。

「失礼」公爵は苦笑しながら謝った。「ここへ来て何カ月もしないうちに、食事中に本を読むのが癖になってしまった。きわめて無作法だが、あまりにも閑散として間がもたないので、つい」

セリーナは何も言わず、本が置かれた椅子とは反対隣に腰を下ろすと、無駄に長いテーブルを見渡した。公爵夫妻ともなればテーブルの両端に分かれて食事をするかと思いきや、実際には隣り合った席が用意されていた。

「ふたり並んで座るほうが合理的だ。使用人がテーブルの端から端まで駆けずりまわる必要もない」グレンムーア公爵がふたたび笑った。「おまけに料理も冷めない」

公爵はこちらをじっと見つめて反応をうかがっている。

セリーナはナプキンを広げて膝にかけ、口を固く閉ざしたまま公爵をにらみつけた。

「わたしだけに話をさせると、死ぬほど長い夜になるぞ」公爵はなおも微笑を浮かべている。「なにしろ公爵になる前は、哲学の講師だったからな。友人たちに言わせれば、その手の話が延々と続いて嫌になるそうだ」

「お好きにどうぞ。ここはあなたの屋敷ですから」

セリーナは口を開いたものの、手元の皿から目をそらさなかった。

「きみの屋敷でもある。きみはここの女主人で、囚われの身なんかじゃない」いまもなお昼間の苛立ちを押し隠そうとするかのように、心なしか公爵の笑顔がこわばっていた。

ささやかな意趣返しができて溜飲が下がった。とはいえ、顔の火照りが収まらない。あいかわらず公爵が平然としているのも悔しい。「好きで移ってきたわけじゃないもの。元の家で幸せに暮らしていたんですからね」

「わたしの援助の上に成り立っていた幸せだ」剣呑にひび割れた声が釘を刺してきた。「離れたところで金だけ払って見守るより、間近で援助するほうが無駄がない」

間違いなく図星を刺したはずなのに、ぬか喜びに終わったらしい。妙に苦々しい勝利しか感じない。

もう一度やり直したい。

セリーナは声をとがらせた。「あなたに援助を頼んだ覚えはありません。よけいなお世話です」

「きみひとりで万事うまくやっていたからな」公爵が皮肉な笑みを浮かべた。「わたしと出会ったばかりのころを忘れたか。きみは救貧院に放りこまれる寸前だった」

「言われなくても覚えています」セリーナも皮肉で応戦した。「元をたどれば、あなたたちが夫のお金をだましとったせいでしょう」

「はっ、またそれか。オギルヴィーを死に追いやったのがわたしひとりじゃないと認めてもらえただけでも、ありがたく思うべきかな」

「あなたさえいなければ、わたしの夫は――」

「どのみち、なんらかの理由でこの世に別れを告げていただろう。ギャンブルで全財産をすってしまうのは、境遇のみならず自分自身にも不満を抱いているからだ」

「夫が不満を抱く理由などなかったわ」セリーナはくってかかった。「生きる理由ならともかく」

そのとき、ふいに会話の流れをコントロールできなくなった気がした。しかも公爵に見せたくない古傷を探られている。

「オギルヴィーには妻子がいた」公爵の口調がやさしくなった。「普通の男であれば、生きる理由としては十分すぎるほどだ」

けれどもジョンにとっては不十分で、不満しか生まなかった。そんなことばかり考えてしまい、夜も眠れない。ジョンは人生最後の瞬間に、わたしとエドワードのことを考えてくれただろうか。たぶん何も考えていない。死ぬ間際に書いたのは借金のリストだけで、手紙ではないのだから。遺言もなければ愛やなぐさめの言葉もなかった。ジョンは借金から逃げることしか考えていなかった。

隣の席の男性は、こちらの気持ちを知ってか知らでか黙りこんでいる。そして、おもむろに口を開いた。「きみを責めるような言い方をするべきではなかった。嫌な記憶を無理にほじくり返したのであれば申しわけない」

　ジョンが死んだ日の心の傷は、いまもなお癒えていない。セリーナは愕然(がくぜん)として、かぶりを振った。なんというか、自分には何もかも足りていなかった気がする。

「きみに落ち度はない」公爵がさらに穏やかな声で言った。「きみが何をしたところで、状況は変わらなかったはずだ」

「どうかしら」セリーナは皿を見すえて言った。

「オギルヴィー以外にも不運な者は少なからず存在するはずだ。彼らが最終的な決定を下す際にどこまで他人のことを考慮するか知らないが、みずからの行動が家族や関係者全員にとって最善だと判断した結果であれば、余人が口をはさむ筋合いでもなかろう」

「だけど、もしも……」セリーナは失言しかけて口を閉ざした。もしもわたしが夫を愛していれば、違う結果になったかもしれない。ジョンは知っていたのだ。わたしの気持ちが離れていたことを悟り、それ相応の行動をとったにすぎない。

　よりにもよって、グレンムーア公爵にそんな暗黒の真実を話せやしないけれど。まったく、わけがわからない。

　セリーナは自分自身を腹立たしく思いながらも、弱さが露呈しないよう体をこわばらせて公爵をにらんだ。「なぐさめなど聞きたくもありません。よけいなお世話です」

　公爵も背筋を伸ばし、低くうなった。「好きにすればいい」

「あなたには、わたしの息子に海軍を勧める権利もありません」セリーナはエドワードとの最前の会話を思いだし、つけくわえた。

「べつに勧めてなどいない」

公爵はぬけぬけと言ってスプーンを取り、海亀のスープを味わった。

「エドワードが子供部屋の遊び道具に夢をふくらませただけだ。フリゲート艦の模型は精密で、小さな鉛の水兵を乗せられるし、航海用具も揃っているからな。わたしもあのくらいの年頃には、似たような夢があった」公爵が遠い目をした。「実現することはなかったが」

「あそこはエドワードの子供部屋ではありません」

セリーナはあらためて釘を刺した。

結局のところ、この屋敷では、わたしたち親子はよそものだ。

「ほかの子供の部屋か？」公爵が視線を合わせてきた。「エドワードを追いだして、わたしと子供を作る気になったか」

「とんでもない」セリーナは身ぶるいした。下劣な冗談にぞっとしたように見えたらいいのに。実のところ、指先で素肌を愛撫されたかのごとく、妖しいおののきと期待に胸が震えてしまった。

「ほかに子供ができなければ、あそこはエドワードの部屋だ」公爵がやけに断定的な口調で言った。「わたしにはあの子の将来について話す権利などないと言いたいようだが。きみと結婚した以上、ごく当然の権利だ。わたしは家長で、きみとエドワードの両方に対して責任を負う立場にある」

「わたしたちを無理に従わせようとしても無駄ですからね」セリーナは、かたくなに言い張った。バクスターのような男たちからすると、こういう物言いは反抗的で、かわいげがないらしい。

「いちいち突っかかってくるのは、相手がわたしだからか？　それとも、自分が気に入らないことだけに反対しているのか？」公爵が探るように見つめてきた。

べつに反抗するつもりはない。他人の意のままに動かされたくないだけ。自分の人生なのにえ生きていてくれたら、グレンムーア公爵に勝手なまねなんかさせなかったでしょうに。ジョンさで、わが子と引き裂かれるなんて……。再婚したせい

「エドワードが邪魔だから学校や海軍に追いやるのですか？　絶対に許しません！」

すると、吼えるような笑い声が響いた。「きみはそうやって子供をいつまでも自分の後ろに隠すつもりか？　これだから男親が必要なんだ。それに子供が自分の力で何かを達成するには、やはり学校教育が欠かせない。イートン校に行かせるのは、エドワードを追い払うための陰謀ではない。上流階級の少年ならば、ごく普通のことだ。寄宿学校で学び、休暇になれば愛する母親の待つ家に帰る」

財産も縁故もないエドワードにとっては実にありがたい話だった。グレンムーア公爵からの申し出でなければ感謝するのに。「わたしに相談もなく決めるなんて」

公爵が疑わしげな目を向けてきた。「まさか断ったりしないだろうな。エドワードが勉強についていけるように、この町屋敷でも家庭教師を雇うつもりでいたが、それも解雇するのか？」

家庭教師はアボットのお金で雇うつもりだったけれど、夫の喪が明けないうちは無理だと感じていた。ただでさえ混乱しきった母子ふたりの生活に、よけいなストレスが加わりそうな気がしたからだ。とはいえ、こうして公爵邸で暮らせるようになった以上、エドワードに適切な教育を施して学校にも行かせるほうがいいと、頭ではわかっている。それでも子育てのことで他人に口出しされたくない。「家庭教師を雇うなら、わたしが面接をします」

公爵が肩をすくめ、スープをもう一口のんだ。

「好きにするといい。もとより無能な教師を選ぶつもりなどなかったが」

「エドワードの母親は、わたしですから」セリーナはきっぱりと言った。

「わたしは養父だ」公爵が言い返し、ふたたびスープを口に運んだ。

そのあと食事がすむまで、ふたりとも口をきかなかった。セリーナはもやもやした気分のまま、憎たらしい男を無視し続けた。公爵のせいで、せっかくの料理がだいなしだ。

アレックスは新妻を意識の外へ追いやろうとしながら食事に専念した。セリーナは凶器で突き刺す快感に目覚めたかのごとく、柔らかいローストビーフをナイフでごりごり切っている。ろくでもないことを想像して楽しんでいるのだろう。

今夜の会話は以前とたいして変わらないものの、とにもかくにも長かった。これからの夫婦のやりとりは、このように覇権を賭けた争いになってしまうのだろうか。

かつての母と継父のようだ。一緒にいると口論が絶えず、屋敷じゅうが神経をとがらせていた。ふたりが別居したあとも、あいかわらず不機嫌そのものだった。どなりつける相手が実子と継子しかいなくなったからだ。

あんな夫婦になりたくない。セリーナが再婚相手を毛嫌いするにしても、礼儀だけはわきまえてほしいものだ。一方のわたしは、奥方に怒りをむきだしにされても、ぐっとこらえるほかない。板挟みになる子供の心情を思えば、うまくやっていく以外に選択肢はないのだ。

ようやくディナーが終わり、アレックスはセリーナを従えてサロンに向かった。正餐室を出ると、階段の上にエドワードがいた。結婚式のあと馬車に乗ったときのように、甲高い声ではしゃいでいる。しかも、こちらが呼ぶ前に階段を駆けおりてきた。

　エドワードが小走りで近づいてくると、セリーナは声をひそめて注意した。壮麗な玄関広間に気圧(けお)されているらしい。アレックス自身も、ここで暮らし始めたときは圧倒された。この屋敷も先代の公爵に劣らず堅苦しいうえ、古めかしく見えたからだ。幼子のいる暮らしとは無縁のように感じた。

　しかし、いまやそれも変わりつつある。ここはただの屋敷ではなく、三人の住居なのだ。アレックスは振り返り、近づいてきたエドワードに言った。

「かまわない」

　そして、廊下の右側のドアをさし示した。

　アレックスはサロンに入るとすぐに足を止め、セリーナとエドワードをなかへ通した。豪華で広々とした内装や、居心地よく配置された調度品に対するふたりの反応をうかがった。

　室内は目をみはるほど印象的で、ブルーの壁紙も美しい。磨き抜かれた白大理石の床には分厚いラグが敷いてある。

　セリーナは挑むように顔を高く上げ、白鳥を思わせる優雅な足取りで奥へ進むと、昔からずっとここにいたかのごとく暖炉のそばに座った。前の家から持ってきた裁縫道具のバスケットに手を伸ばし、刺繍(ししゅう)用の木枠と鮮やかな絹糸を出して針仕事に取りかかった。

　セリーナは問題なさそうだが、ここには子供が楽しめるようなものはない。ほどなくエドワードもそれに気づき、つまらなそうな顔で子供部屋に戻りかけたとたん、アレックスにぶつかった。

　アレックスはエドワードを止めた。「いいから待つんだ。家族だけでゆっくり過ごそう」

セリーナが目をすがめた。家族じゃないでしょうと言わんばかりだ。実際そのとおりなのだが。教会に行って魔法の呪文を唱えたくらいで、夫婦の絆など生まれるものか。

とはいえ、うまくやっていくしかない。セリーナが家族の安定を望んでいることは、いままでの手紙からもあきらかだ。再婚相手だけを嫌っているにすぎない。セリーナはいま、ただ無視するだけで夫が消えてなくなるかのように、脇目も振らず刺繍をしている。

アレックスはエドワードに視線を移した。コンパスと豪華な馬車で手なずけた少年は、暖炉ぎわのゲーム用テーブルから精巧な細工のチェス駒を取りあげ、ためつすがめつ見ている。騎士か。アレックスは頬をゆるめた。子供のころに初めてチェス盤と駒を見たとき、やはり馬頭形のナイトに目を奪われた覚えがある。

「チェスはできるか？」アレックスはエドワードにきいた。

エドワードがおずおずと首を横に振った。

「教えてやろう」アレックスはテーブルに椅子を引きよせ、エドワードを対面に座らせると、それぞれの駒の動き方を説明した。練習で始めたゲームではていねいに手ほどきをして、致命的なミスがあればやり直しをさせた。

わたし自身は何歳でチェスを覚えた？　母の再婚後、義弟にチェスを教えた覚えがある。わたしが十二歳で、エヴァンが十歳のときだ。ということは、実の父親からルールを習っていたのか。まったく記憶にないが。

かたやジョン・オギルヴィーは、ギャンブルにかまけて自分の息子にチェスも教えなかったようだ。なんとも腹立たしい。セリーナが夫のために尽くしたにもかかわらず、ないがしろにされたのも胸くそが悪い。いま彼女がわたしに苛立っているのは、チェス盤から顔を上げなくても容易に感じとれるが。刺繍枠に張ったリネンに針を刺す音や呼吸の乱れからもわかる。

セリーナの機嫌が悪いのは、わたしのせいか？　わたしとオギルヴィーを比べているのか？　そうだとしたら、わたしのどこが不満なんだ？

三回ほどゲームをしたあと、エドワードは寝室へ引きあげた。全敗だったが気にするようすもなく母親にキスをしてから、勝ち気な笑顔をアレックスに向けた。アレックスは、また近いうちに勝負しようと約束した。

エドワードがいなくなれば、舌戦を再開する気満々の妻とふたりきりになるのは言うまでもない。アレックスは妻から顔をそむけたままチェス盤の前にとどまり、定跡（ギャンビット）をいくつか展開しながら時間をつぶした。

それでも沈黙は耐えがたく、ついにアレックスはうなった。「話をしよう。何か言いたいことがあるのだろう？　見ていればわかる。さっさと話して、この落ち着かない状況を打開しよう」

アレックスはセリーナを見つめて、じっと待ち受けた。

「エドワードと話をされると困ります」セリーナは怒った雌鶏（めんどり）のように声をとがらせた。

「わかっている」

「エドワードから父親を奪ったのは、あなたです。あの子に近づく権利などありません」

「そうかもしれない。だがきみと結婚したからには、わたしもエドワードを養育する義務がある。教育や食事、衣服、娯楽にかかる費用を払うのも、わたしの義務だ。これから十年にわたって金を出す以上、口も出させてもらう」

「あの新聞記事がなければ結婚しなかったでしょう。それに、子供までご厄介になるわけには――」

「厄介なものか。少なくとも、養子は厄介者ではない」自分でも驚くほど強い口調になってしまった。アレックスは手にしていた駒で白のキングをわざと倒した。「わたし自身の経験から言っているのだ」

「どういうことかしら」

「わたしもエドワードと同じだ。似たような境遇だった」思わずポーンを握りしめたせいで手が痛い。「母がエヴァンの父親と再婚したとき、わたしは邪魔者扱いだった。ファロン老公と同じ部屋にいても無視されていた。もちろん将来を気にかけてもらえるはずもない。死んだ実父の金で学費を工面できたのは運がよかった。継子ふぜいが学費の面倒まで見てもらえるわけがないからな」

「知らなかったわ」

「きみの息子も、わたしと似たような立場に置かれることとなる。母親と再婚相手の不仲について、子供が理解できるはずもない。その結果、自分に欠陥があるせいで愛してもらえないと考えてしまうはずだ。きみはエドワードにそんな思いをさせたいのか？」

　セリーナが答えないので、アレックスは頭を振った。

「どうやらわたしはきみを誤解していたらしい。息子の幸せを何よりも望んでいるものとばかり思っていたのだが」

「父親を殺した人に育てられるのが幸せかしら」セリーナがなおも辛辣に言い返してきた。

「いまだにわたしのことをそんな人間だと考えているならば、夫婦の溝を埋めるのは不可能に近い。しかし、エドワードとわたしのあいだに溝はないし、強引に溝を作られるのもごめんだ。どれだけ足掻こうと、エドワードの実の父親はもういない。誰かが父親のかわりを務めなくてはならないし、それはわたしの義務だ。では失礼して、わたしもそろそろ休ませてもらう」

アレックスはチェスの駒を置き、セリーナを残してサロンを出た。

のべつまくなしに怒るのは疲れるし、頭が痛くなってしまう。

メイドがベッドの支度をするあいだ、セリーナは緊張をほぐそうと、こめかみをさすった。いちばんいいガウンを着込み、髪を編んでリボンをつけても意味がないとメイドに告げたい。どうせ誰も見ないし、何もしないのだから。メイドが想像しているような新婚初夜とは大違いなのだから。

もっとも、それで恥をかくのは公爵ではなく、こちらのほうだ。公爵は愛のない結婚を文句ひとつ言わず受け入れたらしい。わたしだけが感情的になっている。

息子と公爵の関係についても、どのように考えればいいのか判断できない。再婚相手から息子を守らなければと痛切に思う。とはいえ、エドワードにチェスを教えず、学校にも行かせない理由がどこにあるの？

セリーナはメイドを下がらせてベッドに入ると、カーテンを見上げながら眠りが訪れるのを待った。どうしても前回の初夜のことを考えてしまう。あのときは、もっと大変だった。夫婦のベッドで何をどうすればいいのか知らなかったからだ。おまけにジョンは、ばかにしたように新妻を一瞥して押し倒すと、いきなり脚を割り広げた。その直後、セリーナは苦痛とともにすべてを理解した。

回数を重ねるうちに、その行為自体は楽になったけれど、結婚前に想像したようなものとはまるで違っていた。夫婦でベッドに入りながらも、どうすれば気持ちよくなるのか教えてもらえたわけでもなく、自力で探るしかなかった。

それに、ほかの男性とも同じようにできるという保証もない。ましてやグレンムーア公爵みたいに身勝手な人が相手なのに。そもそも形だけの結婚にする約束だったにもかかわらず、どうして初夜のことで思い悩んでしまうの？　公爵とベッドをともにするなんて考えるだけでも厭わしいのに、何やら違う感情も芽生えている。不安と期待が入り混じったような、ふしぎな気持ち。公爵が魅力的なのは嘘ではないし。

悪魔の誘惑も魅力的だと言われているけれど。誘惑とは断固として戦わねばならない、悩むようではいけないと、聖書にははっきり書いてある。

セリーナは寝返りを打ち、よけいな想像を頭から追い払って眠ることにした。グレンムーア公爵との関係が変化するとしても、それは今夜じゃない。

そのとき寝室のドアのはるか向こうで、かぼそい声がした。

「お母さん」

母親になって九年目のセリーナは、はじかれたように起きあがり、ガウンの上からショールをはおると、またエドワードの声がしないうちにドアに飛びついた。グレンムーア公爵が安眠を妨害されて激怒するという事態だけは絶対に避けたい。ただでさえ異様な結婚生活なのに、状況を悪化させるわけにはいかない。

「お母さん？」

廊下に飛びだすと、息子の姿が目に入った。白い夜着が幽霊のごとく、ふらふらと近づいてくる。

「ここよ」セリーナは小声で返事をしながら駆けよった。息子を静かにさせようと、人差し指を口元に立てる。

「眠れないの」エドワードは母の気も知らず、いつもの声で言った。

その声がうるさかったのか、そばのドアが開き、現れたグレンムーア公爵がじっと見すえてきた。

「どうした?」

「なんでもありません」セリーナはあわてて言い、かばうように息子の肩に手を置いた。

「前の部屋がいい」またしても母の注意を聞かずにエドワードが声をあげた。

「そうか」公爵がうなずいた。

「あの部屋のどこが気に入らないの?」セリーナは公爵の言葉をさえぎるように言った。「前よりいいでしょう」

とにかく広い。もちろん、それが問題でもあるけれど。広すぎる屋敷にのみこまれたように感じてしまうのだから。

「お父さんが死んだときだって、引っ越しなんかしたくなかった。それなのに、また引っ越しだ」エドワードは疲れたのか不機嫌で、説得に耳も貸さなかった。

「嫌だったな」意外にもグレンムーア公爵が寛大な態度を見せた。「ベッドに戻って、いい方法がないか考えよう」

そう言うと、公爵はエドワードを子供部屋まで連れていった。

エドワードは開け放たれたドアの前で動かなくなり、怖々と室内をのぞきこんだ。

公爵は平然となかに入って窓ぎわまで行き、カーテンをすべて開けた。月明かりが部屋に流れこんできた。「これでどうだ? もう怖くないだろう? それとも変わらないか?」

エドワードがおそるおそる部屋に足を踏み入れた。

「暗くない」

「蝋燭(ろうそく)に火をつければ、もっと明るくなる」公爵は暖炉の燃えさしから蝋燭に火をつけて、マントルピースの燭台に立てた。「これでいい。このくらいなら怖くないだろう？　あまり明るいと眠れないからな。しばらくお母さんに部屋にいてもらうか？　それともメイドを呼ぶか？」

　エドワードは不安げな表情を浮かべたものの、きっと顔を上げた。「もういい」

「それはよかった」

「本当に大丈夫？」セリーナは息子に歩みよろうとした。しかしエドワードが身を引いた。

「本人がいいと言うなら大丈夫だ」公爵が強調し、笑顔で子供にうなずいてみせた。

「大丈夫だってば」エドワードは力強く言い、口を閉じてほほえんだ。

「それならいいけど」セリーナは憤然と息をついた。「また何かあったら呼ぶのよ」

　少年がベッドにもぐりこんだ。公爵はドアを閉め、一件落着とばかりに両手をこすり合わせて振り返った。「心配するな。少し声をかけてやれば安心するだろう」

「よけいなお世話です」セリーナは公爵を斜めに見た。「あなたに子供の何がわかるの？」

　親になったこともない男性にしては、存外よくやっているけれど。

「エドワードは男だ。わたしの前では弱いところを見せないはずだ」

「環境が変わって少し不安になっただけで、弱いとは言いきれません」セリーナは目をすがめた。

「もちろんそのとおりだ。それでも、わたしがようすを見に出てきたから、エドワードは気恥ずかしくなった」

「だったら部屋から出てこなければいいでしょう。エドワードはわたしの息子なんだから」

「わたしに指図するのか？」公爵がほほえみを絶やさず言った。

「とんでもない」セリーナはうなだれた。たちまち、カーペットを踏む公爵の素足に目が釘づけになった。そろそろと視線を上げると、ガウンの裾から伸びたすねが見えた。

「前にも言ったとおり、わたしは本気でエドワードの父親になりたいと考えている」

彼の脚に目を奪われて、なんだか話に集中できない。ガウンの下に何も着ていないのか、どうにも気になってしまう。そのまま上のほうへ視線を移すと、腰の低い位置でゆったり結んだサテンのベルトが目についた。わずか一枚の布のおかげで、その部分の礼節が守られ、目から火が出てしまうことを防いでいる。

そんなところばかり見つめるのはよくない。ものほしげな顔をしてはいけない。とはいえ、公爵は夫で、いまは初夜だ。こんな状況でなければ、夫の裸が気になるのは当然じゃないかしら。

けれども、それはわたしが望んだことではない。もとよりそんな夫婦じゃないのだから。しかも公爵はわたしと違って、なめるような目でこちらを見たりしない。だから、わたしも礼節をわきまえるべきだろう。

セリーナは彼の脚から視線を引きはがした。それでもつい、ガウンの胸元からのぞく筋肉を見つめてしまう。

いつの間にか黙りこんでいた公爵が嘆息した。途絶えた会話に苛立ったらしい。「もう遅い。部屋に戻って休もう。きみのエドワードはいまのところ落ち着いたようだが、心配なら一緒にいてやったらどうだ？　わたしのせいで心に負った傷も癒やしてやるといい」

「その必要はないでしょう」セリーナは押し殺した声で言った。「もう大丈夫だと思います」

グレンムーア公爵が小さく首を振った。反抗的な妻があっさり従ったので、拍子抜けしたと見える。

「おやすみ」

彼は踵(きびす)を返して自分の寝室に入り、ドアを閉めた。

セリーナも足早に自室へ引き返し、ドアを閉めた。そして知らず知らずのうちに、ふたつの部屋を隔てるコネクティングドアを凝視していた。ドアの向こうで、公爵は全裸なのだろうか。

わたしったら、とんでもなく恥知らずなことを考えている！　グレンムーア公爵なんて大嫌いなのに。彼がどんなに男らしくても、この嫌悪感は絶対に変わらない。

とはいえ再婚して間もないせいで、予想外の衝動が心の奥底に生じたのだろう。生々しい好奇心にも突き動かされ、セリーナは忍び足でコネクティングドアに近づいた。膝立ちになって木製ドアに両手をつき、鍵穴から隣の部屋をのぞく。

公爵は暖炉のそばにいた。思ったとおり裸で、ガウンはベッドの足元に脱ぎ捨ててある。公爵はこちらに背を向けたまま大きく伸びをした。たくましい肩と腕、引きしまった腰、そして張りのあるヒップがよく見えた。彼がベッドに腰かけたとき、腿とふくらはぎの筋肉が盛りあがった。

セリーナは息をのみ、視線を泳がせた。胸と腹の筋肉は彫刻そのもので、もっと下のほうは――

そんなところを見てはいけない。それなのに、なぜだか目が離せない。

こういう男性に身をまかせたらどうなるかと想像したとたん、体がこわばった。ドアから片手を離し、おなかを押さえた。そのまま腿のあいだまですべらせる。

セリーナは目を閉じて、顔をそむけた。盗み見ているのは、ほかならぬグレンムーア公爵だ。夫をだまして死なせただけでなく、わたしに嘘をついて依存させ、結婚へと追いこんだ張本人なのに。

セリーナはよろよろと立ちあがり、ドアから離れた。ベッドに倒れこんで丸くなり、鍵穴から見たものを頭から追い払おうとした。

それでも想像を止められない。目をきつく閉じても、ドアの向こう側のたくましい姿が浮かんできた。まるで魂に刻みこまれたかのように。とうとう辛抱できなくなり、自分をなぐさめる。みずからを愛撫してては快感をむさぼるうちに、体の奥で炎が立ちのぼり、抑えきれない衝動を焼き払った。そしてついに限界に達し、セリーナはベッドカバーを引きあげて深い眠りに落ちた。

14

アレックスは結婚に夢を抱くタイプではない。そもそも結婚する気さえなかったのだ。ましてや新婚初夜のことなど考えたためしもない。オックスフォードで教鞭をとる前から、ベッドの誘いに応じてくれる女性には事欠かなかった。ただの気晴らしで、とりたてて神聖な行為ではなく、特定の場面にこだわる必要もない。

むろん、すべてセリーナに出会う前の話だ。この一年は彼女と一緒になることばかり夢想していた。初夜は儀式にも等しいもので、ふたりの人生の始まりとなるはずだったのに。

隣の寝室で眠る美女から意識をそらすため、一晩じゅうベッドで本を読むはめになろうとは思いもしなかった。セリーナがレースのガウンにショールをはおっただけの格好で廊下に出てきて、ブロンドの太い三つ編みを背中で揺らしながら子供をなだめていた姿はたしかに美しかったが、自分としてはもっと自然な感じのほうがいい。紐も三つ編みも全部ほどき、生まれたままの姿を見たい。

とはいえ、そんな暴挙に及ぶわけにはいかない。結婚相手が未亡人で、子供がいるのも前からわかっていたことだ。セリーナが思いのほか過保護で面食らったが、とにかくわたしはエドワードを傷つけないと約束したのだ。ファロン老公のように妻の連れ子を殴ったり、部屋に閉じこめたりするものか。そう思って、ひたすら穏やかに接してきたつもりだ。

もっとも、セリーナが子供を甘やかさず、静かにするよう言い含めたところを見ると、しつけにも前向きらしい。おまけに、わたしが予想どおりの怪物ではなかったため、息が止まるほど驚いたようだ。セリーナの期待を裏切るのは心苦しいが、わたしは怪物に成り下がるつもりなどない。

ほとんど眠れぬ夜が明けてしまえば、実にあっさりと時が過ぎた。セリーナを避ける口実には事欠かなかったからだ。アレックスは早起きして公園を散歩したあと、午後の貴族院の審議にそなえてクラブで昼食をとった。

〈ホワイツ〉では、エヴァンが二人分の席とボルドー産ワインを確保して待っていた。アレックスが近づくと、弟は読んでいた新聞を置いて笑った。「兄上はすっかりゴシップ欄の常連だな」

アレックスは顔をしかめた。「そうならないために結婚したのだが」

「結婚そのものが話題になっている。今回の記事は幸運なG公爵のロマンティックな物語だ」

アレックスはまた顔をしかめた。セリーナが読んでいないことを祈ろう。彼女も新聞記者と同意見とは思えない。

エヴァンが真顔になり、そつなく探りを入れてきた。「本当にロマンティックなのか？」

「予想していたとおりだ」アレックスは問いに答えず、はぐらかした。

「気の毒に」エヴァンが頭を振った。

「昨夜、エドワードとチェスをした」アレックスは、はぐらかすのをやめなかった。

「跡継ぎの説明はしたか？　あの子の父親と兄上の関係については？」

「生活環境が変わったばかりの子供に、そういう話は早すぎるだろう」アレックスはエヴァンに言い返した。

「ちゃんと話すべきだ。まだ母親が話していないのであれば――」

「セリーナが何を話したか知らないが」どうせろくな話ではなかろう。「エドワードには、わたしからきちんと説明する」

「兄上が母親から毛嫌いされている現状については、どうするつもりだ？」

アレックスは愕然とした。「そんなに見え見えなのか？」

「あの結婚式に参列すれば嫌でもわかる」

ため息しか出ない。「セリーナにしてみれば、毛嫌いするだけの理由があるからな」

アレックスはアボットという偽名で文通していたことを打ち明けた。

たちまち嘲笑が返ってきた。自業自得だが。

笑いの発作が治まり、エヴァンが涙を拭った。

「兄上も元はオックスフォードの講師で、もっと分別があったはずなのになあ。嘘をついておきながら愛してもらおうだなんて、脳天気もいいところだ」

「そんなことは期待していない。少なくとも最初は何も考えていなかった。だが結局、収拾がつかなくなってね」

「やれやれ」エヴァンが薄笑いを浮かべた。「まあ兄上の手紙に説得力があったことだけは証明されたかな」

「アボットの手紙だ」アレックスは苦い顔で言い返した。

「同一人物だろう」

「アボットはまやかしだ」アレックスは頭を振った。「欠点がなく、決して失敗しない。セリーナが恋に落ちるのも当然だ。だが、わたしはなんだ？」

「ただの人間だな」弟が答えた。

「わたしは最強のライバルを自分で生みだしてしまった」アレックスは顔をしかめた。「そのうえ、どうすれば撃退できるか見当もつかない。セリーナは現実のわたしに幻滅したはずだ。アボットに比べて期待はずれだと思ったに違いない」

「絶望的だな」エヴァンが鼻を鳴らした。「兄上みたいに顔と若さと財産と爵位しか取り柄のない男が、どうやって彼女をものにする気だ？」

「さあな」アレックスはワインを飲んだ。「とりあえず昼食だ。それ以外はまったく先が見えない」

グレンムーア公爵が議事堂から戻るころ、すでにセリーナとエドワードは夕食をすませてサロンにいた。エドワードはチェス盤のまわりで駒を行進させながら、新しい友達が早く帰ってこないかとため息をついている。

セリーナは刺繍（ししゅう）で気をまぎらわせようとしたものの、不安がつのるばかりだった。公爵の帰りを待ちわびていたと言えば嘘になる。それでも彼のいない屋敷は昨日よりも広く、がらんとした感じで、ひどく殺風景だった。おまけに自分がここにいるのは場違いという気がしてならない。それなのに、完全になじんだふりをしなくてはならず、いたたまれない。

ようやく帰宅したグレンムーア公爵は、サロンに直行するとセリーナに深々と頭を下げ、エドワードに笑いかけた。エドワードは希望に満ちたまなざしで公爵を見つめたあと、チェス盤に目をやったが、断られたらどうしようと言わんばかりに視線を泳がせた。

「チェスをするには遅いかな。しかし……」公爵はサイドテーブルの引き出しからカードを取り、笑顔で少年に手渡した。

エドワードは困ったように首をかしげた。昨夜のチェスと同様にカードも初めてなのだ。一方グレンムーア公爵のほうも失敗を悟ったらしい。エドワードがどの程度の娯楽を母親に許可されているのか、そして父親から何をどこまで教わったのか、前もって確かめるべきだったと悔やんでいるようだ。

実のところ、ジョンはエドワードに何も教えていない。母子ふたりの暮らしのなかでも、亡き夫の影響はほとんどなかった。しかもエドワードはいま、大人の男性から初めてやさしくされたことに大喜びで、枯れかけた植物に水をあたえたかのごとく生き生きしている。

どうしてグレンムーア公爵は無駄にやさしいうえに魅力的なの？

いま彼は笑いながらカードを切り混ぜ、自分とエドワードに手早く配っている。ふたりとも、こんなふうに遊ぶのを楽しみにしていたかのようだ。

それにしても、よりによってカードとは。ほかのゲームじゃだめなの？ エドワードが父親と同じ轍（てつ）を踏まないよう、これまでずっと目を光らせていたのに、悪い遊びを覚えさせたくない。

セリーナは刺繍から顔を上げ、わざとらしく鼻をようやくエドワードが母親におやすみのキスをしてサロンから出ていった。セリーナは目をすがめて公爵をにらみつけた。「わたしの息子にカード遊びなんか教えないでください」

「わたしの義理の息子でもある」公爵が怒りのまなざしを受けとめ、穏やかにほほえんだ。「いずれわかるだろうが、わたし以外には教えられないことが数多くある。母親の知識が及ばないことだ」

「それにしたって、ギャンブルまで教える必要はないでしょう」セリーナは声をとがらせた。

公爵がテーブルのカードをすべて取り、やすやすと扇状に広げた。長い指でカードをふたつに分けると、パラパラと音をたてながら鮮やかなリフルシャッフルをした。みごとな手さばきに、セリーナは目を奪われた。

「禁止したところで、不健全な好奇心がつのるだけだ。エドワードが父親と同じ泥沼に落ちないよう遠

鳴らした。

公爵は意に介さず、エドワードに話しかけた。「一見すると単純なゲームだが、きわめて奥が深い。じきにわかるだろう」

「お母さんもやらない？」エドワードが目を輝かせ、まっすぐに見つめてきた。

セリーナは小さくかぶりを振って、公爵をにらみつけた。

「三人でやるのは、また今度にしよう。きみがルールを覚えて、お母さんが刺繍で忙しくないときだ」公爵はエドワードにやさしい笑顔を向け、ルールの説明を続けた。

公爵がエドワードにカジノとブラックジャックを教えるうちに、時間はあっという間に過ぎた。セリーナは離れたところに座ったまま、いらいらしながら針を刺していた。公爵に話があるけれど、子供が寝るまで待たなくてはいけない。

ざけても意味はない」

「どういう意味かしら」きくまでもないし、正確にわかっているけれど。

「カードゲームには運を必要とするものと、テクニックを必要とするものがある。きみの夫には運もテクニックもなく、それを区別するだけの知性もなかった」公爵の顔から笑みが消えた。

「あなたという人は！　自分が何を言ったかわかっているの？」セリーナは目に怒りの炎を燃やした。

「死人の悪口かな？」グレンムーア公爵はカードを脇に置いた。「もちろん理解したうえで言っている。もとより誰かが言わなくてはならないことだ。きみの夫は多くの過ちを犯した。最大の過ちは妻子を不幸にしたことだ。せめてギャンブルから手を引いていれば、死なずにすんだのに。負けを認め、きみに借金のことも打ち明けていれば。しかし彼は自分で責任をとろうとせず、全部きみに押しつけた。違うか？」

「ジョンは自分の行動を理解していなかっただけです」セリーナは弱々しく言った。夫の過ちを思い知らされるのは苦しい。

「オギルヴィーはちゃんと理解していた」公爵が言葉を継いだ。「借金のリストをきみに残した。きみが手紙に書いたことだ」

「あなた宛ての手紙ではありません」セリーナは嫌みを言った。夫の過ちを公爵の過ちにすりかえたことで少し気が楽になった。

「きみは会ったこともない男に手紙を書き、真実を告白した」公爵が痛いところを突いてきた。「しかも、その男の援助を受け入れた」

「どうしようもなかったんです」ジョンの死後、せっぱつまっていたことを考えないようにしながら言い返す。

「全部きみの夫のせいだ」グレンムーア公爵が重ね

て言った。「それに、わたしの援助がなければどうなっていた？　バクスターに頼るしかなかったのではないか？　それとも、誰かほかに頼れる男がいたか？」

さもなければ救貧院に入るか。いずれにせよ、エドワードの生活は崩壊しただろう。この身とプライドを犠牲にしても、それは避けられないことだった。

「ご存じのとおり、あなたと結婚するはめになりました」この嫌みが少しでも効くといいけれど。

「再婚だ」公爵が反撃してきた。

「あなたに強制されたからです」

「もとはと言えば、わたしの援助をバクスターに暴露されたからだ」

「あなたの行動がすべての元凶です。あなたがよけいなお節介を焼かなければ、スキャンダルにもならなかったでしょう」セリーナは言いつのった。

「きみには、わたしが勧めた三人の紳士の誰かと再婚するという選択肢もあった。そうしていれば無難に片づいたはずだ。しかし、きみはアボットからのプロポーズを待ち続けた」

「それは……」セリーナはまるで否定できずに口ごもった。

「きみは再婚したにもかかわらず、少しも満足していない」公爵は揺るぎない調子で言った。「相手がわたしだったからだ。最初からずっと、それが気に入らないのだろう？」

公爵が見すえてきた。そのまなざしには、あわれみと苛立ちが浮かんでいた。

公爵の手が伸びてきて、セリーナの腕をそっと捉えた。「なぜわたしが自分を花婿候補に入れなかったのか、わかってもらえるだろう？　アボットの正体がばれたら最後、きみに恨まれるのは目に見えていたからだ。絶望的だったよ。きみを傷つけたくなかったし。それでも手紙を書き続けた。どうにも止められなかったのだ」

その声はひび割れていた。だが柔らかい。そしていま、彼に両腕をさすられている。かすかな刺激が胸にまで伝わってきた。

ささやかな接触に、体の奥底で恥知らずな欲望がかきたてられるのを感じた。体がうずいてしまう。セリーナは無意識に一歩踏みだして、彼にしなだれかかった。

公爵が反応し、乱れた息の下から低い声をしぼりだした。「わたしはきみから離れられない。お互いに離れたほうがいいのは、わかりきっているのに。このていたらくだ」

公爵はセリーナを抱きしめて、背中と両腕をさすったあと、うなじから腰まで両手をゆっくりとすべらせた。背中のくぼみを圧迫して手前に引きよせ、自分の体に密着させる。

こんなことをしてはいけない。それでも、ああ、ほしい。男性に触れられるのは本当に久しぶりだし、愛撫もやさしい。公爵は決して無理じいせず、こちらの出方を待っている。

セリーナはひとつ息をつき、この男が何者なのか忘れようとした。そして顔を上げ、目を閉じた。

唇が重なった。ふたりとも、驚くほど情熱的に求め合った。公爵は一瞬だけ動きを止めたあと、舌を押し入れてセリーナの唇を開かせた。かろうじて残っていた理性まで吹き飛んだ。彼は舌をからませ、思う存分むさぼった。セリーナは生き返り、思わず口づけに応じた。

えもいわれぬ感覚だった。舌の動きひとつで生命そのものが注ぎこまれるように思えた。セリーナは彼の上着の襟を両手で握りしめると、固い胸板に自分の胸を押しあてた。甘くスパイシーな香りを深く吸いこんだせつな、魂が天高く舞いあがった。

これこそ求めていたものだった。アボットの手紙を読んだとき、たくましい男性に抱かれたいと感じた。世界のすべてのように望まれたかった。

彼の手が服の上から胸を包みこんだ。すでに硬くとがっていた先端が、キスされたくてうずいている。彼はもう一方の手を腰のうしろにあてがうとともに、下腹部のこわばりを密着させてきた。

もしも彼がその気になれば、わたしをここで抱くこともできる。わたしは彼を止めないだろう。目を閉じても昨夜の姿が浮かんでくる。男らしく大柄な裸身で、ジョンとは似ても似つかない――

彼が誰なのか思いだしたのは、そのときだった。公爵に無理を言い、形ばかりの冷たく不毛な結婚を強要したくせに、わたしはいったい何をしているの？

セリーナは身を引いて彼の手から逃れ、あわただしくスカートをなでつけて体裁を取りつくろった。服の上から裸を見られている気がしてならない。

グレンムーア公爵が息をはずませながら、じっと見つめてきた。それでも手を伸ばしてこようとはしなかった。

「こんなことをしてはいけません」セリーナは、かろうじて言った。

「わたしだけが悪いのか？」公爵が嫌みたらしく一方の眉をつりあげた。「きみのことだから、また強制されたとか言いそうだな」

わたしは強制されてなんかいない。それどころか、進んで身をまかせてしまった。自分自身の弱さが恨めしい。

「いずれにせよ、こんなことは二度としません」セリーナは一歩あとずさり、グレンムーア公爵と距離をおいた。

公爵が何やら探るような目で見つめてきたあと、納得顔でうなずいた。「強制ではなかった。きみも自覚しているはずだ。わたしときみは、なるようにしかならない。さらに言えば、それはきみの自由意志によるものだ」

「ありえないわ」セリーナは否定したものの、その言葉に力はなかった。

「その未来は、案外すぐに訪れると思うが」公爵はますます力強く言った。「わたしの部屋のドアには鍵をかけないから、いつでも入ってくるといい。おやすみ、セリーナ」

彼はセリーナを残してサロンから出ていった。

15

セリーナがキスを許してくれた。しかも、期待にたがわぬキスだった。蜂蜜さながらに甘い唇が情熱的に応じてきた。密着した体は甘美な拷問にも等しく、夢にも望んではならない未来をほのめかしていた。

それなのに、望んでしまった。寝つけないままコネクティングドアを凝視して、セリーナが入ってくるのではと期待した。しかし、ドアは一向に開かなかった。結局、アレックスは生々しい夢に溺れて眠り、失意のなかでひとり目覚めた。

もっとも、今夜は違うかもしれない。フォルブローク伯爵邸で舞踏会があり、グレンムーア公爵夫妻として初めて公の場に出ることになっている。招待を受けると決めたのはセリーナで、アレックスは何も助言しなかった。まさか妻がわざと夫に恥をかかせることもあるまい。当然ながら本人の恥にもなるわけで、こちらとしてもそれは望んでいない。意地と恨みにもとづいた結婚とはいえ、セリーナとエドワードを心の底から愛しているのだ。妻が傷つくのは耐えがたい。

アレックスは軽い朝食のあと書斎にこもり、妄想を頭から押しのけて請求書の山を片づけた。一時間ほど過ぎたころ、ドア口にたたずむ小さな人影に気づいた。しばらく知らぬふりを決めこんだものの、アレックスはついに観念して声をかけた。「入っておいで」

おずおずと顔をのぞかせたエドワードは、カーペットの端から動こうとせず、不安げな面持ちで見つめてきた。

「大丈夫だ」アレックスはやさしく言って手招きをした。

「公爵は忙しいから邪魔しちゃだめって、お母さんに言われてるんだ」

「それなら心配はいらない。忙しければそう言うし、邪魔でもない」

エドワードはしばらくためらってから書斎に足を踏み入れ、机の前の椅子によじのぼった。無言で机上の書類を見つめたあと、おもむろに顔を上げた。

「何してるの?」

「今月分の領地の請求書を片づけているところだ」アレックスは説明を加えた。「田舎に広い土地と、ここよりもっと大きな家がある」

子供のころ、そこへ遊びに行った記憶もよみがえってきた。

「小川には鱒がいるし、森で木登りもできる。ローマ時代の遺跡もあって、何度か庭園でコインを見つけたこともある」

　エドワードが目をみはった。「ぼくも行っちゃだめ？」

「社交シーズンが終わったら、みんなで行こう」もとより、そうする予定だった。セリーナは二番めの夫と同行せず、ロンドンに残ると言い張りそうだが。しかしエドワードという味方を得たことだし、誘うだけ誘ってみても損はあるまい。

「遺跡を見てみたいな。コンパスを持っていけば、道に迷わずにすむよね」エドワードがポケットを押さえた。

「それはいい考えだ」アレックスは大きくうなずいたあと、気を引きしめた。「わたしとお母さんの結婚について、きみはどのくらい話を聞いているのかな？」

「お母さんとぼくは、ここでグレンムーア公爵と一緒に暮らすんだよね？　公爵はぼくの……」エドワードは口ごもり、言葉を思いだそうとするように視線を泳がせた。「ええと、継父（ままちち）？　お父さんとは全然違うって……」

　アレックスは顔をしかめないよう耐えた。「たしかに違う。どう違うか聞いているか？」

　エドワードが首を横に振った。

「わたしが死んだら、ほとんどの土地と財産と公爵位、そしてこの屋敷は、跡取り息子のものになる。息子が生まれればの話だが」その可能性がきわめて低いことを説明するのは、また今度にしよう。「きみが遺産を相続することはない。わたしはきみの継父で、実の父親はほかにいる……いたからな」

「お父さんの遺産なんてなかったけど」エドワードがひどく露骨な物言いをした。

「わたしが死んでも、きみが困らないようにしておく」アレックスはあわてて言った。「わたしが生きているうちに信託財産を設定するから、生活費と教育費には足りるだろう。それに、きみが好きな仕事を選べるように話をつけておく。きみの父上も突然この世を去らなければ、そうしたはずだ」

　エドワードがまばたきをして考えこんだ。「お父さんは自分で自分を撃った。使用人たちがそう言ってたよ。お母さんは何も言わないけど」

「父上が亡くなった夜、わたしも一緒にいたことはお母さんから聞いたか？」アレックスは息を止めた。答えを聞くのが恐ろしい。

　少年が真顔でかぶりを振った。

「われわれはカードゲームをしていた。きみの父上が負けて、大金を失った」嘘ではない。「ゲームの最中、わたしは何も知らず……」

　どう説明すればいいのか見当もつかない。

「父上が亡くなったのは、わたしのせいじゃない。父上は前から苦しんでいたのだ」

「じゃあ誰のせい？」エドワードの表情が曇った。

「もちろん、きみのせいでもない」アレックスは急いで言い添えた。

　エドワードが安堵の息をつき、うつむいた。

　セリーナは本当に何も話していないのか？「わたしとゲームをしたからでもない。父上はカード運がなかった。お金を使い果たしたのが恥ずかしくて、きみたちに打ち明けられなかったんだ」

「ぼくとお母さんは、前の家に住めなくなった」エドワードが顔をゆがめた。

「父上が借金をしたせいで、あの家はバクスターという男のものになった」

「お母さんはすごく悲しんでいた」エドワードは、もの思わしげに言った。

「そうだろうな」

「あと、怒ってた」少年の顔がさらにゆがんだ。

「きみに怒っていたわけではない」アレックスはしっかり言い聞かせた。

「お父さんに怒ってたの？」エドワードの声がわずかに震えた。

「できごと全部に怒っていたのだ」アレックスは小さな嘘をついた。「きみの父上が亡くなったあと、いろいろ苦労したからな」

「だけど、もう大丈夫だよね」エドワードが顔を輝かせた。「公爵がお母さんを守ってくれるんでしょう？」

「もちろんだとも」

そうは言ったものの、不快な罪悪感がこみあげてきた。アレックスは苦々しい感情をのみくだした。

「わたしはきみのお母さんを大切に守るつもりだ」よけいなお世話と言われるだろうが。「きみにも力を貸してもらいたい。一緒にお母さんを守ろう」

エドワードが真剣な表情でうなずいた。「何をすればいいの？」

「いまのままでいい」無難な話題で実にありがたい。「しっかり勉強して、お母さんの言いつけに従えばいい。きみは自慢の息子だから、そばにいてあげるだけで心強いだろう。本人がそう言っていたから間違いない」

エドワードは納得顔でうなずいた。それでも、まだ尋ねにくいことがあるように見つめてきた。

「わたしも、きみが一緒にいてくれると本当にうれしい」アレックスがそう言うと、エドワードがやっと頬をゆるめた。「今日はゲームをする時間がないのだが。仕事が終わるまで、窓ぎわの椅子にいてもかまわない」

アレックスが仕事を再開すると、エドワードはその椅子に座り、物珍しそうに見ていた。


セリーナは寝室の鏡を見すえながら、今夜の舞踏会のために誂(あつら)えた夜会服の背中のボタンをメイドにとめてもらっていた。わざわざボンド・ストリートまで出向き、ブティックのマダムに大急ぎで用意させた夜会服だった。縫製や仕上げにはまったく問題なさそうなのに、なんだか物足りない。

　ショッピング自体が異例のことだった。お金の心配をせずにドレスを誂えた経験など一度もないのだから。そしてもちろん、公爵夫人ともなれば急ぎの注文にも応じてもらえる。お針子たちは公爵夫人のドレスを縫えるとあって落ち着きを失い、ほかの仕事をすべて放りだした。

　正直なところ、自分でも常軌を逸していたと思う。もとよりブティックに行ったのも、公爵に対する嫌がらせのつもりだった。ジョンであれば妻のドレス一着の値段に愕然としたはずだから。

　しかしグレンムーア公爵アレクサンダー・コンロイは、元夫ジョン・オギルヴィーとはまるで違っていた。セリーナが公爵夫人として社交に必要な衣類を誂えたいと言うと、アレックスはうなずき、銀行に請求書を送るよう指示しただけだった。

　下品なドレスを誂えて夫に恥をかかせるという手もあったけれど、考え直してやめた。どぎつい色やフリルだらけの派手なドレスを着れば、ゴシップ新聞に〝成り上がりの公爵夫人はファッションセンスが皆無だった〟などと書きたてられるのがおちだろうから。

　本音を言えば、たとえ誰も見ていないとしても美しく装いたい。結婚式に灰色のドレスを着たとき、公爵が気を悪くしたようすはなかった。それでも自分自身がみじめな気分だったし、ファロン公爵夫人にも怪訝な顔をされた。あんな思いは二度と味わいたくない。

　かくして今晩のために選んだ夜会服はエメラルドグリーンのシルクで、きわどいくらいに胸元が深く開いている。これはいささか悩ましい。手持ちのアクセサリーといえば、ジョンの死後ずっと身につけていたジェットのブローチしかないのだ。緑色のリボンをつけたところで、小さなカメオは夜会服に合わない。

公爵家に伝わるジュエリーを借りられたら、みすぼらしくないだろう。とはいえ、夫に頼むなんて嫌だし、これ以上の借りを作りたくない。今夜、並んで歩くだけでも気が重いのに。

そのとき、寝室のドアを叩く音がした。メイドのモリーがドアを開けると、公爵づきの従者ハーヴェイが青い革ケースを手渡してきた。旦那さまからの贈りものだという。

ケースを開けたセリーナは、衝撃のあまり息をのんだ。それはネックレスとイヤリング、髪飾り、そしてシューズクリップのセットだった。いずれも複雑にからみ合う植物をかたどった金細工で、枝の先端に咲く可憐な花の中心にはエメラルドが輝いている。

こんなに高価なものを受けとるわけにはいかない。公爵との結婚を承諾したとき、ことあるごとに盾突こうと決めたのだから。それなのに、どうしてもケースを閉じられない。ましてや公爵に突き返せるわけがない。

メイドのモリーは躊躇なくネックレスをケースから取りだすと、セリーナの首にかけた。「まあ、マダム……奥方さま。完璧です。こちらにお座りください。髪飾りをつけましょう」

セリーナはドレッサーの前に座り、モリーが髪をまとめるようすに見入った。モリーの言うとおりかもしれない。たしかにエメラルドグリーンの夜会服と完璧に合う。

〝緑のドレスが実にお似合いでした〟

突然、その言葉が頭に浮かんだ。ファロン公爵邸の舞踏会のあとに届いた手紙の一文だった。あのときはアボットも来ていたと知り、そわそわしたのに。いまだにグレンムーア公爵はおせじを並べたて、贈りもので釣ろうとしている。

セリーナは胸元のネックレスに触れ、思わず声に出してつぶやいた。「なぜ緑を着るとわかったのかしら」

モリーが小さく笑った。「旦那さまに夜会服の色をきかれたんです。家宝のジュエリーは絶望的に流行遅れで、デザインを直す暇がないとおっしゃっていました。だから奥方さまに似合いそうなものを新しく買ってくださったんですよ」

セリーナは絶句し、ふたたび鏡を見つめた。モリーが髪をカールさせ、高く盛りあげたスタイルにまとめている。この意外な展開に、どう対処すればいいのかしら。公爵に贈りもののお礼を言うべきだろう。だけど、こちらから頼んだわけじゃないし、こんな形で借りを作るのも気に入らない。

それでも一年のあいだ何も身につけていなかったため、胸元で輝くネックレスを見ると、いわく言いがたい感動を覚えた。かつて持っていた装飾品もシンプルなものばかりで、真珠の一連ネックレスと、母から譲り受けた琥珀の十字架ペンダントしかなかった。

前の結婚の際、ジョンはダイヤモンドを贈ると誓った。その当時でさえ、ただの口約束にすぎないとわかっていたけれど。結婚後もジョンは一向に約束を果たそうとせず、贅沢をする余裕ができても、お金は全部ギャンブルに消えた。その後いつまでたっても、来月にはかならず、来年こそ絶対に、次は勝つから、などと約束が更新されるばかりだった。そして、いずれも実現しなかった。

セリーナは記憶から逃れようと頭を振った。すると、巻き髪に最後のピンをさしていたモリーが鼻を鳴らした。ジョンはもうこの世にいないのに、不幸な過去を振り返っても無意味だろう。

いまは幸せなのだから。

そのとたん、頰を叩かれたように愕然とした。この一年間、ジョンと暮らしていた当時より幸せだったのは間違いない。お金の心配もなく、孤独も感じなければ約束を破られたためしもない。

だが次の瞬間、重大な嘘に気づいた。さらに、いまの生活がその嘘の上に危ういバランスで成り立っていることも思いだした。ひょっとして、いまも不幸なままなのだろうか。結婚生活そのものが新手の嫌がらせで、エメラルドの装身具セットはわたしの機嫌をとるための賠償金かもしれない。非常に高額なのはたしかだし。

それでも、エメラルドごときで自分を売るわけがないでしょう！　ゴシップ新聞で叩かれたような金銭ずくの結婚とは違うのだから。このネックレスも、わたしに似合うから使うだけよ。髪飾りだって、はずすとモリーの二度手間になるから、つけたままにしているだけ。

いくつかエメラルドをもらったくらいでは、わたしは変わらない。泣いて喜んだり、公爵の前にひれ伏したりすることもない。何があろうと、わたしはわたしなんだから。

髪が仕上がり、セリーナは立ってドアのほうを向いた。最後にもう一度スカートのひだをなでつけて整えてから、夫と対決するため部屋を出た。

16

アレックスは階段の下でセリーナを待っていた。そして二階に奥方の姿が見えるやいなや、心を奪われた。

うっとりするほど美しい。自分が贈ったエメラルドも夜会服の緑と完璧に合っていた。胸元の肌が金細工の下で淡いピンク色に輝き、顔もほんのりと上気したように見えるのは、隠しきれない緊張のせいだろうか。

セリーナは夫を見て笑いもしなかったが、それはいつものことだ。少なくとも居丈高な態度ではない。自分の妻が母のようにお高くとまっていたならば耐えがたい。わが母親ながら、あの女はとんでもなく高慢で、おのれの権力を自覚していた。おまけに、自分より劣った相手と見るや、その力を容赦なく行使した。

まったく対照的に、セリーナは気品に満ちていながらも、温かな人柄が感じられる。アレックスは階段を下りてきた妻の手を取り、自分の腕にかけた。手を振りほどかれなかったことに安堵(あんど)しつつ、馬車までエスコートして乗せてやる。セリーナはずっと黙りこんでいた。これもまた、いつものことだ。必要なとき以外、めったに話しかけてこない。

もっとも、今夜はどことなく雰囲気が違う。言いたいことがあるのに言えないとか、そんな感じだ。

その気持ちは自分でもわかる。セリーナと結婚して以来、いくらか話しやすくなってきたとはいえ、うまく伝えきれないことが何度もあった。すぐ言い争いになるからだろう。そんなときにかぎって言葉があふれてくるのは、どういうわけなのか。

アレックスは頬をゆるめた。

それに気づいたセリーナが、すかさず鼻を鳴らした。

「われわれは屋敷でいがみ合ってばかりいると思ったものでね。今夜は穏便に願いたい」

「あなたも口を慎んでいただきたいわ」セリーナは依然、にこりともしない。

「何も普通でないことをしようと言っているわけではない。もちろんダンスもする。だが、わたしはきみを独占する気などない。お互い自由にやろう。それに、きみに結婚のお祝いを言いに来る者が列をなすはずだ」

「そんな……」かぼそい声。セリーナらしくない。注目の的になるのが不安なのか？

「明日はどの新聞にもきみの記事がのって大騒ぎだろう。新しい公爵夫人の誕生は、いつだって格好のゴシップだ」

「ゴシップが嫌で結婚したのに」セリーナが重く息をついた。

「きみの結婚相手が田舎の地主であれば、話題にもならないだろうが。公爵夫人となったからには注目は避けられない」

セリーナは緊張の面持ちで口をつぐんだ。

「心配するな」アレックスはあわてて言い添えた。「きみは非の打ちどころもない。むしろ……」

また言葉が出なくなった。どうにも気詰まりで、車窓へと視線を泳がせる。

「きみは女神だ。紳士がおおぜい群がってきて、きみの気を引こうとするだろう。そして女性たちは、きみと親しくなりたがるはずだ」

その言葉が腑に落ちるまで、しばらく時間を要したらしい。セリーナがやっと口を開いた。「ありがとうございます……このようなジュエリーまで」

しぶしぶ言ったような感じだが、謝礼の言葉には違いない。だいいち、礼を言われるとは思いもしなかった。

「礼には及ばない。奥方に結婚祝いを贈るのは当然のことだ」

「世間の人からすれば、義理の贈りものにしか見えないでしょうね」

「人にどう見られようと関係ない」何か贈りたい、似合いの夫婦だと思われたい、そんな子供じみた動機だったが。肝心のセリーナに義理だと思われているのは残念だ。

フォルブローク伯爵邸に到着すると、アレックスはセリーナに手を貸して馬車から降ろした。腕にかかる彼女の手の重みと、隣に並んだ体のぬくもりを意識から押しのける。これほど長いあいだセリーナと寄り添って過ごすのは初めてだ。このひとときと密着する感覚を存分に味わいながら、アレックスはフォルブローク伯爵夫妻にグレンムーア公爵夫人を紹介した。

その後、セリーナをダンスフロアに連れだした。

「踊ろうか」

しょせん、ただのカントリーダンスだが。これが許されるのであれば、あとでワルツも踊ってもらえるかもしれないと期待したのだ。

ふたりはステップを踏み、お辞儀をして、ほかの男女と場所を入れかわり、曲に合わせて前後に動いた。

セリーナの表情が柔らかくなり、ほほえみまで向けてくれるようになった。初めのうちは緊張していたものの、やがてダンスに心が浮き立ってきたらしい。楽しいとさえ感じているようだ。こちらに不機嫌な顔を向けながら、同じ列で踊る紳士にほほえむのが面倒になっただけかもしれないが。

ともあれ、セリーナは目の保養になる。彼女の手に触れて、体の動きを見るのも楽しい。セリーナが許してくれるなら、これは夫婦の仲むつまじい行為と言ってもいいかもしれない。彼女がほほえむたびに、ため息がもれる。今度はいつ指が触れ合うのかと、つい心待ちにしてしまう。

カントリーダンスはあっという間に終わった。アレックスはセリーナをフロアの外へ連れだすと、シャンパンのグラスを手渡した。ダンスカードを彼女の手首に結ぶことさえ許してもらえたので、思わず息を止めてしまった。だが夫婦で一緒にいる口実がついに底をつき、アレックスは頭を下げた。「そろそろ失礼する。わたしはカードルームにいるから、何かあれば使いをよこすといい」

「カードルームですって?」セリーナが驚きの声をあげた。笑顔が消えている。「冗談でしょう」

アレックスは奥方に耳打ちした。人前で言い争う不仲な夫婦ではなく、ちゃんと愛し合っている新郎新婦に見えるように。「カードルームに行くか、きみと一緒にいるかの二者択一だ。カードをするなと言うのであれば、わたしはきみと一晩じゅうダンスを踊り、きみの話に絶えず耳を傾ける。そのほうがいいか?」

セリーナはしばらく考えあぐねている。カードと再婚相手とでは、どちらに対する嫌悪感が強いのか。ややあって、セリーナは一歩離れて廊下のほうへ手を振った。「どうぞお好きに。負けても借金取りをこちらに来させないで」

その手が力なく上がり、ネックレスに触れた。あと何時間もしないうちに借金のかたに取られてしまうとでも思いこんでいるかのように。

「いつも負け知らずだから心配は無用だ」アレックスは笑った。そしてセリーナに逃げられないうちに唇にすばやくキスをすると、カードルームに足を向けた。

そこには弟エヴァンの姿もあった。ダンスの合間にカードをやりに来たらしい。エヴァンは椅子を横にずらして場所をあけた。するとバクスターまでもが向かいの席に座り、不敵な笑みを浮かべた。「一戦どうです？」

アレックスは考えあぐねながら室内を見まわした。挑発に乗らず別のテーブルに移るのも得策ではなさそうだ。「面倒だが致し方あるまい」

バクスターはあからさまな侮辱を笑って受け流すと、カードを取りあげて配った。「誰かが奥方と踊りに行ってやらなきゃいかんでしょう。揃いも揃ってギャンブルざんまいの旦那たちに放っとかれてばかりですからな」

「きさまを引きとめて踊りに行かせなかったと知れば、わが奥方は喜ぶだろう」アレックスはカードを取り、ゲームを始めた。

だが、今夜は妙にツキがない。いつも負け知らずだとセリーナに大口を叩いたのが悔やまれる。エヴァンも同様らしく、みるみるうちに賭け金が全部バクスターに流れていった。

とうとう持ち金が底をつき、アレックスは腰を上げた。

「ずいぶん早いですな」バクスターがにんまりと笑った。

「もう十分だ」アレックスは運のなさに対する苛立ちを隠そうとした。

「やめなくてもよかろう。あたしが借用書を引き受けますよ」ひと呼吸おいてバクスターがつけくわえた。「公爵ともなれば名誉を重んじるはずだ。借金を踏み倒して死んだりしないでしょう？」

かっとなったアレックスは、名誉の問題ではないと言い返そうとした。だが下賤の輩に言っても無意味だと思い直し、怒りをこらえた。

バクスターは漫然とプレイしているわけではない。すべての言動は、対戦相手を思いどおりに煽るための挑発なのだ。おまけに、勝負の結果と相手の反応に自信たっぷりな態度も気にかかる。バクスターに一泡吹かせたいのであれば、プレイしないほうがいい。

そこでアレックスは笑いながら席を立った。「わたしは自分の限界を認識している。そうでない者もいるようだが」

「ジョン・オギルヴィーとか？」バクスターが見上げてきた。「あいつが死んだ夜は、もっと遅くまでゲームをしていたじゃないですか」

また挑発か。何が目的だ？　アレックスは怪訝に思いながら視線を返した。「なぜ多くの人間がきさまに借金をしているのか、わかった気がする。しかし、誰もが同じだと思うな。失礼、そろそろワルツが始まるころだ。奥方を誘いに行かなくてはならない」

セリーナは大広間でレモネードを飲みながら、足の疲れをほぐすために靴のなかでつま先を丸めた。

「公爵夫人になった気分はどう？」隣に座ったメアリー・ウィルソンが問いかけてきた。

「上々よ」セリーナはそう答える一方、罪悪感を振り払おうとした。グラスとダンスカードがつねに満杯なのも、面識を得ようとお祝いを言いに来る人があとを絶たないのも、すべて夫の爵位のおかげなのだ。「おせじを真に受けてはいけないことくらい、ちゃんと心得ているわ。誰だって、いろいろ思うところがあるはずだもの。みんなの本音は明日の新聞でわかるでしょう」

メアリーが笑った。「新聞なんか読んじゃだめ。どうせくだらない記事ばかりよ」

「たぶんね」メアリーの言うとおりだろう。この結婚の真相が明るみに出るとも思えない。夫に対するわたしの本当の気持ちを誰も知らないのだから。自謝ろうとしたけれど、もう遅い。すでに夫が隣に来ている。公爵は例のごとく、メアリーの手の上でうやうやしくお辞儀をしてほほえんだ。そして旧友に挨拶するように言った。「ミセス・ウィルソン、わが奥方をワルツのあいだお借りしてもよろしいかな?」

そして公爵はこちらへ向き直り、屋敷にいるときとは違う笑顔を見せた。

今夜のグレンムーア公爵は輝かしいうえ、妙に愛想がよい。人目を意識し、若く粋なだて男を演じながらダンスに誘っているのだ。「まだ予約にあきがあればの話だが」

ダンスカードを見るまでもなく、ワルツは空欄のままだ。熱心な紳士たちのおかげで、ほかのダンスの予約はたちまち埋まったのに。グレンムーア公爵が戻ってきてワルツを踊るのは暗黙の了解だったような気さえする。

分でもよくわからないのに。

「ほら、旦那さまのお出ましよ」メアリーが頬をゆるめ、小突いてきた。「この場にいる殿方のなかでは、いちばんハンサムね」

「貴族なら全員ハンサムに見えるんじゃない?」セリーナは笑った。それでも濃紺の夜会服に黄褐色のブリーチズという装いの公爵を見ると、胸の高鳴りを抑えられない。

「結婚して、彼への気持ちは変わった?」扇で口元を隠し、メアリーがささやいてきた。

「わたしは……」セリーナは近づいてくるグレンムーア公爵を見つめながら、どう答えればいいものかと考えた。けれども彼がカードルームに行っていたことを思いだし、答えが決まった。「話す気になれないわ」

「さようでございますか」メアリーの声にはとげがあった。

セリーナはメアリーにほほえみかけてから立ちあがり、公爵に手をさしだした。「もちろんですわ、旦那さま」

そしてグレンムーア公爵に手を引かれてダンスフロアに出た。

初めてワルツを踊ったときよりも今夜のほうがずっと楽なのは、恐怖を感じることなく抱き合えるからだろうか。

ありえない。公爵の要求を蹴り、逆らわなくてはいけないのに。疲れたからとダンスを断ってもよかったし、そう言えば誰も疑わないのに。ことあるごとに盾突くんじゃなかったの？

それでもグレンムーア公爵と踊るのは楽しい。ささやかな楽しみを感じたとしても、彼に屈服することにはならないでしょう？　目を閉じて音楽に身をまかせれば、ふたりで宙に浮きながら歩いているかのようだった。

公爵が柔らかな笑い声をもらし、ささやいてきた。「わたしが相手ではないと思いこもうとしているのか？」

セリーナは目を開けた。笑顔がこわばり、ステップもおぼつかなくなる。

公爵はセリーナをしっかりと抱きかかえ、リズムを立て直した。

「われわれは息が合っている。きみとしては不本意だろうが、どうしようもない。われわれは、あらゆる点で似た者同士だ。実に相性がいい」公爵が言い添えた。「体の相性はともかく」

そのとたん、セリーナの体に戦慄が走った。クリスタルのリングの縁を打ち鳴らしたかのように。グレンムーア公爵の言葉にいちいち反応して体がうずくなんて冗談じゃない。ふたりで一緒にいると、どんな感じか知りたいだけ。ダンスのような感覚だろうか。

彼はダンスフロアの脇で弟のファロン公爵と立ち話をしていた。どうにも気になって盗み見るたびに視線が合うのは、彼もわたしのことばかり考えているせいだろうか。

セリーナはふたたび目をそむけた。自分自身と亡き夫に誓ったことを思い返し、つかの間とはいえ意を強くする。

舞踏会が終わり、セリーナは夫のエスコートでフォルブローク伯爵邸を出た。夫が嫌みったらしいほど丁重なのはふだんどおりだけれど、なんだか自信満々な感じがする。

グレンムーア公爵はセリーナに手を貸して馬車に乗せてから、向かいの席に座って脚を伸ばした。

「いとしの奥方には楽しんでもらえたかな?」

「そういう呼び方は嫌いです」セリーナは反射的に言い返した。

「いいか、コネクティングドアは施錠していない」公爵が穏やかに言った。「きみがドアを開けないのは、かたくなだからだ」

「かたくなじゃありません」まったく聞き捨てならない。

「そうだな」その声は、ささくれた心をベルベットのように癒やした。「意志が強いだけだ。きみの手紙からもわかる。強くなければ生きられなかったはずだからな。しかし、考えを改めることは弱さではない」

なんと言い返そうか考える間もなく、ワルツは終わった。公爵はセリーナを元の席まで連れ戻し、待ちかまえていたカントリーダンスの相手に引き渡した。次のダンスのあいだ、セリーナの頭のなかは絶えずぐるぐると回転し、まるで収拾がつかなかった。おまけにステップを踏んで向きを変えても、つい公爵を目で探してしまう。

公爵はあっさり受け流した。「楽しかったかときいている」

「とても楽しゅうございました」セリーナはことさらに礼儀正しい口調で答えた。

「それはよかった」公爵が窓の外に顔を向けると、沈黙が流れた。なぜだか話をするより落ち着かず、妙な緊張感が漂っている。

これまでは警戒心や嫌悪感が強かったため、公爵と距離をおくようにしていた。実際、離れているほうが楽だったのに。どういうわけか、いまは彼の顔や体だけでなく、手や唇まで気になってしょうがない。一晩じゅう踊りづめだったうえ、シャンパンを飲みすぎて興奮しているのだろう。今夜のわたしは公爵の妻で、母親でも未亡人でもない。こんな夜の結末は、だいたい想像がつく。ほかの女性はどうするか知らないけれど。

でも、その結末を公爵とともに迎えるわけにはいかない。ありえない。

相手がグレンムーア公爵ではなく、似たような紳士であれば、なんの問題もなかったのに。ハンサムで背が高く、礼儀正しい殿方。よく笑い、女性の体を熟知した踊り方ができるうえ、快楽もあたえられる男性。

屋敷に戻ったあとも、公爵は舞踏会にいたときと同じ気配りを見せた。正面玄関で妻を先に通し、外套（がいとう）を脱ぐ際にも手を貸してくれた。そのせつな、彼の指が首筋をかすめた。

ふたりは二階に上がり、それぞれの寝室に分かれた。セリーナはメイドを呼び、寝る支度をしてベッドにもぐりこんだ。だがメイドが退出しても、ひとりになった気がしない。無施錠のドアの向こうで公爵が待っているのだから。

こんな思いを公爵に抱いてしまうのは、ひとえに体の反射でしかなく、抑えるすべもない。未亡人が男を忘れられず、本当の意味で身を慎むことなど不可能だと巷(ちまた)で言われるのは、このためだろうか。グレンムーア公爵と再婚した日の夜、鍵穴から裸をのぞいたけれど、娘時分にはそんな度胸もなかった。男性の裸を見ても、わけがわからず途方に暮れるばかりではないかしら。

もちろん、グレンムーア公爵は服を着ているときも眼福だと思う。彼が唇の端をつりあげるだけでも、どういうわけか心を奪われてしまう。サロンでの一幕のあと、公爵が自分の唇の効力を自覚し、ほくそえんでいるように思えてならない。

ただし、まったく違うことを考えている可能性もあるけれど。恍惚(こうこつ)となるまで愛を交わすというのは、わたしだけの妄想かもしれない。それなのに、公爵の手の幻ばかり頭に浮かんでくる。胸を愛撫(あいぶ)され、もみしだかれて息もできなくなる。からみついてきた長い脚にヒップを引きよせられたかと思うと、熱いこわばりで深々とつらぬかれてしまう。

セリーナは上体を起こし、ベッドカバーの下で神経質に両手をもみしぼった。目を閉じれば、自分のなかで彼自身がうごめく感覚さえ想像できる。やはり目は閉じておくほうがいい。過去と現在、そして未来まですべて意識から消(き)え失(う)せるだろう。おまけに、いましがた考えていた人物のことも忘れられる。硬くなったものでつらぬかれ、この身を捧(ささ)げるという妄想だけに集中しよう。

アボットのときは、そうしたのだから。手紙を読んだあとにベッドに入り、想像力を働かせる。一時しのぎとはいえ、それで十分だった。

ふたたび目を開けたセリーナは、すぐそばのコネクティングドアを見つめた。ただの夢で終わらせる必要はない。ドアを開けて踏みこむ勇気さえあれば、望みどおりになる。かゆいところを掻(か)くのと何も変わらない。しょせん公爵も男性だから、それ以外の意味はない。

　拒絶される心配もない。いつでも歓迎すると、はっきり言われた。彼のベッドに行き、この身を捧げるだけでいい。

　ブランケットをはねのけてベッドから出る。夜気に震えながらたたずんでいると、胸の先端が硬くとがってきた。まさか期待しているのだろうか。

　セリーナはドアに近づき、ハンドルに手をかけた。そして一瞬ためらったあと、ドアを開けて公爵の部屋に入った。

17

　公爵は裸でベッドに寝そべって本を読んでいた。たくましい胸を冷気にさらし、腰だけにシーツをかけている。公爵は本から顔を上げたものの、ふいに現れたセリーナに驚きもせず、怪訝（けげん）そうに見るばかりだった。無言のまま首をかしげ、ただ説明を待っている。

　弁解したいのに、頭が真っ白で何も言えない。彼の姿に言葉を失ってしまった。こうして間近で見ると、鍵穴からのぞいたときよりもずっと精悍（せいかん）な感じがする。上半身は筋肉質で、いかにも硬そうな胸板に触れたくなってしまう。まだシーツに隠れているところも、くっきりと……。

わたしったら本当にどうかしている。女性が寝室で積極的になるなんて、とんでもない。以前はこんなに恥知らずではなかったのに。それでも公爵は、わざわざ起きあがって女性をベッドに引き入れるようなまねはしない。有言実行をつらぬきたいだけという可能性もあるけれど。公爵に言われたとおり、わたしが自分できっかけを作らなければ何も始まらない。

セリーナは一歩前に出て部屋に入ると、ガウンを脱いで床に落とし、生まれたままの姿で足を踏みだした。

公爵は何も言わずに眉をひそめた。呼吸が荒くなるにつれて、みるみるうちに筋肉がこわばっていく。公爵は読んでいた本を静かに閉じると、かたわらに置いた。

わたしは何を待っているのかしら。〝よし〟の合図？　それとも邪険に追い払われたいの？　いずれの兆しもない。彼は次の展開をわたしに選ばせるつもりなのだ。そして、こちらの気持ちはもう固まっている。

ベッドに近づき、公爵の腰からシーツをはがす。そして、身じろぎもしない裸身を思う存分に堪能した。それでも今度ばかりは反応があった。公爵は見られることによって興奮している。欲望を隠しきれなくなったらしい。

セリーナは心を奮い立たせ、彼自身を握りしめた。ゆるゆると動かすうちに、こわばりが増していく。公爵が息を乱しながらベッドの上で体をひねり、手を伸ばしてきた。

セリーナは身を引いて、彼の手をかわした。まだ触れ合う覚悟ができていない。愛撫も抱擁もほしくない。求めてもいない行為に流されるのも厭わしい。もっと原始的で生命の根幹にかかわるものがほしい。すべてを解き放ちたい。

　セリーナは息をつくと、ふたたび身を乗りだして彼の手を押しのけた。

　公爵は頭の後ろで両手を組み、枕にもたれて下腹部を見下ろした。きゃしゃな手がそこを包み、そっとなでるたびに、歯のあいだから荒い息がもれてくる。それでも呼吸のリズムは慎重にコントロールしていた。自分の反応に気づきながらも、頑として認めたくないかのように。認めてしまえば手が止まるとでも思ったかのように。

　手のなかで息づくそれを見ただけで体が火照り、究極の行為への期待に濡(ぬ)れてしまう。セリーナはベッドに上がると、公爵の腰にまたがった。張りつめたものに自分の下腹部をこすりつけ、先端に光る雫(しずく)を全体になじませた。いったん膝立ちになって制止したあと、まっすぐに腰を沈めて自身をつらぬかせた。

「くそっ」グレンムーア公爵はひとつ悪態をついたきり、沈黙して目を閉じた。だがその隙に妻が消えてしまうのではと不安になったのか、おもむろに目を開けた。

　セリーナは釈明も謝罪も拒み、唇を引き結んだ。ましてやキスを求めて身を乗りだすわけがない。やさしさなんて望まない。こうして硬いもので下からつらぬかれ、快感の嵐に翻弄されたい。

　公爵は何を求められているか気づいたらしく、また手を伸ばしてきた。セリーナの腰をつかんで支えにすると、同じリズムで揺すりあげた。突き入れては引き抜き、ふたたび突き入れる。

　セリーナは息をのんだ。公爵の指が、がっちりと肌にくいこんでいる。

「これがきみの望みか」

　ささやく声とともに、たぎる熱でセリーナを突きあげた。

「激しくされるのが好きなのか？　むさぼられたい

のか？　きみがわたしをむさぼり、のみこんでいるように？」

一週間前であれば正直に白状するのも恐ろしく、すすり泣きながら押し倒されていただろう。でも、あのときはまだ夫の仇と再婚しておらず、異様なまでに荒々しい衝動と戦う必要もなかった。今夜のセリーナは目を閉じて唇をかみ、腰を振っては沈みこんでいる。そうして彼を奥底まで迎え入れ、満たされている。

「わかった」公爵は低くうなって腰を引き、さらに深々と刺しつらぬいた。

幾度となく繰り返される刺激に、セリーナは息をはずませ、意識をつなぎとめた。もはや理性など砕け散り、恐怖はおろか嫌悪も悲しみも吹き飛んだ。欲望の塊が降伏と解放を求めてねじこんでくる以外、自分の心音しか存在しない。

このひとときが少しでも長続きするよう、限界の手前で必死にこらえたけれど、そんな努力もシルクのごとく引き裂かれてしまった。セリーナは野獣さながらに息を荒くして、全身を駆けめぐるオーガズムの奔流におののいた。

そのとき、グレンムーア公爵も最後に深く自分自身を追いこむと、うめきながら達した。

熱情が引いていくなか、ふたりとも身じろぎひとつできずにいた。とはいえ、緊張がゆるむこともない。セリーナはなおも絶頂を求め、弓弦のように震えていた。何もかも期待どおりで数年ぶりに満足した。しかも自分さえその気になれば、もっとすばらしい体験ができるだろう。

それなのに公爵は、こちらの反応の薄さに幻滅したのか、ため息をついて寝返りを打った。背中を向けると、何ごともなかったように、ふたたび本を取りあげた。

彼にとっては、すべて日常茶飯事なのだろう。そして、わたしの欲求も満たされた。これ以上ここにとどまる理由があるの？

　こんなことで傷ついた顔など見せたくない。セリーナはベッドから出て自分の部屋に戻った。

18

　すばらしい朝だ。

　アレックスは正餐室のテーブルから顔を上げ、遠くのドアのそばに控える従僕に愛想よく笑いかけた。正直な話、すばらしい朝でもない。理想の朝であれば、まだベッドで妻の隣にいて、寝乱れて枕に広がるブロンドを見下ろしているところだ。腕に触れる髪がくすぐったいと思いながら妻を抱きよせ、いまなお愛し合っているに違いない。

　実際は愛のない結婚で、求婚も婚礼も形ばかりのものでしかなかったが。そもそもセリーナが再婚したのも、愛を期待してのことではない。かたや自分のほうも、不毛なセックスに苦悩して当然だろう。

求めていたのは体をつなぐだけの行為ではなく、かつて手紙のやりとりで感じたような魂の結びつきだったからだ。

　とはいえ、あんなにも大胆で素直なセックスをしておきながら苦悩するなど、贅沢としか言いようがない。経験豊富で分別もあるセリーナは、まさに女神だ。彼女はわたしを翻弄して限界まで追いこんだうえ、タイミングを合わせて絶頂にあえぎながら肉体の安らぎをあたえてくれた。

　恍惚として詩など口走るたぐいの男でなくても、熟睡したあと雄鶏さながらに元気よく目覚め、王である自分が女王を娶ったと声高らかに告げたくなるはずだ。

　肝心の女王が王を毛嫌いしているという些細な問題もあるが。昨夜はセリーナみずからコネクティングドアを開けて夫のベッドに入ったにもかかわらず、今朝はいつにも増して苦い顔でテーブルの向かい側に座っている。一時の気の迷いについて口にするのも恥ずかしいと悔やんでいるかのようだ。

「ホットチョコレートは？」アレックスはポットを取りあげながら、セリーナのカップに目をやった。

「いただきます」穏やかだが氷を思わせる声だ。

　アレックスは笑顔を作り、ポットを渡そうとした。ハンドルを持つ指が触れ合ったとたん、セリーナは火傷でも負ったように手をひっこめた。

　うっとりと頬を染めてほしかったのだが。まあいい、これもセリーナが何も感じていないどころか、夫を完全に意識している証拠だ。当人にとっては不本意だろうが。

　アレックスはうなずいてポットをセリーナの前に置いた。そして彼女が自分でカップに注ぐようすを見守った。

　気になるのは、セリーナが昨夜のあれをどう受けとったのかということだ。女性は男性と異なり、ほとんど性欲を感じないと聞いている。だが、セリーナは違うのだろう。昨夜、夫の部屋に来るほど情熱を燃やしていたのだ。

本人が話そうとしないかぎり、勝手な推測をしても無意味だが。せめて手紙を書いてくれれば、セリーナが舞踏会やその後のできごとをどう思っているか見当もつくのに。アボットにはなんでも素直に打ち明けていたし、理不尽な八つ当たりをすることもなかったからだ。

だが、わたしには？

アレックスは真正面にいる妻におはようのキスをしたかったが、あえて無造作に新聞を取りあげ、昨夜の舞踏会の記事を確認しようとページを次々とめくった。

だが社交欄を開いて目当ての記事を見つけたとたん、衝撃のあまり声をあげてしまった。

セリーナが怯えた鹿のように目をむいた。「何ごとですか？」

「なんでもない」アレックスは平静を装い、急いで新聞を閉じた。

「わたしのことでしょう？ 見せてください」セリーナが手を伸ばしてきた。

「だめだ」

止めても無駄だと、わかりきっているのに。あとでセリーナひとりになったときに読まれたら同じことだ。

アレックスは息をつくと、テーブルの向かいの妻に新聞を渡した。「くだらない記事だ。無視するほうがいい」

〝昨晩、F伯爵邸にて舞踏会が催された。その際、G公爵がカードでミスターB・Bに大金を奪われたため、見守る人々は衝撃を受けた。かつてミスターBは同様のゲームにより、G公爵の美しき新妻の元夫であるミスターOから屋敷を奪取した。あわれな公爵夫人にとって歴史は繰り返すのだろうか？〟

「負けないとおっしゃいませんでした？」セリーナが新聞から顔を上げ、問いただしてきた。

「いつも勝つとはかぎらない。それがギャンブルというものだ」

「そもそも、あなたがカードルームなんかに行くからいけないんです」

「きみは、わたしにつきまとわれるのも嫌だったのだろう？」アレックスは言い返した。「それに、悪い話ばかりでもない。記事によれば、きみは美しき新妻だそうだ。それは正真正銘の事実だ」

セリーナが不満げにうなった。

アレックスは肩をすくめた。

「負けたといっても、たいした金額ではない。一晩の遊興費を使い果たしたので、カードルームを出た。それだけだ。あの男から金を借りている者は多いが、わたしは違う」しばらく考えて、つけくわえる。

「わたしを借金まみれにして破産させるのが、バクスターのねらいだったらしいが」

「あの人はいまだに、わたしをねらっていますから」セリーナが身を震わせた。

「愚かな男だ。きみに近づいたら地獄に落とすと脅したのに」

「いつの話？　まさか、また新聞沙汰になるんじゃないでしょうね？」

アレックスはため息をついた。ことセリーナに関するかぎり、へまばかりしているようだ。

「結婚前だ。バクスターの家まで出向き、負けを認めて失せろと告げた」

「わたしはギャンブルの賞品じゃありません！」

「そんなつもりはない」言葉の選択を完全に誤った。「きみを守ろうとしただけだ」

「あなたと結婚すればすむという話でしたのに」セリーナが眉をひそめた。

「わたしもそう考えていたのだが。本当にバクスターを地獄に落とすしかなさそうだ」

「どうやって？」セリーナが目をすがめた。「決闘はやめてください。いくら血を流したところで、わたしを救うことにはなりません。あなたの傷ついたプライドは癒やせるでしょうけど」

「なんだ、わたしを心配してくれたのかと思ったのに」いささか腹立たしい。

セリーナが顔色ひとつ変えず、まともな策はないのかと言わんばかりに見すえてきた。

まともな策か。セリーナに近づくなとバクスターを脅せば十分だと思いこみ、なんの対策も講じなかった。それが最初の間違いだ。しかし、もう二度と失敗を繰り返すものか。

しばらく考えるうちに名案が浮かんだものの、すぐに却下した。セリーナが絶対に納得しないのは目に見えているからだ。しかし、その案がいつまでも頭から離れなかった。セリーナに納得してもらうためにも、まず説明しなければ始まらないだろう。

アレックスは人好きのする笑顔を作った。「結婚式を挙げた日に、舞踏会を開こうと提案したことを覚えているか？　舞踏会のかわりにカードパーティーはどうだろうか」

「無理です」そう言うなり、セリーナは席を立とうとした。

「われわれがバクスターや新聞を不安視していないと示すうえで絶好の機会だ」

「わたしは不安です」セリーナの怒りの仮面が割れて本物の表情があらわになった。血の気の失せた顔、大きく見開いたグレーの瞳。わなわなと唇が震え、いまにも泣きだしそうだ。

アレックスはセリーナの手を握りしめた。「きみの元夫のように熱くならないと約束する。賭け金は低く抑える。めちゃくちゃな賭け方をする客は排除しよう」

「ジョンも似たような約束をしました」セリーナがうさんくさそうな目で見すえてきた。

「わたしは違う」アレックスは穏やかに言った。

「カードがらみのトラブルは一度もない」

「ジョンと勝負した夜までは、の間違いじゃありません？」

アレックスはため息をついた。「きみの元夫に破滅をもたらしたのは、わたしだけではない。きみはわたしに責任をなすりつけたいようだが。オギルヴィーはすでに耐えがたいほどの重荷を背負っていて、わたしとの勝負で限界を超えたのだ。彼に引導を渡した者が別の人間だった可能性は十分ある」

「あなたのカードパーティーで、ほかの人を破滅させてしまう可能性だってあるでしょう」セリーナがふたたび眉根を寄せた。

「バクスターに話を戻そう。あの男はカードの悪魔で、何か裏がある。それを突きとめたい。そのためには、わたしの屋敷で、わたしのルールのもとで勝負しなくてはならない」

「正気とは思えません。どこかで聞いたような話だし」セリーナが頭を振った。「一回だけの約束が百回になり、ついには全財産を奪われるまで止まらないんだわ」

「一晩でいい」アレックスは約束した。「負けても絶対に繰り返さない」

セリーナは迷っている。夫を信じたいかのように。そこに希望がある。

「わたしを信じてくれ。このとおりだ」アレックスは真剣に訴えた。

その言葉は今日いちばんの間違いだった。セリーナがふたたび背筋を伸ばし、ほほえみながら首を横に振った。「どの口が言っているのかしら」

昨夜、究極の信頼にもとづく行為に及んだのに。だが、そう言ったところでなんの役にも立たない。よけいに心を閉ざされるだけだろう。

アレックスは、ただ肩をすくめた。「約束は守る。一晩だけでいい。絶対に勝つから。日程が決まったら教えてくれ」

セリーナはテーブルに両手の拳を突き、憤然と立ちあがった。「かしこまりました、グレンムーア公爵。あなたの破滅を止められないのは目に見えているわ。ジョンの二の舞になっても、わたしが嘆き悲しむなんて思わないでちょうだい」

セリーナは正餐室を飛びだした。夫の荒唐無稽な話など聞きたくもない。今度こそカードに夫を奪われずにすむと、ささやかな希望を抱いていたのに。前の結婚生活は夫との死別よりもずっと前に終わっていた。ジョンがギャンブルにのめりこんだせいで、夫婦のあいだにあったものはすべて断たれた。

二度めの結婚も同じ道をたどろうとしている。公爵の決闘なんて人聞きが悪すぎるけれど、バクスターを撃ち殺してくれるなら大目に見てもいいかもしれない。

もちろん、すべてを許すつもりはない。もとよりベッドをともにしたのも想定外で、その後ここまで引きずるとは思っていなかった。とにかく解放されたかっただけなのに。

わたしは求めていたものを手に入れて、自分のベッドに戻った。そして夢を見た。愛をささやかれ、たくましい腕に抱きしめられる夢。髪への口づけ。鮮烈なときめき。おぼろに見えた肌。サンダルウッドの香り。目覚めたときには満ち足りていたうえ、愛されているとも感じた。だからこそ恐ろしく、ぞっとした。

とはいえ、カードパーティーのほうが、はるかに恐ろしい。まさに常軌を逸している。

自分の部屋に戻ってドアを閉めかけたとき、学習室からエドワードの声が聞こえてきた。家庭教師のミス・ゲイツと一緒にラテン語の動詞を暗唱しているらしい。いつもと何も変わらない声を聞くと落ち着く。不安は自分の心のなかだけにとどめておこう。学習室にいるエドワードには、決して気取られてはならない。

セリーナは廊下に出て学習室に向かうと、開け放しのドアの前に立って癒やされながら、ミス・ゲイツと満足顔で笑み交わした。

息子は母親に気づいて暗唱をやめた。

「お母さん」エドワードはそう呼びかけながら駆けよってくるなり、両手を伸ばしてきた。

セリーナは息子をきつく抱きしめた。

「すごいわ！　よく覚えたわね。勉強は楽しい？」

笑顔でうなずいたエドワードは、おずおずと家庭教師に視線を向け、母とふたりで話をさせてほしいと礼儀正しく頼んだ。

ミス・ゲイツも軽くうなずいて学習室から出ていった。ふたりきりになると、セリーナは机の前の椅子に座り、何か言いたそうなエドワードに手招きをした。

「お母さん」エドワードが重い口を開いた。「ぼくはここが好きなんだけど、それって悪いこと？」

「ちっとも悪くないわ」その程度の悩みしかなくてよかった。

「でも、お母さんは好きじゃないみたいだし」エドワードが眉を寄せ、母の顔色をうかがうように見つめてきた。

「どうしてそう思ったの？」

「さっき公爵とけんかしてたよね？」

正餐室の話し声が二階まで聞こえていたなんて。

まさか何週間ものあいだ、母親のきつい物言いを息子の耳に入れてしまったの？

恥じ入るしかない。

「ここになじんできて、言いたいことが言えるようになっただけよ。本気のけんかじゃないわ」いささか苦しい弁解だと自分でも思うけれど。「もう少しすれば落ち着くわ」

「ぼくも前の家よりこっちのほうが好きになった」エドワードが笑った。

「ここに引っ越してきたとき、お母さんが言ったとおりでしょう？」

「それに、お父さんより公爵のほうが好きになったのも悪いこと？」

この問いは予想外だったし、なんと答えたらいいのか見当もつかない。セリーナは絶句したまま、息子の話に耳を傾けた。

「お父さんのことはよく覚えてないんだ。ずっと前に死んじゃったから」

「一年前よ」そう釘を刺したものの、子供にとっての一年は永遠にも等しいだろう。

「死ぬ前だって、ほとんど会ってないもん。お父さんは、ぼくなんか好きじゃなかったと思う」

「大好きだったわよ」セリーナは思わず言いつくろった。親ならば自分の行動に気をつけて、子供に手本を示さなくてはいけない。「あなたが生まれたとき、お父さんは大喜びしていたもの」

嘘ではない。セリーナは夫の言葉を思いだした。

〝女じゃなくて助かった〟

大喜びは、少し言いすぎだったかしら。でも、ジョンはもうこの世にいない。生前の言動や考え方のすべてを妻と子の記憶に刻んでおく必要もない。セリーナはエドワードを元気づけるためにほほえんだ。ジョンが子供をひとりしか望まず、家族の団欒に無関心だったことも考えないようにした。実際、ジョンにとってカード以上に魅力的なものはなかった。

セリーナはやっとの思いで言った。「お父さんは悩みをかかえていたの。そのせいで、あまり家族と一緒にいられなかったのよ」

エドワードが大人びた表情でうなずいた。「公爵は悩みなんかなさそうだよね」

「そうね」あるわけがない。ほとんどの賭けに勝つのだから。負けてもジョンと同じように、次こそ勝つと執念を燃やしている。妻子まで狂乱に巻きこまずにすむほど余裕があることを祈るしかない。

エドワードが頬を緩めた。「よかった。グレンムーア公爵までお父さんみたいにいなくなったら嫌だもん」

「大丈夫よ」セリーナは息子を安心させようと、無理に笑顔を作った。「もう家族だもの」

本当にそうかしら?

昨夜あんなことがあったにもかかわらず、生前のジョンと同じ程度には夫らしく取りつくろっていた。そのうえ実の父親よりもずっと義理の息子を大事にしていると思う。

エドワードは安心したらしく、ミス・ゲイツを呼び戻して机に向かった。

セリーナは年若い家庭教師に礼を言い、学習室を出た。いまだに頭が混乱しているけれど。息子にとっては、いまの生活が理想的だと思わない？ エドワードの幸せと成長を目の当たりにすることが、いちばんの喜びじゃないの？

もちろん、そのとおりだ。もっとも、エドワードが新しい生活にこれほど早く、あっさりなじむとは思わなかった。一方わたしは、公爵の顔を見るたび感情が不安定になり、足元さえ危うくなってしまう。結婚式当日のまま夫を毛嫌いしていられれば、苦労せずにすんだのに。昨夜の感情はまるで別ものだった。一夜明けると、公爵はふたたび冷淡でよそよそしくなったけれど、エドワードと話をしたいま、どう考えたらいいのか全然わからない。

セリーナは自室に戻り、ドアを閉めた。ひとりになってほっとする反面、いらいらしてしまう。そのとき窓ぎわのライティング・テーブルが目にとまり、セリーナは近づいた。引き出しをかきまわして紙とペンを探し、座って手紙を書き始めた。

親愛なるアボット――

存在しない人物に手紙を書くなんてどうかしていると思いつつ、セリーナは頭を振った。とはいえ、この数週間のできごとが混乱と怒りと恐怖も一緒に、とめどなくあふれてきて快感さえ覚えた。

自分自身に手紙を書くのと何も変わらないことくらい十分わかっています。それでも書かずにはいられません、いとしいあなた。

あなたが恋しい。
あなたが必要です。
どうすればいいか教えてください。

変わらぬ愛をこめて、セリーナ

紙を折って宛名を書き、蝋（ろう）で封じると、セリーナは唇を押しあててライティング・テーブルに放りだした。

19

朝食後、アレックスは書斎に向かったが、いつセリーナが二階から下りてきても足音が聞こえるよう、ドアを開けたままにしておいた。ひとことだけでも謝罪したい。昨夜のカードゲームでバクスターに負けたことをセリーナに打ち明けず、些末(さまつ)な問題だと黙っていたのはまずかった。

以前ジョン・オギルヴィーとのゲームで勝ったときも日常茶飯事かと思いきや、スキャンダルになってしまった。そしてセリーナは、でっちあげの記事を頭から信じた。

アレックスは苦笑した。次回のバクスターとの対決が新聞沙汰になり、セリーナの目にとまるとしても、結果はまったく違うものとなるだろう。しかし、まずはセリーナを説得し、後生だからカードパーティーを許可してくれと頼みこむ必要がある。それ以前に、怒りを鎮めて二階から下りてもらわなくては何も始まらないのだが。夫の顔など見たくもないと、一日じゅう自室に閉じこもりそうな雲行きだ。

日が暮れてもセリーナは機嫌を損ねたままで、夕食も自室に運ばせた。それでも今夜は公爵夫妻として音楽会に招待されている。七時ぴったりに二階から下りてきたセリーナを見て、アレックスは胸をなでおろした。いまの装いは白とゴールドの夜会服で、前に贈ったエメラルドの髪飾りもよく似合う。

アレックスは妻を馬車に乗せると、その手に口づけをした。

「いつもながら美しい」

セリーナが無表情のまま目をしばたたいたが、ほんのりと頬を染めている。

「ありがとうございます」

アレックスは言い添えた。「今朝は気分を悪くさせて申しわけなかった」

一瞬、セリーナの指に力がこもった。驚きを隠しきれないようだ。喜んでくれたのだと思いたい。

「はした金を失っただけなので、きみの耳に入れるまでもないと思っていた。とはいえ、新聞を通じて伝える話ではなかった。わたしの口から、きちんと説明するべきだった」

「もういいわ」セリーナがおざなりに謝罪を受け入れた。内心は少しも許していないようだが、人前で蒸し返されて、また噂になるよりましだ。

アレックスは笑顔を作った。「カードパーティーのことだが――」

「いまその話はしたくないの」

沈黙のなか、馬車は走り続けた。

ダンフォース公爵邸に着くと、ふたりは音楽室に案内され、隙間なく置かれた椅子に並んで座った。可もなく不可もないソプラノ歌手が失恋の曲を歌いだした。

ふだんのアレックスは辛気くさい曲を好まず、こういう音楽を聴くのは苦行に近い。だが結婚して心境の変化があったのか、今夜は悲恋の歌が心にしみる。そしていつの間にか、恋人たちが結ばれることを願っていた。

あるいは妻の腕に触れて情熱を思いだしたのかもしれない。隣同士の席なので、長手袋の上の素肌がこちらの夜会服の袖をかすめている。女らしい体が曲に合わせて揺れながら、寄りかかってきたのは気のせいか、それとも意図してのことか。セリーナは目を閉じて聴き入っている。

曲が終わり、顔を上げたセリーナは、互いの距離が近いことに驚いて姿勢を正した。しかし横並びの席なので体を離す余地もなく、反対隣の紳士にぶつかった。セリーナは観念したのか、気まずそうに肩をすくめると、ふたたび体を傾けてきた。

アレックスは平然と笑い返した。セリーナとしては不本意だろうが、夫を受け入れる気になってきたらしく、一緒にいても以前ほど苦にならないようだ。少しずつ生長していく植物を見守るのは、こういう気分なのか。辛抱づよく待てば、やがて花が咲く。

セリーナの元夫との一件も、アボットが犯した最大の過ちも、いつの日か水に流してもらえるだろう。かねてからの理想と寸分たがわぬ結婚生活が、ついに始まるのだ。まあ、今日のところは恋人同士のように並んで座れるだけでいい。

さらに一時間半が過ぎ、音楽会が終了した。アレックスはセリーナを馬車に乗せると、無言で帰路についた。

屋敷に戻れば、あとは寝るしかない。セリーナはエドワードのようすを見てからメイドのモリーを呼んだ。モリーが髪にブラシをかけて三つ編みにするあいだ、セリーナはずっと黙りこんでいた。いまもなお、この数週間のめまぐるしい変化に面食らっていたのだ。公爵と再婚しなければ、今夜の音楽会に招待されることもなかっただろう。豪邸に集う人々は優雅で、軽食もエレガントだった。甘くせつない歌曲も、いまの気分にぴったり合っている。

謎だらけのアボットと再婚する想像は、まるで違うものだった。正直に言えば、どの想像も夫婦の寝室に入る手前でぼやけてしまうけれど。明かりが消えたあとは言葉も必要なく、お互いを完全に理解できた。しかし現実では、夫が何を考えているか少しもわからず、気まずい沈黙が流れるばかりだ。

かつて夢見た結婚生活はアボットとふたりきりの

世界で、他人の顔色をうかがうこともなかったのに。いまは上等な装いで必死に魅力を振りまいても、粗探しをされたあげく翌日の新聞で叩かれてしまう。あの夢が恋しい。

今朝、セリーナはアボット宛ての手紙を書いたあと、装身具ケースに納めていた手紙をすべて出した。リボンでまとめた束から適当に一通抜きだし、目にとまったところを読んだ。

エドワードのことなら何も心配いりません。父親の死から立ち直るはずです。わたしの母は、あなたのように愛情深い女性ではありませんでした。それでもこのとおり、わたしは死なずにすんでいます。

よく言うわね。死なずにすんでいるどころか、公爵になったくせに。エドワードと似たところなんて、ひとつもないのに。

手紙の続きによれば、アボットは馬を所有せず、歩くことを好んだという。ありきたりな日常の話だけれど、あらためて読むと不自然な点が多い。公爵であれば、まず書きそうにない話でしょう。実際、領地の厩舎で乗馬用の馬や馬車を引くための馬を何頭も飼っているはずだから。

やはり嘘だらけの手紙なのだろう。そうだとしても、現実の話なんて読みたくもない。馬上から他人を見下ろす貴族より、同じ目線で語り合える人のほうが好きだもの。

午後じゅう、セリーナは一年分の手紙を読みふけった。流麗な文字を見ると、いまだに胸がときめく。それが自分の名前であれば、なおのこと。その大半がミセス・オギルヴィーで、セリーナと書いたものは少ないけれど、深読みして眠れなくなることも珍しくなかった。

一連の手紙を読むかぎり、アボットはわたしを完全に理解していた。それなのに、いざ結婚してみれば見知らぬ他人も同然だった。たぶん気の向くままセリーナと書いただけで、深い意味はなかったのだろう。

セリーナはメイドの手を借りてガウンに着替えた。昨夜、隣の寝室の床に落としたままだったガウンで、今朝になって公爵の従者が届けてきた。どんな顔をすればいいか自分でもわからない。夫とベッドをともにしたからといって非難される筋合いもないけれど、いまは何をしても世間の注目をあびそうな気がする。

セリーナはベッドに横たわって目を閉じて、ため息をついた。そして目を開けると、隣の部屋につながるドアを見た。何もなかったことにするのは不可能だし、彼と一緒にいたときの感情も否定できない。それは言葉にならない情念で、まめに手紙を書いてくれた彼のほうも同じ気持ちだったと思う。また彼のベッドを訪ねても拒絶されることはないだろう。気に入らなければ、昨夜のうちに何か言ってきたはずだから。

セリーナはしばらく逡巡（しゅんじゅん）したあと、起きあがってガウンを脱ぎ、ベッドに置いた。そしてドアを開け、隣の部屋に足を踏み入れた。

公爵は昨日と同じように裸でベッドに入っていた。もっとも今日は、ドアに近づく足音が聞こえたのか、すでに本を脇に置き、こちらを見つめていた。目が合うと、彼は並んで寝られるように体をずらし、シーツをめくった。早くも下腹部が存在を主張しているのは、生々しい予感に興奮がつのってきたせいだろうか。

セリーナはベッドに入って夫にまたがったものの、その体勢は一瞬しか続かなかった。足首をつかまれて転がされ、たちどころに組み敷かれたのだ。

しばらくのあいだ、セリーナは衝撃のあまり硬直して息もできなかった。夫はベッドに両肘をついて上体を浮かせ、セリーナの目をのぞきこみながら心得顔でほほえんだ。そのとたん、期待のうずきがセリーナの全身に走った。そして次の瞬間、思いがけなく唇が降りてきて重なった。

それはサロンで交わした口づけに劣らず危険きわまりないもので、頭が真っ白になった。唇が触れ合うやいなや理性が吹き飛び、公爵に対する抵抗感も消え失せた。彼を迎え入れるため唇をわずかに開いたせつな、熱い舌がもぐりこんできた。こちらの舌をからめとり、誘うように動いている。

こんなはずじゃなかった。昨夜、公爵とは距離を置こうと肝に銘じたのに。昼間ずっとアボットの手紙を読み、夜の音楽会で愛の歌曲を聴いた結果、抵抗できなくなって陥落した。

セリーナは目をつぶり、体の奥で荒れ狂う快感に意識を集中させた。この嵐をもたらした正体不明の男性のことなど考えてはいけない。

ほら、このほうが楽でしょう。胸の先端を探りあてられて意識が舞いあがる一方、快感の波が何度も押しよせてきた。これまで許されなかった自由をほしいままにする。

なぜ昨夜はこの快感をみずから否定したのかしら。自分以外の指に触れられるのは久しぶりだし、まるで違う。なじみがなく刺激的で、男性特有という感じがする。強引なのに、どこかやさしい。いずれも日常的な手紙に秘められた意味を探りつつ、想像したことばかりだった。わたしの身も心も知り尽くした男性がひたすら切望をつのらせ、ついに結ばれる瞬間にそなえていたのだ。

繰り返されるキスに、セリーナも応えた。舌をさし入れ、彼の唇を甘くかむと、満足げな低い笑い声に報われた。昨夜この人に触れたのは、ただ欲望をかきたてるためだったのに。いまや夫の全身をなでさすり、たくましい胸と腕を探っては、筋肉の硬さに息をのんでいる。そのうえ彼に寄り添うだけで、自分の体から力が抜けていくのも意外だった。とろけた脚を彼のために広げ、あたえられるものをすべて受けとめたいと熱く望んでしまう。

公爵は両手でセリーナの脇をなでおろし、ヒップをしっかりつかむと、硬くなったものをこすりつけた。一度、二度、三度。どうやら快楽を求めているのは彼も同じらしい。

いっぱいに満たされる感覚がよみがえり、心ならずも熱い吐息がもれた。男らしい喉元に唇を押しつけ、首筋にやんわりと歯を立てる。顔をうずめ、石鹸とスパイスの芳香を思いきり吸いこんだ。エキゾチックで、うっとりするような香りだった。

公爵は体を密着させたまま下へとすべっていき、クリーム色の肌にキスの軌跡を残した。バラの花びらが降りそそぎ、ベルベットさながらに柔らかく触れるように。

そのとたん、セリーナは恐怖に近い驚きを感じた。前の夫との行為はあっという間に終わり、しかも一方的だった。唇と舌の愛撫で絶頂を迎えた経験など一度もない。

想像もしなかったといえば嘘になるけれど。かつてはベッドに手紙を持ちこんで、そこに書かれていないことまで想像した。アボットに抱かれたつもりになって、紙で肌をまさぐったことさえある。自分をなぐさめる方法は熟知していたので、アボットを思い浮かべながら絶頂を迎えた。実際にアボットと出会えたならば、指で愛撫されたあと、すべてを捧げてしまうかもしれない……そんな想像力も働かせた。

いくつものキス。数えきれないほど降りそそぐキス。胸に、おなかに、そして……ああ、腿のあいだに。

既婚女性たちの世間話で、こういう行為についてささやき合っているのを耳にしたことはある。でも自分で体験するとは思いもしなかったし、遠まわしに言うのも気が引けた。

とはいえ、これは現実で、まさにいま自分の身に起きている。彼はわたしの両脚を大きく広げ、腿の内側に頰を寄せたあと、最も敏感なところに顔を近づけてきた。柔らかな吐息に続いて硬い唇がその一点にたどりついたかと思うと、舌が軽快に跳ねまわった。

ああ、死んでしまう。間違いない。こんなにも強烈な快感にさらされたあげく、ただベッドから降りて出ていくなんて絶対に無理。気が遠くなってしまいそう。

あの手紙に望んだものが全部ここにある。アボットがくれた手紙は冗談めかしていたけれど、やさしかった。そしていつも言葉足らずで、少し物足りない感じがした。

もっとほしいと思っていた。それがいまや、何もかも思うがままで、かつてないほど満たされている。彼はわたしを賛美し、むさぼり、誰にもできないやり方で愛している。

セリーナは酔いしれながら、渦巻ばねのごとく身をよじり、あえぎ、うめいた。ついに張りつめたものが切れて彼の名を呼んだ。

「アボット！」

夫は悪態をつきながら身を引くと、凍りついて震えるセリーナに命じた。「目を開けろ」

セリーナは目を閉じている自覚もなかった。なおも腿の震えを感じながら、はっと目を開けたとたん困惑した。のしかかる格好で見下ろしてきた暗い瞳には、情熱と怒りの炎が燃えていた。セリーナはたちどころに現実を思いだし、顔をそむけた。

彼はセリーナの顎に指をかけて上向かせると、ふたたび視線を合わせた。

セリーナは思わず目をそらした。

「わたしはアレックスだ」

彼に腿をつかまれた瞬間、オーガズムの名残の震えが走った。

ふたたび熱いこわばりで刺しつらぬかれ、期待どおりの快感がはじけた。それは昨夜と同じように想像を絶するものだった。

「わたしの名前を呼べ」夫がゆっくりと腰を沈め、内壁をえぐった。その動きのみならず、声までも厳しく抑えこんでいる。

セリーナは興奮と恐怖のあまり言葉を失い、こみあげる感情にとまどうばかりだった。彼を拒否しながらも求めてしまう。欲望を抱いてはいけないと、わかっているのに。

「わたしの名前を呼べ」かすれた声が苦しげに繰り返した。

「アレックス」セリーナはささやき、目をそむけようとした。

「もう一度」

どういうわけか、内奥がふたたび収縮している。たぎる熱で徐々にこすられるうちに、唇と舌の愛撫にも劣らぬ嵐が体じゅうで荒れ狂った。

セリーナは彼の唇を見つめた。ろくにキスもしていないのに、秘密のところまで探られた刺激がよみがえってきた。やがて情熱のうずきが生まれ、全身に走った。

「もう一度」

ますます余裕のない声だった。激しい動きのせいで息が荒い。

「アレックス」あえぎながら声をしぼりだす。そのとき、またしても勢いよく突きあげられた。「アレックス」

それは誰？　いったい何者なの？　なおも得体の知れない人と抱き合い、やみくもに突き進んでいる。もはや止めるすべもなく、命じられたとおりに何か叫びながら、あの感覚をひたすら求めては、すがりつく。

「アレックス」

つらぬいてきた質量が最後の刺激とともに爆発した。セリーナも追いあげられて、いっきに限界を超えた。

しばしの静寂のあと、夫が寝返りを打ちながら離れ、仰向けになった。

彼を見るのも恐ろしいのに、目をそらすこともできない。認めたくはないけれど美しい。

アレックスは手を上げて目を覆い、こちらを見ようともせずに言った。「もう部屋に戻っていい」

それは許可ではなく、命令だった。あまりにも静かに言われたため、それが苦痛をもたらしたことさえ、すぐには認識できずにいた。この期に及んで傷つくなんて、意外としか言いようがない。セリーナは起きあがり、ふらつく足でドアを抜けると、自分ひとりのベッドに戻った。

セリーナは、わたしに抱かれていたわけではなかった。

アレックスは手で顔を拭った。これまでの数分間、いや、一年間を拭い去るかのように。もう一度やり直せたならば、違う結果になったかもしれない。それとも最初から出会っていないほうがよかったのか。

ともあれ、創造主である自分よりもずっと魅力的な架空の人物から解放されたいのは事実だ。

なんと理不尽な話だろう。わたしは公爵で、しかも裕福だ。教養もある。おまけに外見も人並み以上と噂されるほどだ。世の女性にとっては、それで十分ではないのか。だが肝心のセリーナは、わたしが別人だと思いこまなければ抱かれることすらできなかった。

ありえない。いましがた、ふたりで至高の喜びを分かち合ったはずなのに。少なくとも自分はそう思いこんでいた。だがセリーナのほうは、ほかの男のことを考えていたとは。

その男は、わたしのもうひとりの人格でしかなかった。それこそが何よりも残酷な皮肉だ。わたしが自分の手で生みだしたライバルは、セリーナの空想のなかで大きく成長した。この身を縛る現実の愚かなルールには決して縛られない男、それがアボットなのだ。

アボットはセリーナを傷つけない。ギャンブルとも無縁だ。何も要求せず、セリーナの評判を泥沼に引きずりこむようなまねもしない。あたえるばかりで見返りなど求めない。完璧な男だ。とうてい太刀打ちできない。

どう足掻いたところで無駄だ。これから先、寝室のドアが開くことはなく、施錠されたままだろう。セリーナが架空の恋人に見切りをつけ、わたしを求めるようになれば別だが。夫婦としては最初から破綻している以上、一緒にいてもしかたがない。

20

眠れぬ夜が明け、セリーナが正餐室に入ると、夫はいつもの場所に座り、何ごともなかったように朝の郵便物に目を通していた。昨日の朝とは大違いで、秘密めかした微笑は浮かんでいない。もっとも、昨日はセリーナ自身も彼の表情に心を動かされたりしなかったけれど。

いまとなっては、あの笑顔が恋しい。でも、どうすればいいの？　アレックスは昨夜の謝罪を求めているのかしら。あれは失言だったとはいえ、弁解の余地もない。だいいち、あんなことは二度とないのだから。ついに彼のものとなったからには、あの最中にほかの男性の名前を呼ぶどころか、目を閉じることさえ不可能だろう。

それにしても〝アボット〟と口走るなんて。アボットは公爵の偽名であり、本人だった。

それでいて、公爵ではなかった。

チョコレートポットに伸ばす手が震えた。ひどく混乱している。夜通し思い悩んだにもかかわらず、朝いちばんに対処する準備もできていなかった。それでも何か言わなくてはならない。沈黙には慣れてきたはずなのに、なんだか急に重苦しくなった。もう耐えられない。

「あなたは馬を飼っているの？」

セリーナは、はっと息をのんだ。こんなことを言うつもりではなかったのに。

「なんだって？」彼にとっても思いがけない問いだったらしい。

セリーナは咳払いをした。「馬を飼っているかどうかきいたのよ」

「いや」アレックスが正気を疑うような目を向けてきた。

「でも馬車はお持ちでしょう？　領地の屋敷には厩舎もあるんじゃないの？」セリーナは重ねてきいた。どうにも止まらない。

「わたしが公爵位を継いだときには、すでに何頭かいた。狩猟用と馬術用、あとは馬車や荷車を引く馬だ」夫が肩をすくめた。「正確な数は知らない。おそらく必要以上の数だ。しかし、わたしの馬という気はしない。名前も知らなければ、氷砂糖を食べさせて甘やかしたこともない。ばかで大きな子供じゃあるまいし。馬を所有しているのは事実だが、好きなわけではない」

「そう」馬車に乗るより歩くほうが好きだと手紙にあったのは、そういうことなのね。自分の好みを素直に書いたと言えなくもない。

「ほかに質問は？」

たくさんある。しかし彼の口調は、軽薄な質問に答える気などないと言わんばかりだった。そこでセリーナは首を横に振り、ふたたびチョコレートのカップを口に運んだ。

アレックスも、しばらく黙りこんでいた。もう一杯コーヒーを飲み、マフィンにバターを塗り、別の手紙を開いてから、顔も上げずに言った。「カード　パーティーの準備で、ききたいことはあるか？　日程は決まったか？」

昨日の依頼を忘れてなどいない。ベッドであんなことになったから、パーティー自体が取りやめになるかと期待しただけ。

セリーナは唇を湿らせて答えた。「いまのところ何もないわ」

「盛大なパーティーにする必要はない。招待客も十組くらいでいい」

カードに対する嫌悪感は、その百倍ではきかないけれど。

「規模の問題じゃないわ」セリーナはとげとげしく言い返した。「あなたがわたしの夫と出会ったパーティーは、どのくらい盛大だったの？」

その話はすんでいるはずだという顔で、アレックスが見すえてきた。

「あれはパーティーではなく、いかがわしい賭博場でもない。わたしがそんな場所に入りびたっているとでも思うのか。あの晩は〈ホワイツ〉にいた。会員制クラブなのに、オギルヴィーがどうやって入りこんだのか見当もつかない。誰かのゲストとして入ったのだろうが。あのゲームのあと、彼は誰にも見送られず、ひとりで帰っていった。彼を最後のゲームに誘いこんだ人物は、わたしに大負けするところを何食わぬ顔で眺めていたはずだ。してやったりと思いながらね」

「なんてこと」セリーナはつぶやいた。まるで想定外の話だった。

「それに、オギルヴィーはきみの夫ではない」アレックスが釘を刺した。「最初の夫だ。死んだ元夫でもいいが」

「そんなつもりじゃ……」セリーナは言い返そうとしたが、恥じ入って口をつぐんだ。

「どんなつもりだか」苦々しく吐き捨てたアレックスが目をそらし、手元の皿に視線を戻した。「紳士の社交場で借金を踏み倒す者などいないから、わたしはなんの疑いも抱かなかった。そもそも破産するほどの高額な賭けもしない。ただの遊びで、記憶に残るゲームでもなかった」

それにしては細かいところまで覚えているようだけど。あの夜を忘れられないのは、彼のほうも同じらしい。

「もっと早く話してくださればよかったのに」セリーナは悄然とぼやいた。

「そうだな」アレックスは顔も上げずに言った。

「だが、きみは初対面のときから反抗的で聞く耳を持たず、わたしが何を言っても悪い意味にとった。そのうえ、いまだにアボットへの未練を引きずっている」

彼の口調は苦しげだった。とはいえ、いまさら驚くことでもないでしょう？　もともと嫌がらせのつもりで結婚したんじゃなかった？　それでも急に、ばかなまねをしたと思えてきた。彼だけでなく自分まで傷ついたのだから。

彼は皿を脇に押しやって席を立ち、こちらを見下ろしてきた。

「きみがわたしを毛嫌いしようと、もはやどうでもいい。カードパーティーを最後に、わたしはロンドンを離れる。あとは、きみひとりで社交シーズンを楽しむといい」

そう言い残し、彼は正餐室を後にした。やがて正面玄関から出ていく音が聞こえた。

セリーナは無言のまま呆然(ぼうぜん)としていた。これからどうすればいいのだろう。昨日は本物の夫婦のようにベッドをともにしたにもかかわらず、一夜にして夫に距離をおかれてしまった。それどころか、逃げられそうになっている。結婚式の当日であれば喜んでいたはずなのに、いまはどう受けとめるべきか自分でもわからない。

朝食を終えたセリーナは住所録を持ってモーニング・ルームにこもり、夫の指示どおりに招待客リストを作成した。そしてカレンダーをめくり、いまから一週間後にパーティーの日程を決めると、招待状を書き始めた。

何も考えず、機械のように文字を書き続ける作業は落ち着く。しかし最後の一通――バクスター宛ての招待状で平常心を保てなくなった。セリーナは必死に手を動かして一応の体裁を整えると、手早く閉じてから、ほかの招待状のあいだに突っこんだ。これでバクスターの毒が少しでも中和されるといいけれど。

招待状を書き終えたので、セリーナは自室に戻ってドアを閉め、ライティング・テーブルに向かった。そしてアボットの手紙の束を出し、いまの状況を理解する手がかりがないかと読み直した。

ふだんなら心なごむ文章がすぐ見つかるのに。いまは、愛と友情がどれほど強くても結婚できないという苦言ばかり目につく。一緒になるのは不可能だと、アボットは何度も書いていた。その言葉に間違いはなかったらしい。

セリーナは手紙を元どおりに重ねてリボンを結び直した。そのとき、昨日書いた手紙がないことに気づいた。もう一度、今度はもっと真剣に書類のあいだを捜したものの、やはり見つからない。

セリーナは衣類棚の整理をしていたメイドに尋ねた。「テーブルの上にあった手紙を知らない？」

モリーが目をぱちくりとさせ、悪びれもせずに答えた。「もう出しました」

「なんですって？」

もっとも、メイドを責めるのは間違いだという自覚はある。アボットが存在しないと知りつつ手紙を書いたのだから。

セリーナは気まずい思いで頭を振り、小声でつけくわえた。「まだ途中だったのに」

「封印ずみでしたけど」年若いメイドが言い返してきた。

「いま書き間違いに気づいたのよ」セリーナは取りつくろった。「取り戻せないかしら」

モリーが玄関広間に急いだものの、戻ってきて首を横に振った。「間に合いませんでした」

セリーナは深呼吸で気持ちを落ち着かせた。最悪の事態を考えてみる。郵便局留めの手紙だから、誰にも引きとられないまま放置されるだけでしょう。それに、アレックスが手紙を引きとりに行く理由もない。万が一ここに届いても、彼の手に渡らなければ大丈夫よ。郵便物が届く頃合いを見て、こちらで先に手紙を回収すればいい。最悪なのは、実在しない男性の夢をいまだに見てしまうことだもの。

　アレックスはクラブで新聞を読むふりを続け、ほかの紳士との会話を避けた。ここに来るより、ジェントルマン・ジャクソンの拳闘クラブに行ってスパーリングをするほうがよかった。なんでもいいから殴りたい気分だ。

　いや、殴られたい気分と言うべきか。強烈なジャブを頭に何発か食らえば霧が晴れ、おめおめと妻から逃げずにすむ道も見えてくるだろう。それに、居心地の悪い場所から離れるのは、そんなに卑怯でもあるまい。

　エドワードはどうする？　母親はともかく、息子には頼りにされていると思う。一緒に暮らし始めて間もないが。わたしが領地に行ってもエドワードのせいではないと、しっかり説明しておくべきだろう。手紙を介してチェスを続けることもできると伝えればいい。

　ふいにエヴァンが隣の椅子に座って新聞を押しのけ、サイドテーブルのワイングラスを見下ろした。

「今日は早いな」

「おまえもな」アレックスは新聞を勢いよく振ってさばいた。

「招待状の返事を書いていた。もちろんマディと一緒に出席するよ」

　セリーナは言われたとおりに準備を進めているようだ。「カードパーティーか。日時は？」

　エヴァンが噴きだした。「兄上が知らないなんて嘘だろう」

「日程の調整はセリーナにまかせてある。わたしは関知しない」

「火曜の晩だ」エヴァンが疑うような視線を向けてきた。

「五日後か」アレックスはカレンダーを頭のなかに思い浮かべながらつぶやいた。

「セリーナも乗り気なのか？　とても信じがたい話だが」なおも弟の目つきがけわしい。

「わたしに言われたから準備しているだけだ」

「それで兄上は外で飲んだくれているのか」エヴァンがうなずいた。「早く帰って謝ったほうがいいと思うよ」

「謝る理由などない」アレックスは突っぱねるように言った。

「そうだな。兄上は悪くない」弟は笑いながら言葉を継いだ。「奥方がカードで人生をだいなしにされたと知りながら、無理やりカードパーティーの準備をさせているだけだ。それぐらいのことで怒られるわけないよなあ」

「何をやっても怒られてばかりだ」われながら情けない声だ。自己憐憫(れんびん)にでもひたっているのか。「全部アボットのせいだ」

エヴァンが頭を振った。「オックスフォードにいたせいで、ずいぶんこじらせたね。結婚した当初のぼくでさえ、そこまで面倒くさくなかったぞ。頑固ではあったが」

「さすがの分析だ」アレックスはエヴァンをにらみ、ワイングラスに手を伸ばした。「わたしひとりでは悟れなかった」

「それで、これからどうする？」

「旅に出る。戦争も終わったことだし、パリにでも行こうかと……」

「逃げるのか」エヴァンが鋭く言った。

「配偶者とのあいだに距離をおくだけだ」

とは言うものの、海峡を隔てたくらいで傷が癒えるのか？

「アメリカに渡ることも考えている」

「ロンドンから離れずに、これまでの行いにけじめをつけるという手もあるぞ」エヴァンが穏やかな口調で諭した。

「何をしようと、どうせセリーナは目もくれず、耳も貸さない」

「ばかでも思いつくことがあるだろう。それをやったらどうだ？」

「それとは？」

「手紙を書くんだよ」

21

カードパーティーがいよいよ目前に迫っている。あとは軽食のメニューを考え、十分な数のカード用テーブルと椅子を用意するだけでいい。記憶が正しければ、招待を断る手紙は一通も届いていない。

バクスターの返事も届いたものの、開封する気にもなれなかった。そこでセリーナは、朝食のときに夫の郵便物の上に手紙を放り、ただ告げた。「対応をお願いします」

夫は無言のままセリーナを見上げ、手紙を開封して読んだ。

「出席だ」アレックスはそれだけ言うと、食事を再開した。

このところ、ほとんど会話もない。二週間前はそれでよかったけれど、いまは気分が波立つ。話すことがあるはずなのに、なんだかもやもやする。

晩に外出の予定がないときは、状況が変わってくる。子供の前では停戦、というのが暗黙の了解となっていた。セリーナがサロンの片隅で針仕事にいそしむ一方、離れたところでアレックスがエドワードにチェスの手ほどきをする、という具合だった。もっとも、大人ふたりの態度が不自然でよそよそしいことには、おそらくエドワードも気づいているに違いない。

その後はアレックスに背を向けて寝室に入り、おやすみなさいとも言わずにドアを閉める。それでも眠れないままコネクティングドアを見つめてしまう。鍵がかかっていることを確認したのに、触れるのも恐ろしい。たとえ施錠されていなくても、ドアを開けて踏みこむ覚悟があるとも思えない。体のほうは、また彼のそばに行きたいと訴えているけれど。

彼が本当にここを出ていくのであれば、最後にもう一度だけ抱かれるのは恥知らずなことだろうか。考え直してもらえる可能性も、わずかながら残っている。とはいえ、カードパーティーを間近に控えて何も考えられない。頭が痛い。胸が苦しい。夜も眠れず、昼間ぼうっとする。

パーティー当日の朝、セリーナは紅茶を一口飲むのがやっとだったが、サロンの準備を監督した。家具を運びだしてゲーム用テーブルに入れかえ、すべての備品を所定の位置に並べた。あとは身支度をして夕刻に招待客を迎えるばかりだ。

客をサロンに案内したあとは作り笑顔でもてなし、ディーラー役に徹してカードをシャッフルしたり配ったりしなくてはいけない。ほぼ未経験で、得意なゲームもないのに。ルーの賭け方はおろか、勝負に

「わたしたちはここで留守番よ」セリーナは辛抱づよく息子をなだめた。

「公爵はどこ行くの？」エドワードが地団駄を踏んだ。「田舎のおうち？　ぼくも一緒に行くって約束したんだよ。夏になったらみんなで行こうって言ってくれたのに」

セリーナは返事に困った。アレックスから何も聞いていないのだ。「公爵のことだから、きっと何かお考えがあるのでしょう。あなたも連れていってもらえるはずよ」

「お母さんが何かしたんじゃないの？　ぼくまで嫌われるようなこと言わなかった？」

そう責められると耳が痛い。実際そのとおりなのだから。そして説明もせずに黙りこむのは、不当な言いがかりではないと裏づけることに等しい。

「公爵にごめんなさいって言いなよ」エドワードが訴えてきた。「そうすれば、どこにも行かないかも出るタイミングもわからない。ホイストで誰と組んだところで、悲惨な結果に終わるだろう。ポーカーフェイスさえ保てないのだから。

セリーナはそっと正餐室を出るなり、足早に廊下を通り抜けて階段を上がった。今夜のことなんて、もう考えたくもない。自室へ戻る前に子供部屋に寄ってみると、エドワードが腕組みをして、ふくれっ面でにらみつけてきた。

「約束したじゃないか」

「何を？」セリーナは息子のそばにしゃがんで、やさしく尋ねた。

「グレンムーア公爵は悩みなんかないし、どこにも行かないって言ったよね。でも、ほんとは長い旅に出るんでしょう？　なんでぼくも一緒に行っちゃだめなの？」

エドワードがまくしたてた。怒りで顔が赤くなり、目に涙が浮かんでいる。

しれないよ」

たしかに謝罪もしていなかった。謝ればいいというものでもないけれど、せめて望みがつながることを祈ろう。

「公爵と話をしてみるわ」わが子を失望させるのはしのびなく、セリーナはやっとの思いで言った。

エドワードがようやく笑い、抱きついてきたあと読みかけの本に戻った。謝れば万事解決すると信じて疑いもしないのだろう。

セリーナは廊下に出て自室へ向かった。今夜のことを考えると、どうにも足が重い。ここでカードパーティーを催すとアレックスに言われたときから気が進まなかった。そしていま、予定の時刻が迫るにつれて気分が悪くなる一方だ。

セリーナはコネクティングドアに目をやり、向こう側の物音に耳をすませた。パーティーを控えて、アレックスが身支度をしているらしい。こちらも準備をしなくてはいけない。セリーナはドアのハンドルに手をかけた。それでも施錠されていることを思いだし、じれったくなってガチャガチャと音をたてた。

「アレックス」ドアごしに呼びかける。「お話があります」

一瞬、隣が静かになり、くぐもった声が聞こえた。アレックスが従者を下がらせたらしい。そしてドアが開くと、すぐ目の前にアレックスがいて、なんの用かと問うように見すえてきた。

「ごめんなさい」セリーナは謝った。

しかし返事がない。

「何もかも申しわけなく思っています。あなたを信用せず、ひどい態度をとりました」かぼそい声をしぼりだす。「寝室での失言についても謝らなくてはいけません」

「だが、それだけじゃないのだろう？　ほかにも言いたいことがあるようだな」

「カードパーティーは無理です」弱々しく言い添える。「具合が悪いの」

嘘ではない。本当に吐き気がする。

「客が来るまで一時間しかないのだが」アレックスの口調は冷徹だった。

「あなたの客でしょう」セリーナは言い返した。「わたしがギャンブルを好きになれないことはご存じのはずです。お願いだから無理じいしないで。ほかのことなら、なんでもしますから」

結婚してから初めて、あふれる涙が止まらなくなった。世界がぐらぐらと揺れ、膝から崩れ落ちそうだ。セリーナは思わずドア枠に手を伸ばし、体を支えた。

アレックスが舌打ちをして、卒倒しかけた妻を抱きあげると、そのまま寝室に運びこんでベッドに寝かせた。セリーナの額に手をあて、生気を注ぎこむように手首をさする。

「準備で疲れたか」ぶっきらぼうで厳しい声とはいえ、気づかわしげな響きもあった。「今日、きちんと食事をしたのか？」

セリーナは返事に窮し、ただ肩をすくめた。昼食の時間をとっくに過ぎているのに、朝から何も食べていなかった。

アレックスが苛立たしげに嘆息した。「今日はもういい」

彼は呼び鈴の紐を強く引き、メイドを呼んだ。

「奥方が体調を崩した。食事をさせて、ゆっくり休ませるように」そう告げると、アレックスは部屋から出ていった。

セリーナは困惑したまま、ひとり残された。

アレックスは自室に戻り、従者を呼んで首布と上着を整えさせた。隣室にいる妻のことを考えただけで罪悪感がつのっていくが、それも頭から押しのけた。セリーナが最初から今夜のパーティーを嫌がっていたのに、自分は耳を貸そうともしなかった。ついに彼女の心身が限界に達するとは思いもせず。いまにも倒れそうな妻に接待役などさせられるものか。パーティーの女主人が卒倒すれば、間違いなく明日の新聞を賑わせるだろうが、それはあまりにも不憫というものだ。自分でパーティーを仕切るほかない。

アレックスは着替えをすませると、奥方にかわってパーティーを取り仕切ると使用人たちに告げ、メニューを確認した。紳士向けのボルドー産ワインとレディ向けのラタフィアが十分に用意されているなら安心だ。

その後アレックスは、招待客を迎えるため正面玄関へ向かった。

ドアの前にいた年若い従僕が緊張の面持ちで振り返り、一礼すると、お仕着せのポケットから書状を出してきた。「奥方さまからです、旦那さま」

その書状を受けとったアレックスは、ミスター・アボットという宛名に驚いた。「これをどこで手に入れた？」

「郵便局です。局留めの郵便物を毎日欠かさず取りに行くようにとのことでしたから」

セリーナとの結婚後、郵便局に日参する必要がなくなったことを従僕に伝えそびれていた。セリーナの手紙がどこかにまぎれこみ、いまになって届いたのか。

「ありがとう。きみの献身を高く評価する」アレックスは上着のポケットに手紙を押しこんだ。「今後は郵便局に行かなくてもいい。もう手紙が来ることはない」

特別な役目を失った従僕は何やら残念そうな顔をしたものの、素直にうなずくと、招待客が到着し始めたのを見てドアの前に戻った。

例によって一番乗りはエヴァンと奥方だった。セリーナが体調を崩したと聞き、マディが接待役を申してでてくれた。ふたりとも口をつぐんでいるが、ききたいことが山ほどあるのは夫婦で交わす視線からも明白だ。

セリーナの親友メアリー・ウィルソンと夫をはじめ、ほかの招待客も続々と到着した。しかしセリーナが忌み嫌う男は、いつまでたっても現れない。すっぽかす気かと思いかけたそのとき、バクスターが戸口から顔を出し、玄関広間のようすをうかがってきた。

「公爵ひとりですか」バクスターがにやにや笑った。「公爵夫人が出迎えをしてくれるものとばかり思っていたのに」

「妻は体調を崩している」アレックスはサロンに向かうようバクスターを促した。

「そいつは残念。奥さんに会うのを楽しみにしていたんですがねえ」その言葉は、ほかの招待客と大差なかったが、バクスターが言うと妙に下卑た感じがする。

アレックスは笑顔の下に敵意を隠した。「またの機会に。今夜のところは、わたしでがまんしてもらいたい。そろそろゲームが始まる」

ふたりがサロンに入ると、エヴァンとミスター・ウィルソンのテーブルに二人分の空席があった。このパーティーを計画した当初の想定どおりだ。アレックスは席につき、バクスターがカードを取りあげるようすに注目した。

「ルーで勝負するのはどうですか？」バクスターが器用にシャッフルしながら目尻を下げた。当人だけは、人好きのする笑顔だと思っているのだろう。

胸くそが悪い。それでもアレックスは嫌悪を隠し、笑い返した。「かまわない」

向けた。ふたりとも同意を示すようにうなずき、財布からコインを出してテーブルに置いた。

バクスターがカードを配り、プレイが始まった。

アレックスの手札は最悪で、バクスターの圧勝だった。その後しばらくは、ましな手札になって持ち直した。だがバクスターが配ると、またしても負けた。

たぶん偶然だろう。しかし三巡めも同じ結果に終わり、アレックスはバクスターの手元に目を凝らした。カードの持ち方に違和感があり、どこか不自然だ。それでも手ぎわが悪くないのは、かえって妙だ。なんの前触れもなく、カードの切り方がリフルシャッフルからオーバーハンドシャッフルに変わった。またもやアレックスの手札は最悪で、バクスターの圧勝だった。

アレックスが配る番になったとき、カードを切る前にしばらく感触を確かめた。わずかに折れまがっている？　こっちは裏に傷があるのか？　新品のカードを用意したのに、まるで使い古しのような手ざわりだ。

ふたたびバクスターの番となり、カードを配り始めた瞬間、アレックスが声をあげた。「待て」

バクスターが硬直し、目を泳がせた。

「カードをすべて表に返して見せろ」

バクスターは取り合わず、強引にカードを配ろうとした。

「見せろと言ったのだ」アレックスは立ちあがってテーブルごしに手を伸ばした。

バクスターがとっさにカードを手元に引き戻し、神経質な笑い声をたてた。「あたしを信用してないんですか？」

「まずは見てからだ」アレックスは笑顔で返した。

「カードを出してもらおうか。きみの幸運の源をわれわれにも披露するがいい」

「ばかげてる」バクスターが頭を振った。「あたしは絶対――」

「いいから早く見せろ」ウィルソンがバクスターをねめつけた。

「ばかげた言いがかりだ」バクスターはゲームを中断し、カードをポケットに入れようとした。

しかし真実が闇に葬られる前に、アレックスがすばやくバクスターの手首をつかみ、もう一方の手でカードを奪った。それをひっくり返して扇のように広げたところ、いちばん下にエースばかり並んでいた。

アレックスは居並ぶ男たちを順番に見た。「カードを調べよう。折り曲げるか何かで細工した形跡がある」

テーブルのまわりで怒声が飛び交った。立ちあがりかけたバクスターを男たちが捕まえて、席に押し戻した。

「説明しろ」エヴァンが厳しい調子で言った。

サロンじゅうでプレイが中断していた。この騒ぎに誰もが振り向き、目をみはっている。

「紳士諸君」バクスターが弱々しく笑った。「何かの偶然だ。それだけですよ」

そして、恨みがましい目でアレックスを見た。

「難癖をつけるのもいいかげんに――」

「難癖ではない。不正行為の告発だ」アレックスは笑い、エヴァンとウィルソンに顔を向けた。「このふたりが不正などしないことは自明の理だ。カードも傷ひとつない新品を用意していた。正直に答えろ。いつから不正をした？　だました相手は何人いるんだ？」

いまや招待客がひとり残らず固唾をのんで注目している。

「ひどい言いがかりだ」バクスターが鼻息を荒くし

た。「あたしは名誉を重んじる男として――」

アレックスは手を上げて制した。「公爵に因縁をつけて決闘を挑むのか？　わたしに倒されなくても絞首刑だぞ。わたし個人としては、きさまのために銃弾を無駄にしたくない。きさまには守るべき名誉もないからな。いますぐわたしの屋敷から失せろ。さもなくば排除する」

「こんな侮辱は初めてだ」バクスターが腰を上げて歩きだそうとした。だがその声には力がなく、足がふらついている。

バクスターが席を立つより早く、アレックスは身を乗りだして耳打ちした。「わが奥方につきまとったら地獄に落とすと言っておいたはずだ。これは先日のギャンブルの翌朝、新聞に下劣きわまりない記事をのせた報いだ。もう二度とわたしの前をうろつくな。消え失せろ」

アレックスはドアのそばに控える従僕たちに合図して、この男を放りだせと命じた。

しばらくのあいだサロンが静まり返った。そして誰もが目を丸くしながら、いま繰り広げられた情景について、いっせいに語りだした。

アレックスはエヴァンと笑みを交わすと、立ちあがって宣言した。「楽しいひとときに無粋きわまりない邪魔が入ってしまった。さあ諸君、遠慮せず飲んでくれ。サンドウィッチを運ばせよう。プレイ再開だ」

パーティーはそれから一時間半に及び、とても楽しい夜だったと誰もが絶賛した。

すべての招待客がサロンから出ていくと、エヴァンはトレーに残っていたチーズのサンドウィッチを頬張った。「兄上はいつからバクスターのいかさまを見抜いていたんだ？」

「怪しいと踏んでいただけだ。しかし証拠がなくてね。不正行為を告発して何も出てこなかったら、どうなると思う？　醜聞があっという間に広まるのは、おまえも身にしみたのではないか？」

「バクスターに分別があれば、いまごろ着の身着のまま大陸に逃げだしているはずだ。何年たとうがロンドンには戻れないだろう」エヴァンは笑った。

マディが夫の袖を引いた。「わたくしたちも帰りましょう。アレックスだって奥さまに伝えたいことがあるんじゃないかしら？　今夜の話が広まれば、アレックスが奥さまを未亡人にしたとかいう誹謗中傷も消えてなくなるわ。バクスターが諸悪の根源だったと知れわたるはずよ」

ついに本懐を果たし、アレックスは思わず笑みを浮かべた。セリーナの目の前で真相を究明できればなおよかったが、自分の口から話せるだけで十分だ。彼女が本気でわたしとの離別を望むか否かの判断にもなる。

アレックスは弟夫婦を見送ったあと、セリーナに伝える言葉を考えようと書斎に入った。アボットとして書いた手紙より心に響く言葉にしなくてはならない。

そのとき、ポケットに入れたままの手紙を思いだした。セリーナと結婚して関係がこじれる前で、まだ純粋だった愛の名残に、もう一度だけ目を向けるとしよう。

アレックスは封蝋を割り、手紙を読んだ。

夫はわたしの想像とは違う人でした。でも、あなたとも違う人です。同一人物とは思えません。心を動かされない男性に、体を許せるわけがないでしょう？　この結婚も前回と似たような結果に終わるのではないかしら。固い絆を求めていたのに、つかんだのは偽物かもしれません。

アレックスはそれを残りの手紙と同じ引き出しに突っこんで、力まかせに閉めた。それから二階に上がって荷造りを始めた。

22

翌朝、セリーナは昨日の疲れが抜けず、遅くまでベッドにいた。昨夜のカードパーティーが嫌でたまらなかったし、自室から一歩も出ずにすんだので、ほっとしたけれど。病気でもないのにベッドにこもり、めそめそ泣くのも耐えがたい。恥ずかしいうえに自分らしくない。

パーティーが終わったのだから、あとは夫婦で問題を片づけるしかない。アレックスの説得が間に合うといいけれど。謝罪したとはいえ、あれでは逆効果だろう。もう一度やり直して、きちんと釈明したい。

メイドが身支度の手伝いをするため部屋に入って

きた。セリーナは少し考えてから、緑のデイ・ドレスを選んだ。緑がよく似合うとアレックスに言われたことを思いだしたのだ。夫婦の溝を埋めるためには、あらゆる面で長所を活かすほうがいい。

身支度をすませて一階に下りたものの、正餐室には誰もいなかった。避けられているのかしら。それとも、アレックスはまだ寝ているの？

セリーナは寝室に戻り、コネクティングドアをノックしてみた。ややあってドアを開けたのは従者のハーヴェイだった。

「旦那さまは夜明けと同時に起床なさいました」ハーヴェイはうやうやしく頭を下げた。「そのあと、すぐお出かけになりました。行き先については何も伺っていません」

ふいに、ジョンの記憶が頭に浮かんできた。ジョンは出かけたきり何日も留守にしたかと思えば、お金を使い果たし、安い香水のにおいを漂わせながら帰ってくることも珍しくなかった。でも、アレックスはそんなまねをする人じゃない。それに、何をしようと彼の自由だし、わたしが文句を言う筋合いでもない。

セリーナは、つのる一方の不安を抑えこむと、なんの問題もないふりで愛想よくほほえんでみせた。

「旦那さまがお戻りになったら、話があると伝えてちょうだい」

その後、セリーナはエドワードのようすを見るために子供部屋へ行った。

昼下がり、少し休もうかと思っていたところ、親友メアリー・ウィルソンが訪ねてきた。メアリーは部屋に飛びこんでくるなり、まるで姉のように抱きしめてくれた。

「具合はいかが？　昨日はどうしたの？　みんなあなたに会いたがっていたのに」

「なんでもないわ」セリーナは声を張った。「ちょっと疲れただけ」

「本当に楽しかったのよ。それに、今朝の新聞！　あの記事で、あなたたちは注目の的なんだから。今年の社交シーズンの花形として不動の地位を築いたのよ」

「なんですって？」アレックスと言い争ったせいだろうか。使用人に聞かれたかもしれない。「どんな記事？」

メアリーが目を丸くした。「聞いてないの？」

「何を？」セリーナは作り笑顔で問い返した。

「昨夜の事件の話よ。みんなが帰ったあと、旦那さまから聞いたんじゃないの？」

「全然。なんの話か見当もつかないわ」ああ、じれったい。「グレンムーア公爵が何をしたの？　どうして何も言わなかったのかしら」

「どの新聞も、その話で持ちきりよ。ゴシップ紙にも出ているわ」メアリーがあきれたように頭を振った。「バクスターは面目丸つぶれで外国に逃げたって噂よ」

メアリーは押し黙り、手で口元を隠した。肩が震えている。

その男の名前が出たとたん、セリーナは息をのんだ。そしてようやく、メアリーの言葉が腑に落ちた。

「もうイングランドにいないってこと？」

メアリーがうなずいた。「バクスターとグレンムーア公爵とファロン公爵、そしてうちの人が同じテーブルにいたわ。新聞では伝えきれないほど衝撃的な事件だったの。あなたの旦那さまがバクスターの手からカードを奪いとり、不正行為を証明したんですもの。バクスターは自分に配るカードだけ下から取っていたの。それを見抜かれても、しらばっくれたうえに決闘すると騒ぎたてた。グレンムーア公爵は取り合わずに笑い飛ばしたわ。決闘は高潔な人だけに許された行為で、悪党は銃弾を受ける価値もないって。そうしたら、バクスターは尻尾を巻いて逃げたのよ。ずっと前からいかさまを繰り返していたんじゃないかと、ロンドンじゅうが疑いの目で見ているわ。いかさまなしで勝ったことがあるかどうかも怪しいわね」

憎きバクスターが打ち倒され、その劇的な幕切れは社交界に知れわたった。まるで夢物語だ。騎士アボットが公衆の面前でバクスターに屈辱をあたえ、妻の名誉を守ると同時にジョン・オギルヴィーの仇を打ってくれた。

「あなたの最初のご主人がグレンムーア公爵のせいで破滅に追いこまれたとかいう誹謗中傷も、これで消えるでしょう」メアリーが重々しくうなずいた。「わたし自身は、そんな戯言を一度も信じなかったけどね。それはあなただって同じでしょう。そうでなければ公爵と再婚していないはずだもの」

そのとおりよという嘘が口をついて出そうになったが、羞恥心に阻まれた。本当のことを言わなくてはならない。

「いいえ、メアリー。わたしは噂話をうのみにして、公爵を責めてばかりいた。彼と再婚したのも、悪意しかなかった。嫌がらせと言ってもいいわ。愛してもいないのに結婚することが、いちばん簡単な復讐だと思ったの」

「それなのに、彼はあなたを大事にしてくれたのね」親友が驚きの声をあげた。「手紙のやりとりをしていたころ、彼とは友情で結ばれているとか言ってなかった？　端から見ると、友情どころじゃない感じがしたけど」

「真実を知らされた瞬間、何も考えられなくなったの。われながら、ばかみたいね。手紙を繰り返し読んでも、彼の手がペンを持つところなんて想像もしなかったんだもの」

彼が結婚式の日と同じ笑顔で手紙を書くところも想像できなかった。わたしがどれほど不機嫌な態度をとっても、アレックスは心からの笑顔を見せてくれたのに。

いまなら彼の姿が目に浮かぶ。にじむ涙でぼやけているけれど。

「本当にばかだったわ」セリーナは両手をもみしだいた。

「ふたりでちゃんと話をしなさい」メアリーが穏やかに諭し、ハンカチーフをさしだしてきた。「旦那さまは？　ここにいらっしゃるの？」

「いいえ、出かけたわ。たぶん議事堂でしょう」でも審議は午後からじゃない？　そのために出かけたにしては早すぎる。

「今日は審議がないはずよ」メアリーが指摘した。

「そう」セリーナは弱々しく言った。「それなら、クラブかもしれないわね。たぶん夕食までに帰ってきて、すっかり説明してくれるでしょう。そのとき、ちゃんと謝るわ」

「そのほうがいいわ」メアリーが柔らかい顔つきでうなずいた。「それと、バクスターを痛い目に遭わせたことでも、わたしたち全員にかわってお礼を言ってね。あの男は、いまやロンドンじゅうの嫌われ者よ」

セリーナは親友を見送ると、急いで二階に上がった。知らぬ間にアレックスが戻っているのではと考えたからだ。しかし夫の姿はなく、従者のハーヴェイも何も聞いていないという。おまけにスーツ二着と一週間分のリネンのシャツも消えているらしい。アレックスがどこまで出かけたにせよ、すぐに帰ってくる心づもりはなさそうだった。

「旦那さまがわたしを連れず、おひとりで領地にいらっしゃるわけがありません」ハーヴェイはそう言いつも、不安もあらわに眉根を寄せた。

「心配しなくても大丈夫よ」ささやかな口げんかなので、すぐに仲直りすると思わせたい。セリーナはこともなげに笑ってみせた。

はたして、そうだろうか？　実のところ、自信はまったくない。アレックスは、ジョンを死に追いこんでなどいないと何度も訴えていた。それなのに、わたしはアレックスを恨み、責め続けた。なぜバクスターが元凶だと気づかなかったの？　不正行為によって夫と家を奪われたとすれば、そのあとの大混乱も、ほとんどバクスターのせいなのに。

だいいち、亡き夫に非がなかったと言えば嘘になる。アレックスに痛いところを突かれて、無意識にかばってしまったけれど、そもそもジョンが身を滅ぼしたのは自業自得だもの。わたしを見くびり、ないがしろにしたことも、夫として許される行為ではなかった。死んだ夫の罪に目をつぶり、貞節を守る意味がどこにあるの？　ましてや無条件で救いの手をさしのべてくれる人が身近にいるのに。

ジョンは妻の献身に見合うことを何もしてくれなかった。それなのに、わたしはジョンに依存する一方でアレックスを理不尽に恨み、ひどい態度をとっていた。それを思うと、ますます胸が悪くなった。

アレックスにはずいぶん助けてもらったのに、言いがかりをつけて非難した。どうして彼があんなに親切だったのか見当もつかない。アレックスは何ひとつ頼まれずともジョンの死の真相を探ったうえ、世間に公表してくれた。その恩にどうやって報いればいいの？

とにかくアレックスと話をして、過ちを改めなくてはいけない。ベッドで愛を交わし、燃えるような情熱を分かち合った記憶もよみがえってきた。夢見る少女じゃあるまいし、手紙のなかの男性に未練がましくするのはやめよう。それができたなら、公爵夫人の責任も果たせると思う。とはいえ、アレックスを捜さなければ始まらない。

セリーナは階段を駆けおりると、廊下を抜けて書斎に飛びこんだ。なんでもいいから手がかりがほしい。机は曇りもなく磨き抜かれ、きちんと片づいていた。しょっちゅう参照する本だけは図書室に戻さず、小棚に並べてあった。

背表紙を指でなぞり、タイトルを読む。哲学、詩、シェイクスピア。探究心をかきたてる本ばかりで、多分にロマンティックな雰囲気もある。

いかにもアボットが読みそうな本ばかりだわと思いながら、セリーナは頬をゆるめた。グレンムーア公爵はアボットを抹殺したいようすだったけれど、いまも心のどこかに手紙の魂が息づいているのは間違いない。

セリーナは、ほかの手がかりを探した。まず左側の引き出しを開けると、帳簿や未払い請求書のほか、仕事がらみの書状などが見つかった。一方、すぐ手の届く右側の引き出しには、紋章も装飾もない無地の便箋と青インクの瓶、そして研いだばかりの羽根ペンが入っていた。

左右で所有者が異なる机を目にしたかのごとく、胸が高鳴った。これこそアボットの机にほかならない。彼がわたし宛ての手紙の下書きをひっぱりだしながら自分の仕事を脇に押しやり、夢中でペンを走らせる姿さえ目に浮かぶ。

そんな妄想を、セリーナは即座に振り払った。これまで彼の親切心をさんざん疑っておきながら、身勝手がすぎるでしょう。彼にとっては暇つぶしの手紙かもしれないし。全部ばれたことで、アボットの存在そのものを消したくなった可能性もある。それどころか、時間の無駄だったと悔やんでいたらどうするの？

それでも、ここには真相を解き明かす手がかりがきっとある。引き出しのなかの便箋は未使用にもかかわらず、きちんと重なっていない。ずれた部分をめくってみると、折りたたんだ紙が出てきた。書斎には誰も入らないのに、わざわざ隠したような感じだった。

見てはいけない。とはいえ、机をあさった時点で言語道断なのだ。ひとつ罪を犯したあとは、どれほど罪を重ねても同じではないかしら……。

セリーナは折りたたまれた紙を便箋のあいだからひっぱりだすと、開いて読んだ。

最愛のセリーナ――

これは棒線でいったん取り消したあと、同じ言葉を書き添えてあった。

わたしは臆病で、この言葉を書けなかった。それでも、わたしにとって、きみは文字どおり最愛の女性だ。そして日を追うごとに、ますます愛がつのっていく。きみの名前は詩のように美しい。きみを目にするたびに、こうして手紙を書くたびに、その名前が頭のなかで何度も繰り返し響きわたる。

グレンムーア公爵夫人という儀礼的な呼び方で本心を隠さず、きみを名前で呼ぶことができればどんなにいいだろう。セリーナ。

わたしはきみの期待に沿えず、会って結婚を申しこめなかった。すでにきみは、その理由に気づき、わたしを憎んでいるだろう。だからこそ、わたしは秘密を守り抜く必要があったのだ。

きみをだます気など決してなかったと信じてほしい。初めは短い手紙を一通だけ送り、やめるつもりでいた。しかし、きみの返事を心待ちにするようになり、やめられなくなった。これで終わりにしようと思いつつ、翌日また手紙を書いたことが幾度となくある。

何もかも打ち明けて、きみへの愛を告白する手紙も無数に書いた。だがすべて、書いたそばから火に放りこんだ。わたしは臆病で告白もできないくせに、あまりにも身勝手で、きみをあきらめきれなかった。

いまや、きみはわたしの妻だ。それなのに、かつてないほど遠い。

セリーナ、わたしはどうすればいいのだろう。きみはわたしの前に現れ、月光のごとく白い体をさしだしてくれた。だが無情にも、きみの心はほかの男のものだ。

アボットは幻だった。償うべき過去を持たない男だ。しかし、いとしき妻よ、わたしは生身の人間にすぎない。悲しいかな、きみを満足させることはない。

きみを愛する夫、
アレクサンダー・フィッツジェラルド・コンロイ

どうやら手紙の下書きらしい。見たところ、ごく最近のものだろうか。こちらからアボット宛てに手紙を書いたのと同じくらいの時期ということになる。指で文字をなぞるとアレックスの声が聞こえてきて、セリーナは思わず目を凝らした。この筆跡には見覚えがある。これまで数多く届き、大切にしまいこんでいた手紙とまったく変わらない。全部並べてみれば、差出人が同じだと一目でわかるだろう。この下書きとほかの手紙でただひとつ違うのは、末尾の署名だった。

わたしを愛する夫として記した名前。アボットの偽名を使っていたときは、これほど深い感情をあらわにしたことなど一度もなかった。

アボットは何もかも伏せたまま、そしらぬ顔でグレンムーア公爵をかばっていた。あれは彼自身の話だったのに、わたしは気づくどころか、この瞬間まで完全に忘れていた。グレンムーア公爵はわたしの前に出ると挙動不審になるとか書いてなかった？　わたしの美貌に心を奪われ、口もきけなくなってしまうとか。わたしの目から見た現実の公爵は、ひどく口数が少ない人だった。それどころか、妻と話をするより義理の息子にチェスを教えるほうが気楽なように見えた。

　とはいえ、話す必要があるの？　一年間の文通で彼のことを知り尽くしているのに。あの手紙が真実だとすれば、わたしはジョンよりもアレックスと気持ちが通じ合っている。むしろソウルメイトと言ってもいい。

　その証拠がもうひとつ、引き出しの奥から出てきた。見覚えのある手紙を全部まとめて紐で結んだものだった。わたしと同じように、アレックスも受けとった手紙を何度も読み返していたらしい。

　いちばん上の手紙は、忘れたくても忘れられないものだった。一週間前、この結婚で幸せになれないと確信したとき、アボットに書いた愚かな手紙だ。アレックスはそれを受けとって読み、ついに姿を消した。

　わたしは自分自身の言葉でアレックスを遠ざけてしまった。

　足元にぽっかりと穴があいたような気がする。昨日、コネクティングドアのそばで急に力が抜け、立つことすらできなくなったときと同じだ。昨日も、そしていまも、アレックスの助けが必要なのに。手の届かないところへ行ってしまった。どうしよう。どう謝ればいいの？　どうすれば戻ってきてもらえるの？

　遠くで正面玄関のドアが騒々しく閉まり、足音が廊下を近づいてきた。そしてアレックスの声がセリーナと名前で呼んだかと思うと、最愛の夫が書斎のドアから顔をのぞかせた。ふたりとも、さまざまな感情に翻弄されるまま、困惑して見つめ合った。

「グレンムーア公爵」セリーナは衝撃のあまり息をのんだ。

「セリーナ？」捜していた妻をやっと見つけたものの、どうしていいかわからないと言わんばかりの口調だった。

「誰にも行き先を告げずに出かけたら、騒ぎになると思わなかったの？」セリーナは声をとがらせた。いまもなお息苦しい。

「誰も気にしないと思っていた」

「従者にさえ何も言わないなんて。ハーヴェイがおろおろしていたわ」

「彼は心配性だからな。わたしがひげを剃らず、着替えも持たずに遠出するのを嫌がるのだ」アレックスが頬をゆるめた。

「心配したのはハーヴェイだけじゃないわ」セリーナは言葉を切り、唇を湿らせた。

「ほかに誰が……」アレックスがいぶかしげな目を向けてきた。「エドワードか」

「あの子はあなたのことが大好きなのよ。あなたがどこかに行ってしまうんじゃないかと、心を痛めていたわ」セリーナはアレックスを見すえた。「昨日、わたしはそういう話をするつもりでいたのよ。でも話しそびれて……」

アレックスは書斎に足を踏み入れた。「それだけか？」

そしてセリーナの顔をのぞきこんだ。

「あなたがバクスターの不正行為を見破ったことも聞いたわ。世間の人たちがあなたを見る目も変わるでしょう」

「わたしが世間の目を気にしていたならば、そう聞いて喜んだかもしれないが」アレックスは、なおもセリーナは口ごもり、信じてもらえそうな言葉を探した。

「もしかすると、これは手紙じゃなければ伝わらない話かしら」

「もう手紙はいい」アレックスが悲痛な面持ちでつぶやき、視線をそらした。

「あなたの手紙を読んだわ。机の引き出しにあった下書き」

アレックスが顔をしかめた。

「あなたも、わたしの手紙を読んだのね。あれを書いたときは、どうかしていたのよ。少なくとも、あなたに読ませるつもりで書いた手紙じゃないわ」

「アボット宛ての手紙だ。わたし以外の何者でもなかろう」アレックスが眉間に深いしわを刻み、かぶりを振った。

「あなたとの思い出を捨てる覚悟ができていなかったの」セリーナは懸命に説明した。「それに、すっこちらを見つめている。

「わたしは気にするわ」セリーナは、かぼそい声をしぼりだした。

「なんだって？」アレックスが耳に手をあてた。

「わたしは気にすると言ったのよ。あなたが世間にどう思われているか、気になってしかたがないの。あなたがジョンを相手に不正行為など一切しなかったと、世間の人たちにわかってもらいたい。いまさらだけど、わたしも目が覚めたのよ」

アレックスがドアを閉め、もう一歩だけ進みでた。

「わたしは間違っていたわ」声に少し力が戻った気がする。「たくさんの過ちを犯した。でも、唐突に生活が一変したでしょう？　それに、ジョンを責めたくなかったの。死んだ人を悪く言うのも違うと思うし。夫婦のあいだに問題があったと認めたら……わたしの人生まで、すべて無駄になってしまう気がしたのよ」

かり心が乱れていた。あなたこそ、わたしが探し求めた人だったからよ、アレックス」

名前を呼ばれたせつな、アレックスの奥底で何かが変わった。一歩も動いていないのに距離が縮まり、セリーナの言葉が淀(よど)みなく心に流れこんでくるように感じた。

「それでも、あなたの手紙が本心かどうかわからず不安だったの。アボットと同じで、すべて嘘かもしれないと思うと……」

「きみに嘘をついたことは一度もない」アレックスは静かに言った。

「じゃあ、最後の手紙は本心なのね」セリーナはすがるように見つめ、ほほえんだ。「本当にわたしを愛しているのね」

「ああ。最初から、そしていまだに。今後もずっと」どうしようもないと言わんばかりに頭を振り、アレックスがもう一歩近づいてきた。

「あれを読んだとき、あなたのすべてが見えたわ」セリーナは両手を大きく広げた。「アボットもアレックスも見えた。何もかも。そしてわたしも、あなたを愛していると気がついた」

アレックスはいっきに距離を詰めると、机の上に身を乗りだしてセリーナにキスをした。セリーナが一年にわたって恋心を燃やしながら夢にまで見たキスのごとく、強引で自信にあふれていた。セリーナは恍惚(こうこつ)となり、アレックスの首に両腕をまわした。また彼の気が変わり、去っていくかもしれない。そんな不安がしのびよってくる。

アレックスが身を離したとき、ふたりとも息を荒くしていた。

「愛しているわ、アレックス」熱いまなざしに射抜かれて、セリーナは微笑した。「あなたがいなくなったと聞いて、ずっとしたわ。どうすればいいか、どこに行けば会えるのか、見当もつかないんですもの。もう二度と離れないで」

「ポーツマス港に向かっていたが、途中で引き返してきた」アレックスは身をかがめると、またセリーナにキスをした。「ボストン行きの船にでも乗ろうかと思っていたのだが」

「アメリカへ行かれずにすんで本当によかったわ」

セリーナはアレックスの顔をなで、頬にキスをした。なんだか昔から彼を知っていたかのように、懐かしい感じがする。

「でも、なぜ戻ってきてくれたの？」

「われわれの記事を新聞で読んだ」アレックスが笑った。

「バクスターに関する記事？」

アレックスが首を横に振った。「社交界の噂によれば、昨夜きみがパーティーに現れなかったという事実こそが妊娠の証拠らしい。それが本当なら、放っておくわけにもいかないだろう？」

セリーナは噴きだして、アレックスの唇にすばやくキスをした。

「たしかに、その可能性はあるけれど。そういうことは社交界の人たちより先に、わたし自身が知りたいわ。それに……」セリーナは肩をすくめた。「まだ早いでしょう」

「しかし可能性はゼロじゃない。やることはやったわけだし……」アレックスが赤面した。

セリーナは笑いながら立ちあがると、机をまわってアレックスの胸に飛びこんだ。「新聞記事なんてうのみにしてはだめよ」

「そうだな。だがまあ、よいニュースには違いない。われわれの幸運を祝うこととしよう」アレックスはほほえむと、下心もあらわなキスを押しつけてきた。そしてドアに戻って鍵をかけた。

悪役公爵より愛をこめて

2024年6月5日発行

著　　者	クリスティン・メリル
訳　　者	富永佐知子（とみなが　さちこ）
発 行 人	鈴木幸辰
発 行 所	株式会社ハーパーコリンズ・ジャパン 東京都千代田区大手町 1-5-1 電話 04-2951-2000（注文） 0570-008091（読者サービス係）
印刷・製本	大日本印刷株式会社 東京都新宿区市谷加賀町 1-1-1
装 丁 者	小倉彩子
表紙写真	© Moredix ｜ Dreamstime.com

造本には十分注意しておりますが、乱丁（ページ順序の間違い）・落丁（本文の一部抜け落ち）がありました場合は、お取り替えいたします。ご面倒ですが、購入された書店名を明記の上、小社読者サービス係宛ご送付ください。送料小社負担にてお取り替えいたします。ただし、古書店で購入されたものについてはお取り替えできません。®とTMがついているものは Harlequin Enterprises ULC の登録商標です。

この書籍の本文は環境対応型の植物油インクを使用して印刷しています。

Printed in Japan © K.K. HarperCollins Japan 2024

ISBN978-4-596-77668-6 C0297

ハーレクイン・シリーズ 6月5日刊 発売中

ハーレクイン・ロマンス
愛の激しさを知る

秘書が薬指についた嘘	マヤ・ブレイク／雪美月志音 訳	R-3877
名もなきシンデレラの秘密 **《純潔のシンデレラ》**	ケイトリン・クルーズ／児玉みずうみ 訳	R-3878
伯爵家の秘密 **《伝説の名作選》**	ミシェル・リード／有沢瞳子 訳	R-3879
身代わり花嫁のため息 **《伝説の名作選》**	メイシー・イエーツ／小河紅美 訳	R-3880

ハーレクイン・イマージュ
ピュアな思いに満たされる

捨てられた妻は記憶を失い	クリスティン・リマー／川合りりこ 訳	I-2805
秘密の愛し子と永遠の約束 **《至福の名作選》**	スーザン・メイアー／飛川あゆみ 訳	I-2806

ハーレクイン・マスターピース
世界に愛された作家たち
～永久不滅の銘作コレクション～

純愛の城 **《特選ペニー・ジョーダン》**	ペニー・ジョーダン／霜月　桂 訳	MP-95

ハーレクイン・ヒストリカル・スペシャル
華やかなりし時代へ誘う

悪役公爵より愛をこめて	クリスティン・メリル／富永佐知子 訳	PHS-328
愛を守る者	スザーン・バークレー／平江まゆみ 訳	PHS-329

ハーレクイン・プレゼンツ作家シリーズ別冊
魅惑のテーマが光る
極上セレクション

あなたが気づくまで	アマンダ・ブラウニング／霜月　桂 訳	PB-386

※予告なく発売日・刊行タイトルが変更になる場合がございます。ご了承ください。

6月14日発売　ハーレクイン・シリーズ 6月20日刊

ハーレクイン・ロマンス

愛の激しさを知る

乙女が宿した日陰の天使	マヤ・ブレイク／松島なお子 訳	R-3881
愛されぬ妹の生涯一度の愛 《純潔のシンデレラ》	タラ・パミー／上田なつき 訳	R-3882
置き去りにされた花嫁 《伝説の名作選》	サラ・モーガン／朝戸まり 訳	R-3883
嵐のように 《伝説の名作選》	キャロル・モーティマー／中原もえ 訳	R-3884

ハーレクイン・イマージュ

ピュアな思いに満たされる

ロイヤル・ベビーは突然に	ケイト・ハーディ／加納亜依 訳	I-2807
ストーリー・プリンセス 《至福の名作選》	レベッカ・ウインターズ／鴨井なぎ 訳	I-2808

ハーレクイン・マスターピース

世界に愛された作家たち
～永久不滅の銘作コレクション～

不機嫌な教授 《ベティ・ニールズ・コレクション》	ベティ・ニールズ／神鳥奈穂子 訳	MP-96

ハーレクイン・プレゼンツ作家シリーズ別冊

魅惑のテーマが光る
極上セレクション

三人のメリークリスマス	エマ・ダーシー／吉田洋子 訳	PB-387

ハーレクイン・スペシャル・アンソロジー

小さな愛のドラマを花束にして…

日陰の花が恋をして 《スター作家傑作選》	シャロン・サラ 他／谷原めぐみ 他 訳	HPA-59

文庫サイズ作品のご案内

◆ハーレクイン文庫・・・・・・・・・・・・・・毎月1日刊行

◆ハーレクインSP文庫・・・・・・・・・・・毎月15日刊行

◆mirabooks・・・・・・・・・・・・・・・・・・毎月15日刊行

※文庫コーナーでお求めください。

5月刊 好評発売中！

Harlequin 45th Anniversary

"ハーレクイン"の話題の文庫
毎月4点刊行、お手ごろ文庫！

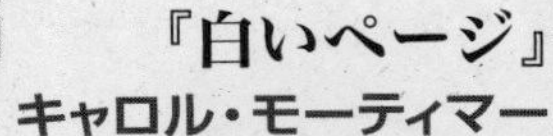

『白いページ』
キャロル・モーティマー

事故で記憶の一部を失ったベルベット。その身に宿していた赤ん坊をひとりで育てていたある日、彼女の恋人だったという美貌の実業家ジェラードが現れる。

(新書 初版:R-326)

『蝶になるとき』
ダイアナ・ハミルトン

イタリア屈指の大富豪アンドレアに片想いしている、住みこみの家政婦マーシー。垢抜けず冴えない容姿をアンドレアに指摘され、美しく変身しようと決意する！

(新書 初版:R-2155)

『やすらぎ』
アン・ハンプソン

事故が原因で深い傷を負い、子供が産めなくなったゲイルは、魅惑の富豪にプロポーズされる。子供の母親役が必要だと言われて、愛のない結婚に甘んじるが…。

(新書 初版:I-50)

『愛に震えて』
ヘレン・ビアンチン

10代のころから、血のつながらない義兄ディミートリに恋をしているリーアン。余命わずかな母を安心させるために、義兄から偽装結婚を申し込まれ、驚愕する。

(新書 初版:R-1318)

※ハーレクインSP文庫は文庫コーナーでお求めください。